相山学术丛书

龚古尔兄弟小说研究

（1851—1870）

GONG GU ER XIONG DI XIAO SHUO YAN JIU

辛苒◎著

中国社会科学出版社

图书在版编目(CIP)数据

龚古尔兄弟小说研究:1851—1870/辛苒著. —北京：中国社会科学出版社，2016.5

ISBN 978-7-5161-8357-1

Ⅰ.①龚… Ⅱ.①辛… Ⅲ.①小说研究—法国—近代
Ⅳ.①I565.074

中国版本图书馆CIP数据核字(2016)第133295号

出 版 人　赵剑英
选题策划　郭晓鸿
责任编辑　熊　瑞
责任校对　朱妍洁
责任印制　戴　宽

出　　版　中国社会科学出版社
社　　址　北京鼓楼西大街甲158号
邮　　编　100720
网　　址　http://www.csspw.cn
发 行 部　010-84083685
门 市 部　010-84029450
经　　销　新华书店及其他书店

印　　刷　北京金瀑印刷有限责任公司
装　　订　廊坊市广阳区广增装订厂
版　　次　2016年5月第1版
印　　次　2016年5月第1次印刷

开　　本　710×1000　1/16
印　　张　12.5
插　　页　2
字　　数　201千字
定　　价　48.00元

目　录

绪　论

一　被低估的兄弟作家

……龚古尔兄弟站在最前列，站在最前列似乎是他们的使命。

——埃里希·奥尔巴赫：《摹仿论》

埃德蒙·德·龚古尔（Edmond de Goncourt）（1822—1896）和于勒·德·龚古尔（Jules de Goncourt）（1830—1870）是一对共同写作的兄弟作家，活跃于19世纪中后期的法国文坛。兄弟二人一生致力于文学事业，著述颇丰。他们的小说作品共11部，其中两人共同创作的有7部：《在一八…年》（*En 18.*）（1851）、《文学家》（*Les Hommes de Lettres*）（1860）①、《费罗曼娜修女》（*Sœur Philomène*）（1861）、《勒内·莫普兰》（*Renée Mauperin*）（1864）、《热曼妮·拉赛朵》（*Germinie Lacerteux*）（1865）②、《玛奈特·萨洛蒙》（*Manette Salomon*）（1867）以及《热尔维泽夫人》（*Madame Gervaisais*）（1869）③；1870年于勒去世后，埃德蒙又独立完成了4部

---

① 1868年再版时题名改为《夏尔·德马伊》（*Charles Demailly*），本书将使用《文学家》这一初始书名。

② 关于该书的书名，国内有多种译法，包括《热曼妮·拉赛朵》、《热米妮·拉赛朵》、《热曼妮·拉瑟顿》、《翟米尼·拉赛特》、《日尔米尼·拉塞德》、《日尔米妮·拉赛尔特》、《基尔米里》等，为叙述统一之便，全书将使用《热曼妮·拉赛朵》的译法。

③ 又译《热凡赛夫人》。全书将统一使用《热尔维泽夫人》的译法。

小说：《勾栏女艾丽莎》（*La Fille élisa*）（1877）[①]、《臧加诺兄弟》（*Les Frères Zemganno*）（1879）[②]、《拉·福斯丹》（*La Faustin*）（1882）和《亲爱的》（*Chérie*）（1884）[③]。此外，他们还撰有3部戏剧、8部历史著作、4部艺术批评著作、一些评论性散文以及一部长达22卷的日记，题为《日记：文学生活回忆》（*Journal*：*Mémoires de la vie littéraire*）（1851—1896）。

龚古尔兄弟的创作涵盖了小说、戏剧、日记、历史、文论、艺术批评等多种文类，而其中最为他们看重、着力最多的则是小说。1879年，当他们的剧本《亨利埃特·玛莱夏尔》（*Henriette Maréchal*）出版时，埃德蒙在序言中坦言："对于稍微尖锐的探索，对于趋于极致的解剖，对于再创真实且不合逻辑的生动人物，我以为只有小说具有这种可能。……五十年后，小说将扼杀戏剧。"[④] 在他们看来，小说的文类特性为作家提供了最开放的文本空间和最自由的艺术形式，作家可以充分地发挥独创性，尽兴挥洒个人才情，开展各种方向、不同角度的文本实验。而就满足龚古尔兄弟所追求的创作意旨：对人类由表及里、抽丝剥茧的深入解剖，给予当代社会全面真实的记录，让读者产生真实生活之感，以及探索语言的创新与艺术美等方面而言，小说也无疑是最合适的文本形式。

在龚古尔兄弟的日记、诗学论述等材料中，他们经常对其时法国公众庸俗的审美品位表示不满和反抗，乃至用一种向读者挑战的心态从事文学创作，力图将文学艺术化、唯美化，反时代而著文，以保持超脱于时代、社会的贵族趣味。然而事实上，他们却广泛地参与，甚至经常是引领了第二帝国乃至整个19世纪后半期的法国文学的现代性进程。按德国学者埃里希·奥尔巴赫的说法，保持首创性似乎成了兄弟俩的"使命"[⑤]。首先，为

---

① 又译《女郎爱丽萨》、《妓女爱丽莎》。全书将统一使用《勾栏女艾丽莎》的译法。

② 又译《臧佳诺兄弟》。全书将统一使用《臧加诺兄弟》的译法。

③ 又译《谢丽》。全书将统一使用《亲爱的》的译法。

④ Edmond et Jules de Goncourt，*Préfaces et Manifestes Littéraires*，Paris：G. Charpentier，1888，pp. 161 - 168.

⑤ ［德］埃里希·奥尔巴赫：《摹仿论——西方文学中所描绘的现实》，吴麟绶等译，百花文艺出版社2002年版，第556页。

人们所熟知的，是兄弟两人作为法国自然主义文学奠基人的身份。他们将科学观念和方法运用于小说创作，对人体的生理机能、性欲和病理的重视与分析，对写作对象不吝时间精力进行实地考察和资料搜集的严谨态度、力求真实再现时代的生活与思想等，都极大地启发和影响了左拉的创作，为左拉后来创立自然主义文学理论体系做出了开拓性的贡献。其次，也是他们首次将底层人民作为表现的重心引入小说创作，试图引起人们对于底层社会生活的关注。而他们对病态和丑恶这类题材的关注，与波德莱尔几乎同时，双方各自占据了小说和诗歌的战场。再次，在文体风格上，他们又兼具颓废主义、唯美主义和印象主义的倾向，力图将绘画技法和主体的感官印象融入写作之中。这样，早于法国文坛兴起象征主义的数十年前，兄弟俩就已经创造出了一种基于对生活的艺术感受的小说，一种表现瞬间印象的叙述艺术，形成了别具一格的写作风格，即他们自称的“艺术家笔法”。在他们的影响下，法国文坛甚至出现了一股艺术化写作的风潮。[①] 最后，他们早于当时著名的文学批评家欧内斯特·勒南，首次在法国以印象主义的方式进行文学批评。

可以说，从龚古尔兄弟小说创作的各方面来看，他们都可以称得上是开风气之先的作家，对法国文学的现代性进程做出了重要的开拓和革新。然而，国内学界对龚古尔兄弟的既有认识，多局限在自然主义文学的框架下，考察他们对左拉创立诗学体系的启发和奠基作用，往往忽视了其诗学和创作的独特性，甚至绝少出现专题性的深入研究。他们的文学贡献和价值长久以来被学界低估和忽略，长期遮蔽在历史的尘埃中，这无疑是19世纪法国文学史研究的遗珠之憾。

龚古尔兄弟在开拓文学新路径上所做出的积极实验，是与整个法国日益步入现代化的历史进程相适应的。他们对文学艺术化、唯美化的追求，虽然主观上是为了与时代保持距离，其实却与现代社会给作家造成的疏离感、颓废意识密切关联；他们在文学中积极引入科学的观念和方法，顺应了整个时代的科学化走向和科学主义思潮的盛行。而他们重视

① David Baguley, *Naturalist Fiction: The Entropic Vision*. New York: Cambridge University Press, 1990, p. 191.

感官印象的描绘，则是为了更敏锐地体会、表达现代社会给人带来的震颤体验。他们本人也曾承认："就我们作品的倾向、我们小说的意义、我们在撰述历史上开创的新路径、我们家族的关系、我们的天分、审美、已流传为风尚的个人偏好，还有我们身体与精神的需要来说，没有人比我们更属于这个时代。"①

有鉴于此，本书将对研究内容做出时间范围的限定，即结合第二帝国的时代来进行有关研究，从第二帝国时期（1851—1870）的背景中研究龚古尔兄弟，将他们还原到本来的生活语境中，对他们在此期间的小说诗学思想和实践进行较为系统的整理分析，并进而从这一侧面探讨当时法国文坛的思想背景和作家的生存情况。

首先，之所以如此限定研究的时间范围，是由于龚古尔兄弟共同从事文学创作的时间正好与第二帝国的存续年代相吻合。从发端来看，龚古尔兄弟的文学创作起点与第二帝国的开创几乎完全重合：他们的处女作《在一八…年》原计划于1851年12月2日出版（其正式出版日期因政变而推迟了三天），日记也于这一天开始写作，而这正是路易—拿破仑·波拿巴发动政变的当天。路易—拿破仑执政后，于次年称帝，称为拿破仑三世，成立了法兰西第二帝国。从终点上看，第二帝国王朝延续至1870年，在9月爆发的巴黎示威行动中宣告垮台。而于勒也于此年6月去世。可以说，两人的共同创作阶段几乎完全吻合于第二帝国时期。而且，龚古尔兄弟合著的小说和日记部分正是以讲述当代史为己任，作品全部取材于第二帝国时期的现实生活。在1861年1月14日的日记中，他们写道："我们小说的一个独特之处，在于它们是当代最有历史意义的小说，为这个世纪的精神史提供了最丰富的实事与真实。"② 同时，国内外学者一般认为，龚古尔兄

---

① Edmond et Jules de Goncourt, *Journal: Mémoires de la vie littéraire*, Tome Ⅰ, Paris: Robert Laffont, 1989, p. 658.（1861. 1. 8）本书依据的日记版本是法国罗贝尔·拉封出版社（Robert Laffont）1989年出版的三卷本《日记：文学生活回忆录》（1851—1896），是龚古尔兄弟日记的完整收录本。同时，笔者也参考了日记的英文译本和吕永真先生的中文摘译本。下文中所引用的日记原文，均为笔者根据法文版本所做的自译，不再一一注出。

② Edmond et Jules de Goncourt, *Journal: Mémoires de la vie littéraire*, Tome Ⅰ, Paris: Robert Laffont, 1989, p. 662.（1861. 1. 14）

弟两人共同创作时期的作品不仅数量较多，质量也较高，如他们最出色的小说《热曼妮·拉赛朵》（1865）就产生于这一时期。于勒去世后，埃德蒙又创作了四部小说，但多数是在前期两人已有创作思路或完成了文献资料搜集的情况下写成的，无论是在文学思想还是写作风格上，与前期相比都没有发生较为明显的变化，小说的艺术成就也未能超越前期。因此，以1870年为界进行分析，已经可以大致窥见两兄弟的诗学思想和创作风貌，并不会过于损害相关研究的完整性和全面性。因此，以这一时期为背景对龚古尔兄弟进行研究，是一种合乎实际的选择。

其次，笔者还将把龚古尔兄弟置于第二帝国时期文坛的多元语境中，确定他们在时代社会文化生活中的坐标。第二帝国存在的二十年不仅是法国文学发展史，甚至是整个法国社会发展史上极具历史意义的重要阶段。二十年中，拿破仑政府基本稳定了大革命以来动乱频仍的社会；在官方的积极倡导下，法国初步完成了工业革命，开始步入向现代化迈进的转型期。就文学而言，交替时期的社会给作家提供了丰富的感受空间和多样的生存方式，法国文学在第二帝国时期也呈现出一派忙碌的文本实验景观。尽管更早一辈的作家雨果、乔治·桑等人在第二帝国时期仍享有很高的公众声望，但那种由一两种文学流派统领文坛的时代早已过去，此时的文坛已丧失了往日的同质性，日趋破碎、分裂。文坛因此开始出现“许多不同并且相互冲突的有关艺术和文化的观念，这暗示着流行的假定已经崩溃，不论这些假定是艺术的，伦理的，还是社会的”。[①] 19世纪后期主要的文学流派大多起源并发展于这一时期。譬如，浪漫主义在此时尚存余温：雨果于这一时期发表了小说《悲惨世界》（1862）、《海上劳工》（1866）、《笑面人》（1869），以及《静观集》（1856）等一批诗歌作品；现实主义文学虽然早已在司汤达、巴尔扎克等人笔下有了成熟的表现，但这一名称于1855年才经由画家库尔贝正式提出，福楼拜的《包法利夫人》（1856）等重要作品也正是在第二帝国时期完成的；作为浪漫主义和唯美主义相结合的产物，帕尔纳斯派的诗人们也活跃于此时，戈蒂埃的《珐琅与雕玉》出版于

① ［美］彼得·福克纳：《现代主义》，付礼军译，昆仑出版社1989年版，第12页。

1852 年，该诗派的成名作《当代帕尔纳斯》第一卷则诞生于 1866 年；象征主义方面则有波德莱尔的《恶之花》(1857)、《巴黎的忧郁》(1868) 和魏尔兰的《感伤诗集》(1866) 等。就文学批评方面来说，19 世纪后期法国最重要的两位文学批评家圣伯夫和泰纳，也纷纷在此时写出了代表作：圣伯夫的《月曜日丛谈》发表于 1851 至 1862 年；泰纳的《英国文学史》发表于 1864 至 1869 年,《艺术哲学》出版于 1865 年。

于是，此时从事写作的龚古尔兄弟，享有众多的文化思想资源，他们的作品也自然折射出各种文学流派的光彩。在这样多元的文学语境下研究龚古尔兄弟，必然可以让我们的视野更具开放性和全面性，同时也更加准确深入。因此，本书在研究过程中将不局限在自然主义文学或其他单一流派的话语体系中考察龚古尔兄弟，而将充分照顾到作家身上存在的每一种诗学特质和文学倾向，期望能对龚古尔兄弟的诗学思想做更为深入系统的表达。

再次，本书的主要研究材料是第二帝国时期龚古尔兄弟的全部文本。这是由研究对象决定的。龚古尔兄弟并没有系统的诗学论著，其文学思想主要散见于共同撰写的长卷日记和一些书信、批评性文章中，此外，其作品的序言也是兄弟两人表达诗学主张的重要阵地，其中文学类著作的序言共计十四篇，全部收入 1888 年出版的《文学序言与宣言》(*Préfaces et Manifestes Littéraires*) 一书。因此，本书将以他们在第二帝国期间的日记 (1851—1870) 和作品序言作为主要的分析与研究对象，整理并研究龚古尔兄弟的文学思想；同时结合他们共同完成的七部小说作品对其文学创作情况进行分析；此外也会涉及他们在历史和美术等其他作品中所表现出来的、与其文学思想相关的观点。

就本书的研究方法而言，由于龚古尔兄弟的文学思想内容颇为驳杂，表现形式上则多呈现语录化或感悟化的特点，很少对所述思想展开严密深入的推理论证，因此，需要通过对文本资料进行大量的收集和整理工作，在宏观的文化历史视野中进行具体而微的文本细读，方能见微知著，将龚古尔兄弟的文学思想和创作情况还原，回溯于它们产生时的社会历史文化语境之中，探究龚古尔兄弟的创作思想和实践在时代中的个体性与共通性，进而对其诗学思想做出学理性的、系统性的总结与分析。此外，由于龚古尔兄弟还广泛涉猎了历史和绘画艺术的研究和写作，他们的史学思想和艺术理念与其文学思想往往相互交融缠绕，联系紧密，因此，在研究中还需用到跨学科的方法，才能真实全面地反映出龚古尔兄弟的文学面貌。

最后，应该指出的是，本书将把龚古尔兄弟作为一个创作整体来看待。两兄弟的写作具有高度的一体性，共同写作是他们长久以来的固定创作方式。从创作过程来看，两兄弟首先商量作品所要表现的题材，接着一起进行实地调查与资料搜集，之后确定作品的内容，再分别进行写作，最后加以汇总并共同修正完成。这种一体化的写作方式之所以能够实现，一方面是因为两兄弟皆终身未婚，于勒在世时，无论是日常生活、文学创作、外出旅行还是社会交往，二人几乎一直是共同行动、互不分离的，这就为其在写作题材方面达成统一提供了可能；另一方面，两人的文学思想、艺术偏好、情绪波动虽不能说全都毫无分别，但大多能保持整体的一致，于是在风格上也很容易融会合一。正如埃德蒙晚年所说："我们两人的气质完全不同：我弟弟天性活泼，才华横溢，喜欢自我表现；而我生性忧郁，沉默寡言，有些内向——奇怪的是，对于外界事物，两个头脑却总获得同一印象。"[①] 而从其作品的完成情况看，更是犹如出自一人声口，难分彼此。因此，本书在分析过程中，将把龚古尔兄弟视作一个创作整体，不对他们做个体区分。

二　国内外研究现状

（一）国内研究综述

1. 五四运动之前的研究

国人与龚古尔兄弟的初识始于20世纪第二个十年。当时国内对他们作品的传播与评议较为零散，大多是在谈及自然主义文学的创作时，作为代表作家之一进行简单介绍，绝少出现专论，而且多为转引外国已有的评价

---

① Edmond et Jules de Goncourt，*Journal*：*Mémoires de la vie littéraire*，Tome Ⅲ，p. 809.（1895. 12. 27）

观点。就今天可见的资料，最早提及龚古尔兄弟的文章是陈独秀的《现代欧洲文艺史谭》，发表于1915年11、12月的《青年杂志》。陈独秀援引法国批评家裴利西（Georges Pellisier）的观点，对自然主义大为激赏，认为左拉、龚古尔兄弟等自然主义小说家“于坚持文学上之观察力及现实界真诚之研究，其功绩亦未可没”。[①] 否定自然主义是“失败”的文学，指出自然主义文学在欧洲的势力不可小觑。但文中并未对龚古尔兄弟的创作加以具体介绍分析，仅是笼统指出他们与左拉“最称莫逆”，同属于自然主义一派。这是龚古尔兄弟在中国的首次正式出场，但由于文中仅以寥寥几笔带过，在当时并未引起国人的注意。

1917年2月，《新青年》第2卷第6号发表了陈嘏为龚古尔兄弟的代表作《基尔米里》（即《热曼妮·拉赛朵》）所作的一篇译者识。这是新中国成立前介绍龚古尔兄弟创作情况的第一篇也是唯一一篇专论文章。该文对龚古尔兄弟的生平、主要创作特点、其作品在法国的影响以及《基尔米里》的文风等方面都作了较为完整全面的论述。

陈嘏指出，龚古尔兄弟的写作在当时求新思变，迥异于他人。其一，在《基尔米里》一书中，首次将底层人民的生活作为作品的主体加以表现，“盖以描写下级社会之书，实以此为嚆矢”。[②] 其二，龚古尔兄弟虽和左拉等人同属于自然主义文学一派，但并不同于后者，“其描写事实，非绝对的客观描写，尤注重一切事象所与之主观印象焉”。[③] 以《基尔米里》为例，书中对女主人公的生活加以断片式的记述，无论是对人物心理的解剖，或是写景、记对话，无不借助细致观察，一一经作者主观而来，“书中之事象与作者之主观常并存而不相离也”。而作品里对人物心理的描画更为译者所欣赏：“尤能深入浅出，刻画尽致，是乃其思想致密精神过人之处也。”[④] 其三，兄弟二人在小说创作中较早地引入了对人物生理，尤其是病态的观察和描写。陈嘏认为这是由于兄弟二人常年生活于疾病

① 陈独秀：《现代欧洲文艺史谭》，《青年杂志》1915年第1卷第3号。

② 陈嘏：《〈基尔米里〉译者识》，《新青年》1917年第3卷第5号。

③ 同上。

④ 同上。

的折磨之中，所以其作品中的主人公“多半为忧愁病苦之人，所谓同病相怜也”。[①]

至于龚古尔兄弟的创作在法国起初并未受到大众好评的事实，陈嘏也并不讳言。对造成这一情况的原因，他做了如下分析：其一，龚古尔兄弟的写作在当时处于时代的前沿，因过于创新而一时很难被普通读者所接受，“由其独辟新境，与习见之作物异趣，庸众难解，此乃重大之原因”。[②]其二，兄弟二人最早以撰写历史著作开始其创作生涯，也是由此而逐渐为大众所知的。然而当他们转向小说创作时，写作的内容则突然转变为对现代社会人事物的观察和描画，自然便“与世人期待，背道而驰”，这也是其作品不受欢迎的原因之一。其三，是客观环境因素，“更则彼等之著述，每当出版之时，辄遭事变，或为出版之书肆不久倒闭，或则国内变乱突发，人人无读书之闲暇。彼等之作物，亦遂束诸高阁，兹又一因也”。[③] 同时，陈嘏也介绍了普法战争之后，法国的社会文化思想逐步发生变化，于是“渐觉彼兄弟之作物，新颖细密，确有真实之价值”。[④] 他们的作品自此逐渐为世人所肯定，开始不断再版，二人声誉日隆。及至1880年福楼拜去世后，“法兰西文坛，推彼为主人”。[⑤]

同年7月，《新青年》第3卷第5号发表了陈嘏节译的《基尔米里》一文，这是龚古尔兄弟的作品在中国的第一篇译作。该文仅译出原作的第一章和第二章的部分内容，约占全书的十分之一。但译者的翻译态度认真严谨，将文中出现的地名、时间背景等一一详加注释，以方便读者接受。陈嘏的文笔亦十分精到优美，注重锤炼文字，能够较为准确地还原龚古尔兄弟典雅精细的艺术化写作风格。此外，龚古尔兄弟追求对环境景观和室内陈设静物作细致刻画，但笔触所及往往太过细密累赘，有时难免失于琐碎冗杂。而陈嘏的译文文白夹杂，以白话译文中人物的对白，以文言译作品的叙述部分，文风精炼灵动，巧妙地弥补了这一微瑕。

① 陈嘏：《〈基尔米里〉译者识》，《新青年》1917年第3卷第5号。
② 同上。
③ 同上。
④ 同上。
⑤ 同上。

自1917年9月始，周作人在北大讲授欧洲文学史课程，其讲义约于1917—1919年成稿。之后，周作人将讲稿中古希腊至18世纪的部分结集出版，名为《欧洲文学史》，至今仍有较大影响。但作为近代欧洲文学史重点的19世纪部分，由于周作人自己并不满意，一直未能付梓。直至2007年，才由止庵、戴大洪加以校注，定名《近代欧洲文学史》面世。书中，周作人认为龚古尔兄弟是自然主义作家，但与左拉等人不尽相同，属于自然主义作家中的印象派："印象派者，本绘画派别之称，创始于法国画家Edouard Manet。描画景物，不重形式轮廓，拟像实体，但在用光色，表现一己所受之印象，故得是名。Goncourt兄弟，始用其法为小说。"① 对于龚古尔兄弟与左拉等作家创作的区别，周作人指出："自然派重客观，以外物为主体。印象派则以本心为主，与外物接，是生印象，因著之录，乃并重主观，与纯自然派相背。唯所凭依，仍在外物，即仍以自然为本，故同属一系。或称之为积极自然主义，而Zolaism为消极自然主义也。"② 这种分法在日本自然主义文学的推广者岛村抱月的长文《文艺上的自然主义》中已有充分论述，与周文十分类似。该文虽在中国直到1921年才由晓风翻译，发表在《小说月报》上，但在日本发表于1908年，当时周作人仍在日本留学，应该看过这篇文章，受到了它的启发。此外，周作人也肯定了龚古尔兄弟对文学真实性的追求，奉其为"主张'文学之真实'之第一人"，③ 这是由于他们用学术研究的方法从事文学创作，"以文学为社会研究之一种，作者观于现实，记所得印象，以成人生记录"。④ 而对于写作对象的观察，二人细致冷静之至，"已达其极，盖近于病矣"。⑤ 关于两人的创作过程，周作人也做了简单的介绍："Goncourt兄弟作小说，大抵合撰。凡一事一物，二人各就观感，直笔于书，以相比较，取其善者。久之思想文章，益益相近，几于无复分别。"⑥

① 周作人：《近代欧洲文学史》，团结出版社2007年版，第220页。
② 同上。
③ 同上。
④ 同上。
⑤ 同上书，第221页。
⑥ 同上书，第220页。

2. 五四运动至1949年之前的研究

1919年五四运动兴起后，包括浪漫主义、现实主义、自然主义、唯美主义、印象主义、象征主义等西方近现代文学理论思潮开始大量涌入国内，广泛影响了当时的文坛创作。而自然主义逐渐从众多的文学流派中脱颖而出，博得了以茅盾为首的进步知识分子的重视和推广。20年代，茅盾等人开始在包括文学研究会的机关刊物《小说月报》、《文学旬刊》等阵地上专门而系统地宣扬自然主义文学。期间，这些刊物集中发表了一批文学研究会成员的关于自然主义文学的论文，以及多篇日本学者对自然主义文学理论的评论文章，刊登的外国小说译作也几乎全部属于自然主义的作品，在1922年第5、6期《小说月报》的“通信”栏里还展开了一场关于自然主义文学的讨论。自然主义文学的势头大劲，一时无二。

作为自然主义文学的两员骁将，龚古尔兄弟的名字也在当时反复被提及，日益为国内学界所熟知。但国内学者更多关注左拉的理论和创作，两兄弟的文学思想和作品仍未引起足够重视，依然鲜见专论。由于中国学界对于自然主义文学的接受，多是经由日本的渠道而来，他们对自然主义文学的认识，受日本理论家的影响更为深远。我们可以看出，日本学者对于自然主义的认识和接受，相对于法国自然主义的主流观点有其独特性。他们将龚古尔兄弟的创作提升为自然主义文学中的一个重要派别——印象派自然主义，并认为它是较之左拉更为“彻底”、“积极的”自然主义的观点。

1921年12月，《小说月报》刊登了日本学者岛村抱月的《文艺上的自然主义》一文，由晓风翻译。这是一篇关于自然主义文学的起源、发展、内部构成、价值论以及在各国文学中的表现等问题的系统阐释文章，对国人的启发和影响很大。文中，岛村抱月援引英国文学家巴林在《大英百科全书》中的说法，将自然主义从描写的方法态度方面分为两类：一是追求纯客观的，即所谓“原始的自然主义”，以左拉、莫泊桑为代表，它“主张写自然的时候，务必使事象都如映射在明镜中一般，换句话说，务求他是纯客观的，纯写实的”；二是有主观插入的，即“印象派的自然主义”，以龚古尔兄弟为代表。印象派的自然主义“把那曾经排斥的作者底主观，仍用或一方式夹插进去；就是把作家感受了自然而得的印象，宛然地表现出来。……主张把感觉界即外物底印象及从外物而生的情趣上的印象两者一并像留声机般表现出来……是非到内外彻底不止的自然主义”。[①] 岛村抱月指出，两种派别的统一目的都是求真，区别在于写作时的态度。“原始的自然主义……即要把外来的自然不歪不斜地映写出来，他那态度用意是消极的。他们极力想以无想无念全然空虚的心去迎送事物。因此便产生了排斥技术，排斥主观的倾向。”[②] 然而，他认为这在实际写作中并不能彻底完成，作家在描画外在事物时很难完全清空自己的主观思绪。因此，他更为青睐的写作方式是：“要使这思念不来纠缠，只有用不顾知慧细巧而且用要拈出纯粹无垢的或一物态度，应接事物。或竟让事物映射在谦虚而又明洁如镜的心中，平心静气随那印象自由开展。这便是积极的态度。”[③] 由积极态度滋生的作品，即为主观插入的印象派自然主义。

当时，国内学者对自然主义文学的划分多采纳了岛村抱月的观点，仅在表述上略有区别。如 1920 年 11 月，谢六逸发表于《小说月报》第 11 卷第 11 号上的《自然派小说》一文，作者即按岛村抱月的分法，将自然主义文学划分为“本来自然主义”和“印象的自然主义”两类，指出龚古尔兄弟的创作属于后者。[④] 文中同时谈及龚古尔兄弟历经数十年完成的巨制《日记》，介绍该书“叙巴黎文学家的生活，记录极为细密。因为龚古尔氏兄弟头脑精敏过人，对于以前的一切人生记录，皆视为伪。因脱弃因袭，编撰此册”。[⑤] 称许此书可称得上是“非伪的人生报告”。[⑥] 但文中误将其创作周期写成 1887 年至 1896 年的九年时间。1922 年 5 月，《小说月报》第 13 卷第 5 号发表了同作者的《西洋小说发达史》（上）一文。其中承续了《自然派小说》一文对自然主义文学派别分类的提法。关于两派各自特点的论述，较之前文更为深入具体，不过仍十分类似于岛村抱月的文章。两

---

① ［日］岛村抱月：《文艺上的自然主义》，《小说月报》1921 年第 12 卷第 12 号。

② 同上。

③ 同上。

④ 岛村抱月的文章在日本国内于 1908 年即已发表，谢六逸曾在日本留学，应知道此文。

⑤ 谢六逸：《自然派小说》，《小说月报》1920 年第 11 卷第 11 号。

⑥ 同上。

个月后，在第7号发表的《西洋小说发达史》（下）里，谢六逸对龚古尔兄弟的小说创作又做了具体介绍，但基本是对陈嘏的《〈基尔米里〉译者识》一文的简述，其主要内容、观点几乎与后者完全一致。1922年9月，茅盾（署名郎损）在《"曹拉主义"（今译"左拉主义"——引者注）的危险性》一文中，转述了《西洋小说发达史》中的提法，亦将自然主义文学分为"本来自然主义"和"印象的自然主义"两类。1922年5月，李劼人在《少年中国》第3卷第10期中发表了《法兰西自然主义以后的小说及其作家》，文中将自然主义分为三个派别：写实派，包括左拉、莫泊桑等；理想派，包括奥克塔夫·弗朗耶、维克多·切布李尔兹等；印象派，包括龚古尔兄弟、都德等。不过李劼人并未对这种分法做具体介绍，仅大致论述了以左拉为代表的写实派的长处与缺欠，指出它已逐渐衰落。

在鲁迅于1929年出版的《壁下译丛》中，收录了他翻译的日本学者片山孤村的《自然主义的理论及技巧》一文。文中将自然主义分为两类：一是以左拉为代表的"教训底写实主义"，片山孤村认为左拉的著作意在教授实证哲学，并进而怀抱有以唯物论救济国家和国民的抱负；二是以福楼拜、龚古尔兄弟为代表的"纯艺术底写实主义"。片山孤村提出，龚古尔兄弟在创作中表现出了纯艺术性倾向，"是不仅出于无意识底模仿的天性的，也是意识底世界观的结果"。[①] 为详加解释，片山孤村引用了美国学者格特鲁德·斯泰因在《论审美的世界观》一文中关于龚古尔兄弟日记的一长段论述。其中提出，龚古尔兄弟的日记反映出他们内心极端的唯物主义世界观，这种世界观又与深刻的厌世论相结合，使他们对社会、人生产生了浓重的悲观绝望之感。于是，龚古尔兄弟将人生投入艺术之中，体现出艺术至上的唯美倾向。他们拥有的是这样一种人生观："在这人生观，艺术是一种手段，即仗着情绪，印象，刺激，战栗（Frissons）来，超出那受了唯物论底解释了的人生的不快，寂寥和无意义的。"[②]

在出版于1925年的《文艺史概要》和经过勘误后1929年出版的《欧洲文艺史纲》两部著作中，张资平对自然主义也大加推崇。他的观点基本

① 片山孤村：《自然主义的理论及技巧》，见鲁迅《壁下译丛》，北新书局1929年版，第32页。

② 同上书，第35—36页。

与岛村抱月相同，也将自然主义文学划分为“本来的自然主义”和“印象派的自然主义”，且对后一类别另加青眼，称其为“彻底的”、“积极的”自然主义。张资平认为，作家很难如“本来的自然主义”所宣称的那样，以纯客观的态度对待事物，事物也很难真如镜子中的影像一样映在作者心里。而印象派自然主义能够“把已经排斥了的主观用别的形式再采用了。刚库尔兄弟（即龚古尔兄弟——引者注）是最初主张这种方法的，始终以作者之印象为主，合并外物的印象和由外物而生的情趣上之印象，内外彻底的表现出来。所以有人称左拉主义为‘报告的自然主义’，而‘印象派自然主义’为‘彻底的自然主义’”。[①] 他认为这两种类别的界限并不分明，只是“由作者执笔当时的态度（即觉悟）而决定的，或倾此或倾彼原无一定。‘本来的自然主义’是想把由外来的自然不歪不曲的映写出来，故其态度是始终消极的。若不勉强去排除主观的分子，只任映到心上来的印象尽情地展开而把他描写出来的态度是积极的态度，这就是‘印象派自然主义’的态度”。[②] 张资平同时认为，龚古尔兄弟的小说作品成就并不很高，“他们的艺术注重印象而不顾从前小说所尊重的统一，所以他们的作品多不具小说的体裁。他们所描写的人物映在读者心里不过是那时的一种生活的模型。他们描写时代生活的氛围气比各个性格写得还要浓厚。研究的忠实及文章的精细二点是他们的特色”。[③]

应该指出，《欧洲文艺史纲》对自然主义的认识还存在一些较为严重的谬误。科学精神、追求客观性原是自然主义的基本宗旨，然而张资平却将其与写实主义混淆。他写道：“写实主义之立脚点是自然科学的精神，以正确的描写现实的事实为目的。……对题材完全客观的无关心的写实就是写实主义的缺点，其流弊就是写实派的作品赶不上一个照相机了。”[④] 而能弥补这一缺点的，居然被张资平认为是自然主义：“写实主义派的作家过于客观，自然主义派的作家则非绝对的客观，也非绝对的主观。从前的

① 张资平：《欧洲文艺史纲》，上海三联书店1929年版，第74页。

② 同上书，第76页。

③ 同上书，第111页。

④ 同上书，第59页。

理想主义的文艺是偏重主观，其次的写实派文艺则过于客观。自然主义除去此两派的弱点，求主观和客观的合一，换句话说，就是尊重实验的一种新主义。……要言之，写实派是注重纯客观的，自然主义是注重纯经验的。”① 可见，在张资平看来，注重经验性、加入主观的印象派自然主义才是自然主义的主潮；而那种追求纯客观的写法，无论是自然主义还是写实主义，都不足取。

到了20世纪30年代之后，左联开始排斥自然主义，自然主义在中国的热度逐渐式微，之前的接受热情已难觅踪影。只是由于惯性的力量，仍存在一些针对自然主义的褒扬和宣传，也涉及对龚古尔兄弟的介绍，但大都只是对20世纪20年代观点的延续或是稍加完善，如1930年徐霞村编撰的《法国文学史》等，并没有出现思想新颖的论著。此外，还有一些零星的译作出现，如李劼人翻译的《女郎爱里萨》（*La Fille élisa*），1934年由中华书局出版。

3. 1949年以来的研究

新中国成立后的很长一段时间内，由于受到国内“左倾”思想，以及苏联，尤其是卢卡契“伟大现实主义”文论思想的影响，国内学界普遍对自然主义文学进行了严厉的否定性批判。自然主义在此时被视为一种颓废的、低级趣味的文学，是对现实主义的歪曲和庸俗化，专注于表现庸俗、丑恶、兽性的内容，不注重揭示社会生活的本质。对包括龚古尔兄弟在内的自然主义文学的翻译和介绍因此陷入沉寂。

直至80年代，中国学界才对自然主义文学进行重新审视，自然主义慢慢得到了学界的公允评价，对它的译介和研究进入了一个全面发展和深入推进的阶段。但对龚古尔兄弟的研究仍和前期一样，少有系统性的研究，专论匮乏。

从其小说作品的翻译情况来看，据《中国20世纪外国文学翻译史》的统计，新中国成立后至20世纪末，我国共出现了以下几种龚古尔兄弟小说创作的译本：1986年，湖南文艺出版社将龚古尔兄弟的《日尔米尼·拉塞

① 张资平：《欧洲文艺史纲》，上海三联书店1929年版，第59—61页。

德》(*Germinie Lacerteux*，郑立华译)、《妓女爱丽莎》(*La Fille élisa*，王德华、邵元洲译)、《拉福斯丹》(*La Faustin*，李逢森、黄庆升译)这三部有关女性题材的小说结集出版，题名为《爱海沉帆三女性》。《热曼尼·拉赛朵》后来又有两种译本：一是人民文学出版社1986年出版的译本，由董纯、杨汝生翻译；二是葛雷翻译的译本，收入柳鸣九所编的《法国自然主义作品选》，由天津人民出版社1987年出版。1991年，外国文学出版社出版了董纯翻译的《勾栏女艾丽莎》(*La Fille élisa*)。这一译本后来又与董纯、杨汝生翻译的《热曼尼·拉赛朵》合为一册，由中国友谊出版公司1998年出版。

此外，2000年山东文艺出版社出版了由罗新璋主编的《龚古尔精选集》。其中全文收录了龚古尔兄弟的《热曼妮·拉赛朵》和《勾栏女艾丽莎》，并摘译了他们1851—1870年的日记及其历史著作的部分章节，较为全面地反映了龚古尔兄弟创作的各方面情况。2006年，《新美术》杂志在第5期发表了由缪哲翻译的《日尔米妮·拉赛尔特》序言，以及数则反映龚古尔兄弟美学思想的日记章节。

就研究情况来看，这一时期有关龚古尔兄弟的研究和论述，一般集中于各种文学史性质的教材或专著中，主要观点也都基本相同。早期的论述多受当时学界对自然主义文学否定性态度的影响，注重批判他们的作品对社会问题没有深入的思考和反映，缺乏现实意义。后期慢慢开始肯定龚古尔兄弟对底层人物的表现、对人类做生理学和病态分析的现代性意义及其文献式小说的价值。

就专论而言，《爱海沉帆三女性》书前附有黄建华撰写的序言《两兄弟与三女性》。该文大致介绍了龚古尔兄弟的生平以及这三部小说的内容，称小说中的三位女主人公都是“十九世纪末期，资本主义社会里大多数妇女的命运的写照”。此外，文中还对龚古尔兄弟写作的弱点提出以下分析：第一，“他们的现实主义或多或少是旁观者的现实主义。”龚古尔兄弟对社会底层民众的关注很大程度上是出于一种审美的“赏玩”心态，缺乏同情心。而他们把小说作为科学研究的热忱，则“抑制了作家的观察和刻画的艺术激情”。第二，龚古尔兄弟在写作上刻意求工，行文细腻，追求新词僻语的运用。这在当时令人耳目一新，但之后便慢慢暴露出“雕琢过甚的不自然痕迹”。[①] 这样的论述是较为中肯的。

柳鸣九主编的《自然主义》（1988）和朱雯等编选的《文学中的自然主义》（1992）是两部关于自然主义研究资料的合集，为国内研究者提供了大量重要的参考文献。其中，《自然主义》一书收录了葛雷翻译的《热米妮·拉赛朵》初版序言，以及罗新璋撰写的《法国自然主义文学的先驱——龚古尔兄弟》一文，后者对龚古尔兄弟的创作情况做了较为全面深入的分析，并将他们的小说创作特点概括为三个方面：历史的、艺术的和病态的。这篇文章经部分修改后，作为编选者序被收入《龚古尔兄弟精选集》中，但基本观点没有过多变化。《文学中的自然主义》共收录有关龚古尔兄弟的文献资料五篇：《热米妮·拉赛朵》初版序言、给左拉的两封书信、《臧加诺兄弟》序言、《亲爱的》序言以及诺维科夫对龚古尔兄弟的研究文章《“我们既是生理学家，又是诗人”》。诺维科夫在文中辨析了龚古尔兄弟的人道主义思想、贵族态度、对18世纪的迷恋、历史研究方法的运用、科学态度和美学观等，将龚古尔兄弟作品的美学特征概括为“生理学诗化”。

1999年，郑克鲁先生发表了《龚古尔兄弟的小说创作》一文，[②] 这是新时期唯一一篇在期刊发表的关于龚古尔兄弟文学研究的专题论文。郑克鲁先生提出，作为自然主义的先驱，龚古尔兄弟注意到下层人民的生活和命运，如《热米妮·拉赛朵》中有关女仆的堕落的记述等。同时，他们注意研究生理病例，以此探索人物行动的原因，认为这样做才符合科学。此外，他们也注重搜集材料，从现实生活中撷取题材。他们还爱好绘画艺术，由此而采用“艺术笔法”从事小说创作，笔触精细优美，在表达效果上却显得纤弱。

2004年，高建为教授出版的《自然主义诗学及其在世界各国的传播和影响》一书也列了专章对龚古尔兄弟的创作情况进行全面分析，并以《热

① 黄建华：《两兄弟与三女性》，［法］龚古尔兄弟：《爱海沉帆三女性》，王德华等译，湖南人民出版社1986年版，第8页。

② 郑克鲁：《龚古尔兄弟的小说创作》，《浙江大学学报》1999年第6期。

曼妮·拉赛朵》为例，深入探究了他们与左拉的区别：其一，龚古尔兄弟在小说创作中虽然力图以历史手法书写现实，但实际上仍未能“摆脱叙述人出现在作品中的传统，自己作为讲故事的人屡屡出面”。[①] 虽然他们为了达到客观性，叙述人的讲述往往以一种冷漠的笔调道出，然而事实上却造成了艺术效果的死板单调。左拉则注重在叙述中隐藏叙述人的视角和态度，从而增强了作品的客观性。其二，龚古尔兄弟的小说缺乏左拉作品中的激情。这样的激情可以使作品增强生命的活力与感染力。其三，龚古尔兄弟对于写作禁区的突破，不如左拉大胆直率。因而他们对于自然主义文学的发展和推进，没有做出像左拉那样重要的贡献。

近年来，也有学者注意到龚古尔兄弟写作中的颓废倾向。在出版于2012年的《颓废主义文学研究》一书中，作者薛雯即把《热曼妮·拉赛朵》视为颓废主义文学的经典文本。薛雯认为，龚古尔兄弟“对于个人堕落和毁灭的兴趣，几乎是唯美化的”；他们之所以在写作中运用医学、科学的分析手法，是意在“借这种中立的态度，以达到忠实地、大量地表现对象污秽细节以引发新的感觉的目的”。[②] 与自然主义文学仅表现病态的表象不同，龚古尔兄弟的作品要越过病理学的层面，对病态美及其所引发的艺术感觉进行更进一步的挖掘。在这个意义上，龚古尔兄弟的创作与左拉的自然主义文学具有了显著的区别。

这一时期还出现了数篇有关龚古尔文学奖的情况的文章，因为该奖项设立于龚古尔兄弟去世之后，与他们本人并无太大关系，在此不做涉及。

另据CNKI博硕士论文数据库的检索结果，至2012年为止，国内尚未出现以龚古尔兄弟为主要研究课题的博士论文。硕士论文仅有一部，为首都师范大学法语语言文学专业的张羽所作的法语论文《文化生活的见证——历史视角下的〈龚古尔日记〉》（*Témoignages d'une vie culturelle—le Journal des Goncourt vu sous l'angle historique*），2011年完成。这部论文主要关注龚古尔兄弟日记的文化史价值，研究日记中对有关法国

---

① 高建为：《自然主义诗学及其在世界各国的传播和影响》，江西教育出版社2004年版，第151页。

② 薛雯：《颓废主义文学研究》，上海人民出版社2012年版，第115—116页。

社会的历史，尤其是文化生活和文人交往情况的记录和思考。

（二）国外研究综述

与国内学界情况相比，国外对龚古尔兄弟的研究开端较早，研究角度也更为开阔全面，留下了丰富的文献资料。具体来看：

由于龚古尔兄弟在19世纪的法国拥有独特的文坛地位和丰富的社交经历，许多学者对作家本人的生活产生了强烈的好奇，由此出现了多部全面反映龚古尔兄弟生平的评传类著作。阿利多·德拉桑（Alidor Delzant）的《龚古尔兄弟》（*Les Goncourt*）（1898）一书是最早的关于龚古尔兄弟的评传，埃德蒙在世时便已出版。弗朗索瓦·福斯卡（François Fosca）的著作《埃德蒙与于勒·德·龚古尔》（*Edmond et Jules de Goncourt*）（1946）是较为杰出的一部传记。该书肯定了龚古尔兄弟作为艺术家、历史学家、小说家和革新者的意义，并着重强调龚古尔兄弟卓越的艺术天分，以及他们对18世纪法国艺术史的贡献。行文中，作者还不时掺入有趣的轶事，生动地再现了龚古尔兄弟及其时代的风貌。法国作家安德烈·比利（André Billy）撰有两部有关龚古尔兄弟的传记作品：《龚古尔兄弟》（*Les Frères Goncourt*）（1954）和《龚古尔兄弟的生平：序〈埃德蒙与于勒·德·龚古尔的日记〉》（*Vie des frères Goncourt, précédant le Journal d'Edmond et Jules de Goncourt*）（1956）。前者于1960年由玛格丽特·肖恩（Margaret Shaw）译为英文在伦敦出版。罗杰·L. 威廉姆斯（Roger L. Williams）的《恐惧生活：夏尔·波德莱尔、于勒·德·龚古尔、居斯塔夫·福楼拜、居伊·德·莫泊桑与阿尔封斯·都德》（*The Horror of Life: Charles Baudelaire, Jules de Goncourt, Gustave Flaubert, Guy de Maupassant, Alphonse Daudet*）（1981）是一部方法独特的评传。作者将医学研究法纳入传记写作中，结合大量的医学报告、日记、信件、历史记录和学术专著等材料进行研究，提出这几位作家由于长期的生理病痛与早年的不幸经历，使他们（除都德外）都对现实有极深的幻灭感，对未来充满绝望，相信生活毫无快乐幸福可言，而是无用、单调、空虚的，因此纷纷投向艺术的怀抱，让艺术取代生活成为自己的安身之所。

日记作为龚古尔兄弟留下的最宝贵的文学财富，得到了国外研究者的极大重视。学界的关注点主要包括：首先是龚古尔兄弟日记的历史文献价值，如贝克·乔治·J.（Becker George J.）的《龚古尔兄弟日记里围困中的巴黎》（*Paris under Siège*，1870—1871：*From the Goncourt Journal*）（1969）一书便以日记为历史文本，考察龚古尔兄弟对1870—1871年巴黎公社活动情况的记录和思考。阿克塞勒·普埃斯（*Axel Preiss*）的文章《龚古尔日记中的轶事》（*L'Anecdote dans le Journal des Goncourt*）（1990）则考察了日记中对同时代人生活风貌的记录。此外，还有学者从语言学角度考察龚古尔兄弟的日记，如1972年于日内瓦出版的《龚古尔日记词典：对19世纪第二帝国时期法语历史的贡献》（*Lexique du Journal des Goncourt*：*Contribution à l'histoire de la langue francaise pendant la seconde moitié du l9e siècle*）和希尔瓦·迪斯格尼（*Silvia Disegni*）的文章《龚古尔日记中的现在时》（*Le Temps présent dans le Journal des Goncourt*）（2007）等。还有许多国外学者把注意力集中到龚古尔兄弟日记中的作家作品批评，将日记中龚古尔兄弟有关某作家的评论集中起来加以整理、分析，形成专论。重要的文章有唐纳德·司什尔（Donald Schier）的《龚古尔日记中的伏尔泰和狄德罗》（*Voltaire and Diderot in the Goncourt Journal*）（1965）、让—雅克·朱利（Jean-Jacques Jully）的《龚古尔日记中的斯丹达尔》（*Stendhal dans le 'Journal' des Goncourt*）（1989）、安妮·尤博斯菲尔德（Annie Ubersfeld）的《龚古尔日记中的圣伯夫》（*Sainte-Beuve dans le Journal des Goncourt*）（2000）等。

就国外学界对龚古尔兄弟的文学创作所进行的批评研究而言，大致可以从以下几个方面加以总结。

第一，从龚古尔兄弟创作的现实性角度，揭示他们在题材上的突破意义，并进而发展为肯定他们对现实主义乃至自然主义文学的开拓之功。在《热曼妮·拉赛朵》问世之初，左拉、雨果、福楼拜等人即纷纷撰文，称赞他们对于社会底层人民生活的深入挖掘与真实描写。福楼拜声称："现实主义这个问题从未如此明确地被提出来。"[①] 雨果也在致龚古尔兄弟的贺

---

① Flaubert, *Correspondance*, Tome Ⅲ (Janvier 1859-Décembre 1868), Paris: Editions Gallimard, 1991, p. 422.

信中不吝溢美之词："你们的书与贫穷本身一样冷酷。它具有这种伟大的美：真实。你们探及了事物的最底部，这是你们的责任，也是你们的权利。"[①] 于勒·勒迈特（Jules Lemaître）更将这部小说与俄罗斯现实主义小说相提并论，称作品中对热曼妮这一人物的塑造，在揭示其人性丑陋的过程中，又表现了她纯洁真诚的自我牺牲。热曼妮身上所体现出来的人的复杂性具有极强的感染力，让人不由产生深刻的同情，堪与托尔斯泰等人的小说相媲美。左拉更是自称为龚古尔兄弟的"崇拜者和弟子"，称赞龚古尔兄弟的小说体现了新文学的特征："探求充分的人性"、"不掩盖人的尸体"，应当把它"当作一面旗帜来高举"。[②] 在他的《实验小说》中，左拉更是反复引证龚古尔兄弟的创作与文学思想，用以解释自己的自然主义文学理论，声称龚古尔兄弟对于真实性和人文文献材料的重视，"就是我们用于一切环境和一切人物的工具和自然主义公式"。[③] 关于龚古尔兄弟创作的现实主义与自然主义维度的分析，还见于奥尔巴赫的《摹仿论》、雷内·韦勒克的《批评的诸种概念》，以及伍德·J. S.（Wood J. S.）的《龚古尔兄弟与现实主义（1860—1870）》（*Les Goncourt et le Réalisme*，1860—1870，1949）、理查德·B. 格兰特（Richard B. Grant）的《龚古尔兄弟小说中的幻想与现实》（*Illusion and Reality in the Goncourt's Novels*，1970）、罗伯特·德·菲利斯（Robert de Felici）的《埃德蒙·龚古尔戏剧诗学中的想象与自然主义》（*Fantaisie et Naturalisme dans la Poétique dramatique d'Edmond de Goncourt*，2001）等。

第二，在文坛肯定龚古尔兄弟对底层人民生活的真实描写与深入挖掘的同时，也有一些批评家从伦理道德角度提出批评，指责他们的写作一味追求对社会的丑陋和阴暗面的表现，造成了恶劣的社会影响。在他们的《文学家》刚出版时，当时著名的评论家朱尔·雅南（Jules de Janin）便在1860年1月30日的《争论报》上发表了一篇措辞激烈的负面书评，称这

---

① André Billy，*The Goncourt Brothers*. Trans. Margaret Shaw. London：Andre Deutsch，1954，p. 137.

② 引自郑克鲁《左拉文艺思想的嬗变及其所受到的影响》，《上海师范大学学报》1989年第3期。

③ ［法］左拉：《实验小说》，《文学中的自然主义》，上海文艺出版社1992年版，第248页。

部作品只表现了文坛的卑劣与腐败，缺乏正面积极的描写，是对文学界的恶意污蔑与诽谤。而《热曼妮·拉赛朵》问世后，类似的批评更是不绝于耳，抨击它通篇充斥着“细节泛滥、胡编乱造的秽言亵语”，代表了“文学的腐臭化”。[①] 直到20世纪初，法国学者欧内斯特·赛里埃尔（Ernest Seillère）在《道德家龚古尔兄弟》（*Les Goncourt Moralistes*，1927）中仍延续前人的观点，指责龚古尔兄弟患有与缪塞类似的颓废的“世纪儿”病症，认为他们对人物病态心理的精确描写，具有令人不满的不良道德影响。

第三，社会历史批评在龚古尔兄弟研究中也是较为常见的一种。较早的有匈牙利文论家卢卡契、萨特等人，他们往往在分析福楼拜、左拉等人的创作时，将龚古尔兄弟作为情况相似的作家并举，指责他们的创作与时代、社会相脱离。卢卡契在《叙述与描写——为讨论自然主义和形式主义而作》（1936）中，提出左拉、福楼拜、龚古尔兄弟等人拒绝参与资产阶级生活，缺乏深刻的生活体验，从而使得他们的创作存在着过于注重描写，以致丧失了叙事统一性的问题。萨特在《家庭中的白痴：居斯塔夫·福楼拜（1821—1857）》（*L'Idiot de la Famille*：*Gustave Flaubert de* 1821 *à* 1857）第三卷（1972）中指出，包括龚古尔兄弟在内，与福楼拜同时代（主要指第二帝国时期）的诸多作家在社会中都有一种深广的失败感：经济的失败、社会身份的失败、情感和性的失败、艺术作品本身的失败等。萨特认为，正是这种种的失败结合起来形成了这些作家自我认识上的贵族化倾向。经济上的失败意味着不向市场屈从，意味着其写作的无功利性和纯粹性；从社会身份上来说，这些资产阶级出身的作家拒绝承认自己的身份，而是将自己视为超脱于生活和环境的贵族；在情感和性方面，这些作家憎恶女性，因为与她们的关系让自己耗费了艺术灵感和激情；作品不受读者欢迎则代表了他们对民众低俗趣味的拒斥，代表了在语言和风格上的排他性和艺术性。这些作家凭此得以像浪漫派作家一样与社会保持距离，用贵族的眼光俯视并抗拒自己的时代。在《什么是文学》（1947）一文中，

---

① André Billy，*The Goncourt Brothers*. Trans. Margaret Shaw. London：Andre Deutsch，1954，p. 136.

萨特再次批评这些作家对民众缺乏同情，他们在文学上所要求的创作自由，表面上顺应了公民要求政治自由的历史潮流，其实与无产阶级的深切要求毫无共同点。他认为，龚古尔兄弟的“艺术家笔法”即是一个典型的例子，这是一种脱离读者心理的文学风格，只关注自身的形式，致力于雕琢技巧，尽管他们以普通民众为表现对象的小说在文学上具有一定的革命意义，但在表现方式上的雕琢又导致它无法满足普通民众的阅读要求，这既使得他们的作品缺乏对社会生活内容的深刻挖掘与思考，又使其失去了最广大的读者。

保罗·布尔热同样注意到了龚古尔兄弟创作中注重细节描写、忽视挖掘社会问题的特点。不过布尔热对此持赞赏态度，提出这种他称为“颓废风格”的文学形式正对应于当时的颓废社会，是时代精神的表征。布尔热认为，当时的法国社会是一种高度个人主义的颓废社会，社会机体的各细胞趋于独立、分散，呈现“无政府”状态。这个时代孕育出的颓废艺术拥有极为“个人主义”的表现形式：“所谓颓废风格，即为书页的独立腾出空间而书的统一性消解，为句子的独立腾出空间而书页的统一性消解，为语词的独立腾出空间而句子的统一性消解。”① 他认为这种颓废风格代表了文学现代性的趋向，龚古尔兄弟则正是这一风格的代表。他乐观地认为，他们的艺术“将在五十年后被普遍认可”。②

自 20 世纪中后期开始，基于社会学立场的文学批评蔚为大观。布迪厄的《艺术的法则——文学场的生成和结构》从文化社会学的角度，分析了第二帝国时代的文学场域以及运行其中的种种物质与象征权力，对福楼拜、龚古尔兄弟等人在文学场中的位置、习性等问题展开了深入系统的阐述。斯蒂芬妮·夏波（Stephanie Chapeau）的《龚古尔兄弟的艺术家观念（1852—1870）》［*La Notion d'Artiste chez les Goncourt*（1852—1870），2000］，同时从“艺术家生理学”和“艺术家与社会”两个层面出发，指出身为艺术家的龚古尔兄弟所具有的敏感性、易怒、神经症与智慧，在面

---

① Paul Bourget, *Essais de Psychologie Contemporaine*. Tome Ⅰ, Paris: Plon-Nourrit, 1920, p. 20.

② Ibid., p. 23.

对社会的严厉道德规范体系时，发展出了对于社会的厌倦感与忧郁症，同时也分析了他们在各种社会交往——包括家庭、爱情、职业、同行、民众等——中所表现出来的自我边缘化倾向。夏波提出，时代生活与生理病症孕育了龚古尔兄弟身上复杂的悖论与二重性：他们品格高尚同时又是唯快乐论者；怀恋旧时代又具有鲜明的现代性；兼具男女双性气质等。她认为这些双重性特质是龚古尔兄弟创作思想现代性的根源。2005 年出版的《世纪中的龚古尔，“龚古尔”的世纪》（*Les Goncourt dans leur siècle. Un siècle de《Goncourt》*）是一部关于龚古尔兄弟与龚古尔文学奖研究的论文集，其中上篇《世纪中的龚古尔》中收入的《龚古尔兄弟与出版商：人物群像》（*Les frère Goncourt et leur éditeurs：portrait de groupe*）、《龚古尔兄弟与谈吐趣味》（*Les Goncourt et le goût de la conversation*）、《雷翁·布罗伊：解读龚古尔兄弟》（*Léon Bloy，lecture des Goncourt*）等文章，从不同视角分析了当时的文化市场、龚古尔兄弟与同时代文人的关系、他们如何通过文字与自身行为来影响时代审美以复兴 18 世纪美学等。

第四，从艺术形式方面批评龚古尔兄弟的小说创作。其中“艺术家笔法”（l'écriture artiste）是龚古尔兄弟在写作中最为突出的特色，也是研究最为集中、充分的地方。理查德·A. 阿尔特塞勒（Richard A. Hartzell）的《艺术家笔法：龚古尔兄弟作品中的绘画与印象派技法》（*L'ècriture artiste：Techniques Picturales et Impressionnistes dans L'œuvre des Goncourt*，1983）是一部系统论述这种写作风格的专著，在作者的博士学位论文的基础上完成。此外，还有 Suzanne Abitbol. Hershfield 的著作《埃德蒙与于勒·德·龚古尔（1830—1870）：艺术写作或逃避在风格中》（*Edmond et Jules de Goncourt* 1830—1870：*l'ècriture artiste，ou，l'èvasion dans le style*，1984）等都从不同角度对这一问题开展了具体研究。总体而言，西方学者认为龚古尔兄弟的“艺术笔法”的主要特点包括：绘画式的描述、注意感受并表现瞬间的印象、注意对外界的色彩作主观性表达、去情节化、片段化、新词或罕见句式的运用与表达等。同时，研究者也大都肯定龚古尔兄弟的这种写作风格自成一派，并广泛影响了与其同时代及后世的许多作家，甚至在当时形成了一股艺术化写作的风潮，将绘画这门视觉艺术与文学这门语言艺术以一种审美的方式实现了前所未有的充分融合。

第五，后现代主义文学批评兴起后，运用性别、种族主义等话语体系来研究龚古尔兄弟的批评文章也较为常见。龚古尔兄弟对19世纪女性的敌意与反犹思想成为这些批评家关注的重心。学者们一般认为，龚古尔兄弟对当时女性的态度是不信任的、排斥甚至是惧怕的，他们笔下的女性形象总是具有危害性，表现出人性的种种缺陷，而这往往是其自身对社会发展的不适应所产生的厌恶心理的一种外在投射。玛丽·利斯顿（Mairi Liston）在《戏剧的交点：一篇龚古尔兄弟的日记（1862.3.1）》（*Theatrical Intersections: an Entry from the Goncourts' Journal*, 1 *March* 1862, 2009）一文中指出，龚古尔兄弟的日记追踪了当时法国社会中妇女力量的日益增长，并将其视为社会面貌发生变化的一种象征。龚古尔兄弟对此表现出既赞赏钦佩又惧怕厌恶的情绪。科特讷·A. 苏里瓦（Courtney A. Sullivan）在《“灼烧伤口”：龚古尔兄弟与欧仁·苏笔下作为第三等级的“娇媚少女”》（“*Cautériser la plaie*”: *The Lorette as Social* Ⅲ *in the Goncourts and Eugène Sue*, 2009）一文中比较了妓女形象在龚古尔兄弟的小说《娇媚少女》（1853）和欧仁·苏的同名作品（1854）中的表现，提出他们都让妓女承载了作家自己对传染病和社会动荡的不安，偏执地认为正是妓女造成了社会病的爆发。帕特西娅·A. 马克伊恩（Patricia A. McEachern）在《圣母与野兽：十九世纪法国叙事中的圣母意象与兽性形象》（*La Vierge et la bête: Marian Iconographies and Bestial Effigie in Nineteenth-Century French Narratives*, 2003）一文中将龚古尔兄弟的《费罗曼娜修女》（1861）放在法国19世纪圣母崇拜思想盛行的背景下考察，认为文本中的费罗曼娜本来具有兽性倾向，而她进入修道院后则逐渐呈现其人性中圣母的一面，获得了病人的好感和尊重。作者提出，这种在作品中对女性形象作圣母或野兽的划分，反映出当时法国社会对人性中兽性倾向的普遍恐惧。詹尼弗·福瑞斯特（Jennifer Forrest）在《十九世纪对十八世纪的风趣、格调和审美超脱的怀恋：龚古尔兄弟关于十八世纪艺术和妇女的历史著作》（*Nineteenth-Century Nostalgia for Eighteenth-*

Century Wit, Style, and Aesthetic Disengagement: The Goncourt Brothers Histories of Eighteenth-Century Art and Women, 2005）中则指出，尽管龚古尔兄弟在小说和日记中表现的19世纪女性都显得惹人厌恶，但他们在自己的历史著作《玛丽—安托瓦内特传》（1858）中却塑造了一位极其高雅的女性形象。两兄弟甚至认为18世纪的女性令人赞赏地主导了当时极具民族特色和艺术气息的法国社会与文化。相关的研究还有米歇尔·赫斯博（Michèle Respaut）的《男性的注视，女性的身体：龚古尔兄弟的〈热曼妮·拉赛朵〉》（*Regards d'hommes/Corps de Femmes: Germinie Lacerteux de Frères Goncourt*, 1991）、尼克尔·俄德尔曼（Nicole Edelman）的《龚古尔兄弟、女性与歇斯底里》（*Les Goncourt, les Femmes et l'hystérie*, 2004）、郝杰·肯普（Roger Kempf）的《龚古尔兄弟对妇女的厌恶》（*La Misogynie des Frères Goncourt*, 2004）等。

龚古尔兄弟在日记和小说作品中表现出来的反犹思想也引起了研究者的注意。在《龚古尔兄弟》一书中，安德烈·比利认为，如埃德蒙·龚古尔自己所说，龚古尔兄弟对犹太人的敌视只是理论上的（l'ennemi théorique），他们在与犹太人的现实交往中仍是非常友好的。而《冒失的龚古尔兄弟》（*L'Indiscrétion des Frères Goncourt*, 2004）一书的作者郝杰·肯普（Roger Kempf）则不同意这一看法。他专列了一章讨论这一问题，提出埃德蒙所谓的“理论上的敌视”，在龚古尔兄弟那里，实际上是“无条件的敌意”（une hostilité inconditionnelle）。[①] 他认为龚古尔兄弟对犹太人的偏见久已有之，在日记中龚古尔兄弟曾多次讥讽、抨击过犹太人的丑陋、贪婪、狡诈、背叛……他们惧怕犹太人会侵吞法国的财富，用金钱去奴役那些贫困的天主教徒。贝尔·道瑞安（Bell Dorian）则通过文本分析来解读这一问题，他从龚古尔兄弟的反犹思想表现最为明显的小说《玛奈特·莎洛蒙》（1867）入手，在《作为模特的犹太人：龚古尔兄弟的〈玛奈特·莎洛蒙〉中的反犹主义、美学与认识论》（*The Jew as Model: Anti-Semitism, Aesthetics, and Epistemology in the Goncourt Brothers'*

① Roger Kempf, *L'Indiscrétion des Frères Goncourt*. Paris: Bernard Grasset, 2004, p. 170.

Manette Salomon，2009）一文中提出，这部小说的反犹思想与作家的美学观念在各个方面都完美地互相调和在一起。譬如龚古尔兄弟认为犹太人贪图利益的特点将破坏艺术的绝对性，而正是这一点最终损伤了这部小说中男主人公的艺术水准，导致了他事业的惨败。

龚古尔兄弟非常注重艺术品收藏和室内空间装饰的审美功能。在《艺术家之家》（*La Maison d'un Artiste*，1881）的序言中，埃德蒙曾提出："在当代，物品已经通过现代文学中的描述，与人类的历史联系在了一起；人的一生正是在物的包围中度过的，那么为什么不能写作物的回忆录呢?"[①] 这部作品即是一部物的回忆录，是埃德蒙为两兄弟家中的艺术品收藏所撰写的"物的叙事"。就这一问题，近年有一些学者开始以两兄弟的日记和埃德蒙的《艺术家之家》为分析文本，从装饰美学的角度分析龚古尔兄弟的美学思想。相关的研究包括马林·子姆（Malin Zimm）的《室内作家：龚古尔兄弟与于斯曼的无情节室内叙事》（*Writers-in-residence*：*Goncourt and Huysmans at home without a plot*，2004）、于里埃·辛普森（Juliet Simpson）的《埃德蒙·龚古尔的"装饰"：关于"艺术之家"的象征性》（*Edmond de Goncourt's Décors—Towards the Symbolist Maison d'art*，2011）、亚纳尔·莫塞克·沃特森（Janell. Mosaic Watson）的《19世纪法国室内装饰中的微政治》（*The micropolitics of home decorating in 19th-century France*，1998）等。

在博硕士论文的写作方面，据 PQDT 数据库的统计，从 1937 年至 2009 年，国外以龚古尔兄弟为研究对象的博士论文约有 24 篇，硕士论文 4 篇。研究内容涉及龚古尔兄弟的小说、日记、"艺术家笔法"、在欧洲文化界对 18 世纪艺术和日本风格的介绍和推广、作品中呈现的第二帝国时期的法国社会、文学与绘画领域的跨界问题、与同时代其他作家的比较等。

此外，"龚古尔兄弟之友"协会（Société des Amis des frères Goncourt）所主办的网站 http：//www.goncourt.org，对于研究者了解国外

---

① Edmond et Jules de Goncourt，*Préfaces et Manifestes Littéraires*，p. 257.

有关龚古尔兄弟的研究情况也很有帮助。该网站提供了有关龚古尔兄弟所有作品的出版情况，生平与创作概况，以龚古尔为研究对象的博硕士论文索引、一些较难得到的龚古尔兄弟的作品全文（如《一八五二年沙龙》、《一八五五年绘画展览》）及其批评情况等。不过该网站资料更新较慢，许多数据还停留在2004年之前。值得一提的是，该协会自1994年起，每年都会推出一本年刊《埃德蒙与于勒·德·龚古尔笔记》（*Cahiers Edmond et Jules de Goncourt*）。该年刊的文章往往是专题性的研究，如2008年的主题是有关龚古尔的道德观，2007年则是龚古尔与波希米亚文艺界等。网站还提供了该年刊1994—2008年的文章目录。

综上所述，国内对龚古尔兄弟的研究，无论是从历史还是从当代的研究现状来看，都仍处于起步阶段，对两兄弟文学思想和文学创作的专题研究非常匮乏，仅有的论文也大多停留在对他们生平和创作情况的介绍，对其作品的引进、翻译较少，研究并不系统，结论也多有雷同。这里还是一片亟待开垦的荒落之地。较之国内，国外学界对龚古尔兄弟的研究范围非常广阔，研究视角也颇为多元，取得了十分丰硕的研究成果。统观现有的研究成果，整体上仍存在两方面的缺憾：其一，许多学者在研究中往往将龚古尔兄弟作为福楼拜、左拉等作家的同道者进行整体论述，对两兄弟自身诗学思想与实践的独立研究较少，抹杀了龚古尔兄弟创作中存在的有别于自然主义、现实主义等文学流派属性的独特风格，以及他们为推进19世纪法国文学的现代进程所做出的贡献。其二，以第二帝国时期为背景，对龚古尔兄弟在文学领域的先锋性探索，尤其是该时期两兄弟富有特色、也较为成熟的小说诗学和小说创作等问题上，还缺乏系统的研究。

基于此，本书力图从以下几个方面进行探索：首先，目前学界对龚古尔兄弟诗学思想与创作的专题研究较为薄弱，本书希望从两兄弟的原始文本出发，结合同时代其他作家的创作情况，对龚古尔兄弟共同创作时期的诗学思想与实践做全面系统的梳理与研究。其次，鉴于龚古尔兄弟在情绪上流露出对18世纪的留恋和对19世纪的厌恶，在创作上则又自觉追求对现代社会特征的表现，因此，本书把他们的创作过程还原于第二帝国的历史语境中，考察他们的创作与时代环境之间既疏离超脱又依附共生的张力。最后，本书在内容上注重围绕法国文学的现代性进程这一话题，突出龚古尔兄弟的小说诗学和创作实践的革新性及其引领时代方面的作为。

第一章　现代社会的起点:法兰西第二帝国中的龚古尔兄弟

法兰西第二帝国时期（1852—1870）是法国由传统社会走向工业化现代国家的转折点。在这二十年中，法国基本完成了工业革命，资本主义获得极大发展。资产阶级不再是历史中沉默的无言者，而是自豪地取代了旧日贵族，一跃而为社会的绝对主体。恰如罗兰·巴尔特所言，第二帝国初期三件重要历史事实的汇聚："欧洲人口统计学的反转；冶金工业取代了纺织业，即现代资本主义的诞生；法国社会变成了三个敌对阶级……即自由主义幻想的最终破灭"，[①] 把法国带入全新的历史情势中，开启了法国社会的现代化进程。在经济上，现代化的表征是工业化与资本主义的高速发展；在社会层面上，现代化意味着阶级的重新划分与都市公共空间的成型；在文化思想层面，则表现为科学主义和实证研究的盛行。就文学而言，面对这一撕裂传统的社会进程，第二帝国的艺术家更多地表现出不适应乃至拒斥的态度，遁入艺术领域，奉唯美精神至上，成为包括龚古尔兄弟在内的许多作家的不二价值选择。在科学主义与唯美主义这两种时代精神的相互缠绕中，第二帝国的文坛呈现一派独特而富于现代内涵的文学景观。

第一节　工业革命与现代社会的起点

一　工业革命与现代化进程的开端

第二帝国是法国步入现代社会的起点。从1789年大革命以来，法国社

---

① ［法］罗兰·巴尔特：《写作的零度》，李幼蒸译，中国人民大学出版社2008年版，第38页。

会一直陷于政权频繁更迭的旋涡中难以挣脱，自18世纪已初步萌芽的资本主义一再受到社会动乱的掣肘而进展缓慢。1846—1848年出现的农业歉收和经济危机使这种情况更趋恶化，法国社会一度陷入经济停滞的境况，民生堪忧。民众热切地盼望出现一个强有力的政权，结束当前混乱、凋敝的局面，为经济和社会的发展提供一个良好的政治基础。历史选择了路易—拿破仑·波拿巴。拿破仑大帝的这位侄子自童年起，便历经漫长的流亡岁月，颠沛流离的生活让他对革命和社会问题有着深刻的观察和思考。早在其写于狱中的《消灭贫困》（*Extinction du Paupérisme*，1844）等著述中，他便提出了对贫困化等社会问题的研究和解决方案，表现出他对经济的重视和总体上是资产阶级的立场。1851年12月2日，他成功发动政变，解散了法兰西第二共和国国会。在当日发表的《告人民书》中，路易—拿破仑·波拿巴宣称，自己的“伟大任务”在于“结束革命时期”，建立“强力政权”。[①] 次年，法国举行公民投票，大半民众支持恢复帝制的主张。1852年12月2日，法兰西第二帝国正式建立。

第二帝国虽以帝制面目出现，实质上则是实施宪政的工业资本主义国家。统治者清楚地了解经济发展对于稳固政权的重要作用，推出了一系列积极有力的经济政策，有效地促进了工业、金融业等领域的全面飞跃前进。在这短暂的二十年间，法国基本完成了工业革命，资本主义获得飞快发展，快速而平和地实现了从封建制国家走向现代工业资本主义的历史转型，政治和经济上都取得了极大的成就，以至于历史学家断言，“就经济发展的基本机制和社会关系而言，今天的法国与第二帝国时的法国实际上没有什么区别”。[②]

以具体数据来看，1845—1850年，法国工业的年增长率约为1.83%，而在50—70年代，这一数字几乎一直保持在3.5%以上。1848年，法国煤炭的总产量约为400万吨，而1870年则达到了1330余万吨，同时，随着焦炭炼铁的技术获得重大突破，法国境内使用焦炭炼铁的高炉逐渐取代了

---

① 郭华榕：《法兰西第二帝国史》，北京师范大学出版社1991年版，第35页。

② ［法］乔治·杜比主编：《法国史》（中卷），吕一民等译，商务印书馆2010年版，第995页。

使用木材炼铁的高炉，钢铁的产量和质量也获得巨大提升。1850—1869年，法国的钢产量从28万吨跃升至101万吨。钢铁、煤炭等材料的大量应用，意味着以机器生产为表征的现代工业已基本取代了传统的手工业生产，确立了工业革命的根本胜利。

工业的发展与金融业的迅速壮大相互促进。第二帝国时期，法国兴起了众多的大型银行。与过去地方性的、主要吸收国债、发放短期贷款的老式小型银行不同，新兴的大型银行敢于广泛收集社会资本，对大型工矿企业进行投资甚至直接参与管理，极为有效地促进了国内工业的规模化发展。同时，巴黎证券交易所的有价证券交易活动在此时也极度活跃，更进一步激发了法国经济的活力，第二帝国也因而成为投机家的黄金时代。

工业的迅猛发展需要物力资源在全国范围内的重新分配，对产业工人的大量需求更呼唤法国出现能容纳更多人口的大型城市，而交通运输业的发展为这一城市化的进程完成了最初的物质准备。1851年，法国只拥有3230千米的不连贯的铁路线，到1870年，法国已建成约17200千米、将巴黎与外省紧密连接的庞大铁路网。海运、通讯业的发展也同样迅速。由于巴黎在政治、经济和文化实力上的不断攀升，从第二帝国时期开始，农民进城、外省人才向首都集中的趋势日益明显。龚古尔兄弟曾感叹道："大革命对社会造成的巨大后果，是巴黎的中心化：与铁路都通往巴黎一样，巴黎已成为外省资源输出的终点。近年来，已经没有一个富裕人家的子弟还留在外省了。"①

伴随着人口在空间范围内的新分布和资本主义向社会内部日益深刻的侵入，"工业革命给社会结构带来了新的面目，改变了各社会阶级、以及各阶级内部的群体和阶层之间的力量对比和相互关系"。② 大革命向世人承诺的平等自由早已成为虚假的幻影，金钱成为划分社会阶层的标准，"巴黎人成了新时代虚假幻影的受害者，其中最大的骗局就是平等"。③ 资本家

① Edmond et Jules de Goncourt, *Journal: Mémoires de la vie littéraire*, Tome Ⅰ, p. 713. (1861. 7. 12)

② [法] 乔治·杜比主编：《法国史》(中卷)，吕一民等译，商务印书馆2010年版，第999页。

③ [美] 大卫·哈维：《巴黎城记：现代性之都的诞生》，黄煜文译，广西师范大学出版社2010年版，第33页。

的金钱占有量比以往任何时候都远为惊人，也享受了前所未有的崇高地位；贵族则唯有追赶整个社会逐利的风潮，才能延续自己在新社会形态中的上层身份；平民，无论是原本的巴黎底层，还是从外省迁徙而来的新城市移民，与上层阶级的冲突与对抗性也日趋深刻。

同时，路易—拿破仑·波拿巴在第二帝国成立之初便立即对巴黎展开了大规模的城市改建。在皇帝的授权下，奥斯曼主持了巴黎的拆除与重建工程。恢宏的拱廊街、通衢大道、博物馆与公园，这些极具现代特征的都市景观在很短时间内便让巴黎彻底翻新，成为令本雅明赞叹的“19世纪的都城”。尽管在改建之初，奥斯曼的使命在于以宏大的建筑凸显法兰西的帝国权力，然而帝国的资本主义走向最终使城市的主导权让位于资本力量。原本具有纯粹政治意图的帝国景观由是愈来愈顺应于商业的发展，具有了浓厚的商品化气息。譬如，巴黎宽阔的通衢大道，本是为了预防街垒战的再度发生，建成后却日益为商业空间所挤占，成为商业产品的公共陈列室、街头闲逛者体验现代都市空间感的漫步之所。

此外，这些新生的都市景观也重新生产了巴黎的空间形态。空间一旦被划分，阶层的区分也必然在其上有所表现。上层阶级主要出入于高级俱乐部与沙龙，普通民众汇聚在咖啡馆与小酒店，洗衣店则成了妇女们分享小道消息的重要社交场所。而人们既改造了各自生存的空间，也为空间所改造，形成了不同的阶层习性。因此，正如大卫·哈维的研究，新空间的生产也催生了社会关系的重塑。“巴黎新空间的生产，在重新塑造一种新的共同体的同时，也是对旧共同体的摧毁；它在塑造新的情感结构的同时，也是对旧的情感结构的摧毁；它在塑造一种新的城市概念的同时，也是对旧的城市概念的摧毁。”[①] 在这个意义上，巴黎的改造，正是现代化对旧时代进行创造性破坏的一个象征载体，是法国开始现代化进程的一种重要征兆。在摧毁了旧城市秩序的基础上，一种尚无人知晓其走向的新城市形态、新的社会结构迈出了自己坚定的前进步伐。

---

① 汪民安：《现代性的巴黎与巴黎的现代性》，载［美］大卫·哈维《巴黎城记：现代性之都的诞生》，黄煜文译，广西师范大学出版社2010年版，第XI—XII页。

二　颓废意识与“为艺术而艺术”

并非所有身处这一重要社会进程中的人都能适应这破坏性的重建过程。巴黎的改造，乃至整个社会向现代化的推进，带来了资本的狂欢，同时也造就了文化与社会秩序的断裂。奥斯曼的改建工程“使巴黎人疏离了自己的城市。他们不再有家园感，而是开始意识到大都市的非人性质”。[①]资本取代血缘、家族等传统社会联系，成为勾连整个社会的本质力量。面对机器大生产和市场的极度扩张，追求金钱与个人成功成为社会的主流意识。在法国稳步迈向资本主义国家的同时，社会则因之而日濒分裂。无论是已失去旧日权威地位的贵族，还是被迫与原属地撕裂的都市新移民，人们往往难以适应时代的剧变，在整个时代对传统价值的抛弃与对金钱的狂热中，在都市带来的流动、多元、碎片化且转瞬易逝的现代感受中，普遍陷入了思想的矛盾与混乱，进而不可避免地产生了悲观厌倦的颓废情绪。这是一种被龚古尔兄弟描绘成“现代的忧郁”的症状：“自人类存在以来，它的进步，它的收获，不外都是感觉。每一天，它都变得更加敏感且歇斯底里。至于这种活动，人们期望的那种发展，你们何以知道现代的忧郁症不是源自于它？何以知道这个世纪的苦闷，不是源自过度劳累、运动、巨大的努力和疯狂的工作，源自它紧张得几近迸裂的理性力量，源自每个感官领域里的过度生产？”[②]

保罗·布尔热则直接将此时的法国称为颓废社会。在《当代心理学论文集》(1883)中，他提出，其时的法国已日渐成为极端个人主义的颓废社会，这是一种与有机社会相对的社会形态。有机社会是一个高度统一的整体，社会的各组成部分联系紧密，具有强烈的向心力，每个部分都在支持、说明着整体，也都可以反映、解释和体现其他部分，不存在游离于主体之外的、绝对的、自成一体的事物。然而，在颓废社会，这一向心的有

① ［德］瓦尔特·本雅明：《巴黎，19世纪的首都》，刘北成译，上海人民出版社2006年版，第26页。

② Edmond et Jules de Goncourt，*Journal*：*Mémoires de la vie littéraire*，Tome Ⅰ，p. 1073.(1864.5.23)

机形态被打破，社会机体的各细胞趋于独立、分散："如果各细胞的能量趋于独立，那么构成有机整体的单个有机体的能量就不再从属于总能量。"① 由此产生的是一种无序的状态。各部分不再为服务整体而存在，它具有了自己的绝对价值和意义，社会由包含部分的整体转变为独立个体的集合。

在文学领域，当消极颓废的社会情绪与文人的精英意识相结合，"为艺术而艺术"的思想主张便应时而生。进入19世纪中期，文学也未能免俗地卷入了市场化运行的大潮。艺术品同样进入可以被大量复制的工业时代。"艺术作品的可机械复制性在世界历史上第一次把艺术品从它对礼仪的寄生中解放了出来。"② 与艺术品的祛魅同时发生的是艺术家地位的下降。作家尤其是不受市场欢迎的作家，既无固定的收入来源，又得不到广泛的赏识，与社会的分离日益深刻。伴随着怨愤的情绪，他们产生了孤傲、超然一切的意识，自认为承担起了掌握并守护艺术秘密的责任。他们认为艺术与社会、经济、琐碎的生活都应该是绝缘的，视资本家为庸俗的艺术门外汉。这种与社会，与市场、资产阶级的分离反而使他们拥有了贵族式的超凡身份，成为高于众人之上的艺术家。"由此就出现了一种以'纯'艺术观念形态表现出来的完全否定的艺术神学，它不仅否定艺术的所有社会功能，而且也否定根据对象题材对艺术所作的任何界定。"③ 他们崇尚艺术的非功利性，认定美便是它自身的目的。在他们笔下，文学趋于细腻精密的极致，而对象的意义则被有意无意地忽视了。无论是戈蒂耶、龚古尔兄弟，还是波德莱尔、福楼拜，此时的文学家信奉的是文学与世俗的脱离，形式本身即具有它自身的力量与意义。他们据此展开了无止境的文学实验，让文学成为精英艺术家从事形式探索的私人产品。

布尔热认为，颓废时代所孕育的艺术也拥有极其个人主义化的表现形式，这是一种消解了统一性的颓废风格："即为书页的独立腾出空间而

---

① Paul Bourget, *Essais de Psychologie Contemporaine*. Tome Ⅰ, Paris: Plon-Nourrit, 1920, p. 20.

② ［德］瓦尔特·本雅明：《机械复制时代的艺术作品》，王才勇译，中国城市出版社2002年版，第17页。

③ 同上书，第16页。

书的统一性消解，为句子的独立腾出空间而书页的统一性消解，为语词的独立腾出空间而句子的统一性消解。”[①] 也就是说，这种艺术不再追求整体的意义，语词、句子等文学形式本身开始成为独立的本体，成为作家关注的重心。布尔热认为，这种颓废风格代表了文学现代性的趋向，龚古尔兄弟则正是这一风格的代表，他们的艺术“将在五十年后被普遍认可”。[②]

对于这种私人化的、唯艺术至上的颓废意识及其文学表现，戈蒂埃在《波德莱尔的生平和对他亲切的回忆》一文中做了更为细致的描述。在他看来，这是一种“极其成熟”的现代美，“它铸定了开始走向老化的文明特征：独特，复杂，机灵，委婉多姿，妙语横生，术语的借用，色彩的调和，音调的多样，力图表达最难于捉摸的思绪和转瞬即逝的模糊影像，谛听自己深致的心声，忏悔引人堕落的情欲和固执到趋向疯狂的奇思异想”。[③] 颓废意识的核心在于高度的个人主义，这是成熟文明所自然产生的文化精神，意在释放曾被文化传统、理性、观念体系所遮蔽的个体经验，深入自身去感受并展示具体的、审美的、丰富而微妙的感官意识。也正是自戈蒂耶起，这种颓废意识渗进了文学的革新过程，一种后来被称作颓废文学的艺术形态开始出现，经由波德莱尔、龚古尔兄弟、于斯曼，传及英国，促发了佩特、王尔德等唯美主义者的诞生，直至蔓延至整个欧洲，形成了一场绵延半个多世纪的颓废文学潮流。尽管这些作家表现出不同的创作倾向，如戈蒂耶对肉体美毫不掩饰地欣赏、波德莱尔对丑恶的诗化再现、龚古尔兄弟笔下印象画般的“艺术家笔法”、于斯曼在《逆流》中对人为性的极端崇拜等，然而就其作品中描写与细节的泛滥、对专业化知识的偏爱、细腻的感官意识表现等方面而言，这些作家在创作中又表现出同样的颓废特质。而这种精英化、个人化的美学追求，则深刻地承载了作家们远离道德、政治的审美生活态度，卡林内斯库认为它正顺应了现代性

---

① Paul Bourget, *Essais de Psychologie Contemporaine*. Tome Ⅰ, Paris: Plon-Nourrit, 1920, p. 20.

② Ibid., p. 23.

③ [法] 泰奥菲尔·戈蒂耶：《波德莱尔的生平和对他亲切的回忆》，载 [法] 泰奥菲尔·戈蒂耶《回忆波德莱尔》，陈圣生译，上海译文出版社 2011 年版，第 19 页。

“拒斥传统的专暴”[①] 的一面。

在研究19世纪这场颓废文学潮流时，英国学者阿瑟·西蒙斯对颓废意识做了颇为透彻的定义：“颓废：一种强烈的自我意识，一种对研究的永不满足的好奇心，一种精致加之于精致的过分精细，一种精神的和道德的堕落。”[②] 这是自觉疏离于外在社会的艺术趣味，它意味着艺术家对世俗生活的放弃。他们拒绝承担社会责任，不愿对社会现实的真相做深入的探求，只求以精致婉转的语词表现主体敏感细腻的感官体验，以审美化的生活姿态来追求艺术的自主，优雅地抗拒已被金钱腐蚀的物化社会。正如卡林内斯库所指出的，“颓废风格只是一种有利于美学个人主义无拘无束地表现的风格，只是一种摒除了统一、等级、客观性等传统专制要求的风格”。这种“理论上无羁束、无政府”的颓废意识，“虽然有着破坏性的社会后果，在艺术上确是有益的”。[③] 艺术家们与社会的深刻分离促使其“渴望感官享受，用挑剔、宗派的态度去追求奇特的细腻效果，把艺术作为与日常生活脱离的东西悉心养护”，在这一思潮成为风靡第二帝国的时代风尚的同时，也成就了第二帝国的文学艺术，作家们的颓废精神最终令这短短的二十年成为法国文学史上“方兴未艾的‘辉煌时代’”。[④]

第二节　科学主义的勃兴与文学的科学化

文艺复兴以来，欧洲的自然科学步入了近代化的发展进程。进入17、18世纪，近代意义上的科学便开始逐步确立，牛顿、莱布尼茨、笛卡尔、拉瓦锡等一批杰出的科学家，为天文学、力学、数学、物理、化学等各门自然科学分支奠定了坚实深厚的学科基础。然而，从科学和技术在各领域

---

① ［美］马泰·卡林内斯库：《现代性的五副面孔：现代主义、先锋派、颓废、媚俗艺术、后现代主义》，顾爱彬、李瑞华译，商务印书馆2002年版，第183页。

② ［英］阿瑟·西蒙斯：《文学中的颓废主义运动》，转引自薛雯《颓废主义文学研究》，上海人民出版社2012年版，第96页。

③ ［美］马泰·卡林内斯库：《现代性的五副面孔：现代主义、先锋派、颓废、媚俗艺术、后现代主义》，顾爱彬、李瑞华译，商务印书馆2002年版，第183页。

④ ［英］威廉·冈特：《美的历险》，肖聿译，江苏教育出版社2005年版，第13—14页。

的全面飞跃以及科学精神在整个社会—文化领域的席卷之势来看，19 世纪才是实至名归的“科学世纪”。科学主义思潮与实证主义哲学在这样的时代氛围中得以勃兴，并发展为第二帝国时期最具影响力的社会思想。与之相应，作家们也积极地从科学理论和科学方法中寻找适应新时代的文学革新途径，法国文学由此表现出日益科学化的趋势。

一　自然科学的发展与科学主义思潮的形成

从科学领域自身来看，19 世纪法国科学技术的发展一路高歌猛进，自然科学家在各领域开展了广泛的探索并都保持着欧洲领先的地位，甚至可以说，“19 世纪初，世界科学的中心在巴黎”。[①] 譬如，拉普拉斯（1749—1827）将数学方法应用于天体问题的研究，提出了科学的太阳系起源理论——“星云说”，并在其巨制《天体力学》（1799—1825）一书中创立并系统研究了天体力学的学科理论。1809 年，拉马克（1744—1829）发表《动物哲学》一书，首次科学地阐释了人类起源于“高等的猴子”的思想，将人类拉下上帝子民的神坛，为达尔文进化学说的推广做了理论上的准备。乔治·居维叶（1769—1832）创建了古生物学和比较解剖学，深入探索了动物身体的解剖学特性并明确地证明了古生物的灭绝现象。博物学家圣伊莱尔（1772—1844）首次在法国系统讲述动物学，并成为胚胎学的奠基人，他和居维叶的研究各自从不同角度丰富、深化了进化论的理论体系。化学家、医学家路易·巴斯德（1822—1895）将研究视野深入微观世界，开辟了工业微生物学和医学微生物学，令整个医学从巫术和艺术的统治下独立出来，迈入了科学和体系化的时代。克洛德·贝尔纳（1813—1878）的《实验医学导论》（1865）等著作则确立了实验原则在医学和生理学中的方法论地位，其学说的影响在当时远远超出了医学的领域。1859 年，达尔文（1809—1882）《物种起源》一书的发表，在包括法国在内的欧洲大陆中普遍确立了生物进化和自然选择的思想。它与稍早出现的实证主义哲学互为佐证，互相依托，共同推动着科学原则和科学精神在法国深入人心。

---

① ［英］W. C. 丹皮尔：《科学史》，李珩译，中国人民大学出版社 2010 年版，第 295 页。

就在各学科领域的自然科学获得突破性发展的过程中，一种后来被称为科学主义（scientism）的思潮悄然萌发并迅速波及法国社会的各个思想领域。它是对启蒙运动以来崇尚科学理性、反对形而上学的精神传统的接续，在19世纪中叶很快涤荡了曾统领法国文化界数十年的反科学—理性的浪漫主义，最终汇流为19世纪中后期法国文化精神的主潮。不过，科学主义本身并不是一种具有明确理论思想的学说或体系，只是思想文化领域中以科学至上的整体精神。它表现为，首先，在大革命以来法国政府对科学与教育的重视下，科学的地位得到了前所未有的提高。自拿破仑·波拿巴时代创立巴黎科学院始，官方一直运用各种激励手段积极推动科学研究领域的进步，同时鼓励在学校教育中普遍设立科学课程，全面清除了过去大学中以讲授神学知识为主的古典教育模式，[①] 转而推行注重科学性和实用性科目的新式教育体制。1795年后，巴黎科学院荣膺法兰西学院的一部分。科学家从此跻身官僚精英之列，有的甚至在政府部门占有一席之地，获得了空前尊贵的身份。与之相应，当时法国社会中谈论科学的氛围非常浓厚：报纸、期刊上积极登载科普知识和最新科研成果；宫廷、沙龙等上流社交场所中，人们以能够谈论科学的最新进展为风尚；文学家们在作品中引入科学原理和概念的习惯也因此发端。[②] 其次，科学技术的进步在工业与生活中的实际应用，推动着法国工业革命的不断深化，继而全面、深刻地改变着社会的面貌，也刷新着人们对自然和社会的认识和体验，“揭开了从此狂热地相信科学的序幕”。[③] 此时的人们将自然科学举为最精确、最典范的人类知识，对它怀有一种热情而坚定的信任。他们相信，科学所提供的对于物质与自然的认识是确定性的，是终极的实在，借由科学的进步，世界是可以认知的。物质世界乃至精神世界一切未知的谜团终将由科学做出正确的解释。最后，也是更为重要的表征在于，科学研究方法的体系化、明朗化及其与技术发展的紧密联系让人们看到了科学应用的无限可

---

① 1866年，巴黎大学宣布解散神学系可被视为这一过程中的标志性事件。

② 参［英］木尔兹《十九世纪欧洲思想史》（一），伍光建译，商务印书馆1926年版，第141—142页。

③ ［法］米歇尔·维诺克：《自由之声：19世纪法国公共知识界大观》，吕一民、沈衡、顾杭译，中国人民大学出版社2006年版，第121页。

能。此时，科学不再是躲在实际需求背后的实用性、技术性操作，纯粹知识性的基础科学研究开始走在应用科学之前，启发并推动了实际的技术发明。怀特海曾指出，“19世纪最大的发明就是找到了发明的方法”。[①] 19世纪的人们掌握了系统的知识培训方法以及观察、归纳、演绎、实验等自然科学研究方法，并发现这些方法可以在不同学科进行普遍的推行应用。人们进而认为它们必然能够放诸四海，既能在纯自然科学领域发挥效用，也同样能推广到一切非自然科学领域的研究中去。如恩格斯所言，19世纪科学的发展促使“自然界也被承认为历史发展过程了。而适用于自然界的，同样适用于社会历史的一切部门和研究人类的（和神的）事物的一切科学”。[②]

在科学主义思潮的影响下，19世纪出现了宗教和哲学从过去主导社会思想的高座上跌落、被日益边缘化的趋向。正如怀特海所指出的，“由于物理科学与社会科学对历史怀有偏见，拒绝在某些终极思想机构之下再作推理，因而就把哲学排斥出了现代生活的现实潮流……排斥出了物质的客观领域”。[③] 宗教和哲学（主要是传统的经院哲学）不再担负向人们解释世界、确定秩序的主要责任，而由科学接替了这一使命，成为人们理解世界和人类自身的主要方式。

二　从实证主义哲学到文学的科学化趋向

至19世纪中叶，法国哲学家、社会学家奥古斯特·孔德（1798—1857）所创建的实证主义确立了科学主义在哲学领域的主要表达形态。它进一步加深并坚定了人们对于科学的信仰，对于科学主义思潮的愈加风行起了重要的推进作用。孔德致力于在思想界拒斥神学和形而上学思想，为科学争取至尊地位。在他的忠实追随者E. 利特瑞编撰的《法兰西语言词典》（1863—1870）中，“实证主义”被定义为：“源于实证科学的一种哲

① ［英］A. N. 怀特海：《科学与近代世界》，何钦译，商务印书馆1959年版，第94页。

② ［德］恩格斯：《费尔巴哈与德国古典哲学的终结》，见《马克思恩格斯选集》第四卷，人民出版社1995年版，第246页。

③ ［英］A. N. 怀特海：《科学与近代世界》，何钦译，商务印书馆1959年版，第136页。

学体系，为奥古斯特·孔德所创立；这位哲学家把这个词特别用来与形而上哲学相对立。”① 这就充分肯定了实证科学与实证主义的关联，指出了实证哲学的根基在于实证科学。在孔德眼中，实证科学是一种完全建立在观察到的事实之上、其确实性得到普遍承认，经由分析、归纳，并以假说方式提出规律以把与之相关的一切基础事实结合起来的科学。② 因此，孔德的实证主义否定先验的绝对真理，仅以可观察的现象事实为研究对象，并非常重视事实材料的观察和积累；同时，事实本身并不就是实证科学，而只是科学的材料，真正的科学还需要结合合理的假说来发现规律并预测未来。这是孔德实证哲学的思想支撑。《实证哲学教程》（1830—1842）是孔德对这一哲学思想的首次系统的阐释，他在论证人类思维发展的规律中完成这一过程。孔德提出，人类的每一种主要观点、每一个知识部门，都先后经历了三个不同的理论阶段。首先是神学阶段，或称虚构阶段；其次是形而上学阶段，又名抽象阶段；最后是科学阶段，又名实证阶段，是人类思维发展的最高阶段。神学阶段以探索世界的内在本性、终极原因为目的，但由于时代的局限，人们只能以神学的思维方法将其归于虚妄的自然神、多神或一神论。在形而上学阶段，人们仍然试图解释现象背后的本性、本质，只不过将前一阶段的超自然力量换成了抽象的理念，这一阶段主要采用的是形而上学的抽象思辨方法。而到了实证阶段，人们开始放弃追求绝对知识，人类将不再试图获知宇宙的起源和终极目的，不再解释现象的内在原因与本质，而将思考限制在可观察的现象领域，回归事物本身，用实证方法研究现象的不变规律，包括它们的前后相继关系和相互依存关系。孔德认为，人类智慧成熟的标志即“在于处处以单纯的规律探求，即研究被观察对象之间存在的恒定关系，来代替无法认识的本义的起因”。③

我们由此可以看出，孔德的实证哲学不仅反神学，而且在某种意义上是反传统经院哲学，或者说反形而上学的。他试图从根本上取消形而上学

① ［法］昂惹勒·克勒默—马里埃蒂：《实证主义》，商务印书馆2001年版，第4页。

② 同上书，第5页。

③ ［法］奥古斯特·孔德：《论实证精神》，黄建华译，商务印书馆1996年版，第10页。

一直以来所致力解决的问题——始因、目的因、终极原因、本体、终极本质等，代之以对普遍规律的探寻和确认。实证主义反对在研究中预设任何没有经过试验论证过的绝对真理，摒弃一切先验观念和形而上学。在孔德看来，研究的过程必须从事实材料出发，以可观察的现象领域为限，经由分析、归纳，并以假说方式提出规律、对相关的基础事实进行解释。他认为，实证包括与虚幻相对的真实、与无用相对的有用、与犹疑相对的肯定、与模糊相对的精确以及否定的反义。① 他反对任何没有直接经过试验或论证来验证的绝对真理，摒弃一切先验观念和形而上学。“为了预见而观察，这是真正的科学的不变性质；毫无所见而预见一切，这不过是构造荒谬的形而上学理论罢了。”② 但这并不表示实证主义哲学的研究不能运用演绎、归纳等抽象思辨方法，相反，“健全的哲学思辨，非但不会否定普遍智慧真正确认的事物，而且还应始终向普通理性借鉴初步概念，并通过系统的转化，使其达到它无法自发取得的普遍性与稳定性的高度”。③ 只是这些方法的运用必须以可观察的现象领域为限，一切脱离事实的、无法被证明也无法被证伪的问题都不在实证主义的考察范围。④ 观察现象并进行分析、归纳，从而对事物发展的规律提出假说并在未来加以验证，这便是实证主义研究的过程。观察、假说、实验也就构成了实证主义的基本研究方法。

孔德的学说在英国得到了密尔、斯宾塞等人在哲学理论和政治思想上的进一步深化和推广，而他在法国的后继者们更是将实证科学的思维和实证主义方法带入了社会学⑤、经济学、政治学、历史学、诗学和文学创作等诸多社会科学领域，乃至反哺了自然科学本身（贝尔纳、巴斯德乃至达

---

① ［法］奥古斯特·孔德：《论实证精神》，黄建华译，商务印书馆 1996 年版，第 29—30 页。

② ［法］奥古斯特·孔德：《实证哲学教程》，载朱雯等编选《文学中的自然主义》，上海文艺出版社 1992 年版，第 14 页。

③ ［法］奥古斯特·孔德：《论实证精神》，黄建华译，商务印书馆 1996 年版，第 32 页。

④ ［法］奥古斯特·孔德：《实证哲学教程》，载朱雯等编选《文学中的自然主义》，上海文艺出版社 1992 年版，第 5 页。

⑤ 社会学作为一门独立的学科也是由孔德于 1839 年提出并创设的，其内容包括现代学科意义上的心理学、经济学、政治学、历史学等；在孔德的设想中，社会学的最终目的在于树立起支配人类社会的法则，并将为某种理想的政治提供坚实的理论基础。

尔文都曾受到孔德理论的影响）。1848年之后，实证主义在法国本土的影响力越来越大，以至于“成为第二帝国时期的思想正统”。[①]

在诗学界，科学和实证主义的主要拥趸者有法国哲学家、批评家欧内斯特·勒南（1823—1892）和文艺理论家、史学家伊波利特·泰纳（1828—1893）等人。勒南对于科学价值的看法较为激进，科学对于他来说，不仅是工具性的方法，更是具有决定意义的世界观，他甚至寄希望于科学能够在未来发展为替代宗教的信仰。在创作于1848—1849年的《科学的未来》一书中，勒南热情地宣扬着科学主义精神，同时强调文学应拒斥脱离现实与自然的想象与虚构，要充分展示由科学向人们揭示出来的自然的奇迹，让现实本身成为文学的主体。

较之勒南，泰纳的诗学理论在思想的系统性和影响的深广性上都远胜一筹。他在《艺术哲学》（1865—1869）和《英国文学史》（1864—1869）等著作中提出的艺术哲学理论是一种建基于实证主义和自然科学理论之上的美学，为福楼拜、龚古尔兄弟和左拉等19世纪中后期作家的创作提供了理论来源和思想基础。可以说，对于科学、实证主义与文学在19世纪法国的结合，泰纳具有重要的中介意义。如诺维科夫所言，他是“实证主义哲学同艺术、美学之间的一个积极中间人”。[②] 泰纳的思想来源包括黑格尔、孔德、孔狄亚克等人的学说以及19世纪的生物学等自然科学理论，尤其是达尔文的进化论。他主张科学与艺术的联姻。在他看来，人类要想认识自身，只有两条路是可行的：科学与艺术。两者仅在表现形式上有不同。科学家可以发现基本原因和基本规律，并通过公式与概念表达出来；艺术家则以易于感受的方式传达原因和规律，既诉诸理智，也诉诸人类最普遍的感觉与感情。

同时，科学方法也可以与艺术研究结合，为后者提供坚实的方法论基础：“艺术与科学相连的亲属关系能提高两者的地位；科学能够给美提

① ［美］罗兰·斯特龙伯格：《西方现代思想史》，刘北成译，金城出版社2012年版，第292页。

② ［苏联］诺维科夫：《泰纳的“植物学美学”》，载朱雯等编选《文学中的自然主义》，上海文艺出版社1992年版，第60页。

供主要的根据是科学的光荣，美能够把最高的结构建筑在真理之上是美的光荣。”[①] 他的《艺术哲学》一书便意在运用自然科学的原则和方法来研究文学史和文学艺术作品。他声称自己的美学“和旧美学不同的地方是从历史出发而不从主义出发，不提出一套法则叫人接受，只是证明一些规律……美学本身便是一种实用植物学，不过对象不是植物，而是人的作品”。[②] 这里我们可以清楚地看出实证主义的影响，即强调只从事实、经验出发归纳规律，拒绝未经事实论证的先验观念。从这种“植物学”的研究方法出发，泰纳在为其《英国文学史》一书所撰写的导论中，提出艺术作品的面貌由种族、环境、时代三个主要因素所决定。其中，种族是指生来固有的、生理性、遗传性的因素；环境包括艺术家所处的物质环境和社会环境；时代主要指艺术家所在时期的文化氛围。他认为，这三者就如同植物生长时的自然条件，“选择”着脱颖而出的艺术家，也决定着艺术家的精神气质、创作类型和特点。在差不多同时撰述的《艺术哲学》中，泰纳对古希腊、中世纪、文艺复兴时的意大利、17 世纪的荷兰和当时法国等地的大量艺术作品及其产生的环境进行了详尽的考察与分析，为三要素理论做出了进一步的论证，同时也为他的“植物学”方法论提供了具体的研究实践。

在哲学与文学批评的双重理论引导下，文学创作也与科学产生了密切的联系。尽管曾甚嚣尘上的反科学—理性的浪漫主义思潮在第二帝国时期依然余温尚存，雨果和乔治·桑等具有浪漫主义色彩的作家仍活跃在文坛并享有崇高的声望，但文学的发展已经与崇尚科学的社会主潮紧密地结合起来，呈现越来越明显的科学化趋势。

法国作家在创作中向科学寻求灵感的做法久已有之。自崇尚理性的启蒙时期，作家们便开始了多方尝试。丰特奈尔（1657—1757）可谓第一位科普作家，他在《关于宇宙多样性的对话》（1686）中以通俗的语言向大众读者介绍新兴的天文学知识。伏尔泰也曾用古雅的诗体语言向朋友报告牛顿的伟大成就。诗人安德烈·谢尼埃（1762—1794）则满怀激情地号召

① ［法］丹纳：《艺术哲学》，傅雷译，人民文学出版社 1963 年版，第 347 页。
② 同上书，第 10—11 页。

诗人要“让牛顿说着众神的语言”；而其时的风达诺（1757—1821）和德里耳（1738—1813）也确实写出了《天文学赋》（1788）、《想象》（1806）和《自然三界》（1809）这样的科学诗。在博物学家布丰（1707—1794）的巨著《自然史》（1749—1767）获得巨大成功后，还曾有一位小说家赖地弗·德·拉·布洛道诺（1734—1806）试图以一部自传性的色情小说《尼哥拉先生或内心真相》（1794—1797），借由讲述“一个人的全部生活”（主要是个人的情欲经历），从人类生理学的角度来补充《自然史》。这或许可以看成是自然主义文学在最低级意义上的滥觞之作。①

不过，在19世纪之前，法国作家对于科学的运用还比较生硬，大多只是将自然科学知识以文学形式表达出来，他们的作品只起到科学的传声筒作用，对于文学本身的发展、革新意义并不大。直至19世纪始，文学对科学的接受才发生了重大的突破。如英国学者夏普勒所言，这一世纪里科学对文学的影响不仅体现在语言词汇或表达方式的更新上，它更深深地影响着作品的结构、情感乃至当时文学革新的方向。② 这种影响力在法国小说家的创作中得到了颇为鲜明的表现。作家们开始日益娴熟地将科学思维和科学方法与小说的主旨、结构和情节交织在一起，甚至将自然科学理论作为创作的思想或方法基础，文学的科学化倾向越发明显。被左拉视为自然主义文学首位先驱的司汤达，对于科学精神表示热切的欢迎，甚至宣称“一种艺术永远有赖于一种科学；它是一种科学指示的方法的实施”。③ 他养成了对数学和逻辑学的爱好，在创作中务求真实精确，希望作品成为行走在街道上的一面镜子；他在小说中对人类心理的冷静分析更是具有不亚于严肃心理学研究的价值。较为晚出的巴尔扎克，接受了法国博物学家圣伊莱尔等人关于生物起源与发展的学说，相信动物的不同类别是进化发展过程中受到不同环境影响的结果。他认为社会和自然相似，在相异的环境

---

① 本段的史料参考了李健吾《科学对法兰西十九世纪现实主义小说艺术的影响——纪念〈包法利夫人〉成书百年（1857—1957）》（《文学研究》1957年第4期）一文。

② J. A. V. Chapple, *Science and Literature in the Nineteenth Century*. London: Macmillan Education Ltd., 1986, p. 18.

③ 引自李健吾《科学对法兰西十九世纪现实主义小说艺术的影响——纪念〈包法利夫人〉成书百年（1857—1957）》。

中形成了不同的社会类别和人群类别。在《〈人间喜剧〉前言》（1842）中，巴尔扎克宣称这部巨著的创作受到了18世纪以来动物学研究的启发，他的壮志正在于继承布丰在《自然史》中对动物类别的全面记述，让自己的小说穷尽不同的人物类别。为此，他在自己的几十部小说中野心勃勃地构建了一座容纳了资产家、工人、艺术家、军人、修女、政治家、野心家、律师、交际花等上千人的文学大厦，并着重对他们活动于其间、受其影响甚至被其决定的种种社会环境加以详细深入的考察和分析，为19世纪的法国社会记录了一部足与《自然史》相媲美的人类史。在其小说的具体行文中，更是举凡可见他对于当时流行的自然科学原理的信手应用，其中既包括动物学、遗传学等较为严肃可靠的科学理论，也包括骨相学、手相学等现在被视为“伪科学”的思想，这里我们也可以看出自然科学在成熟过程中留下的时代痕迹。

进入第二帝国时期，文学的科学化进程愈演愈烈。在科学主义和实证哲学风潮的强劲吹袭下，作家们不可避免地被卷入其中，无论自觉与否，他们的作品都或多或少地沾染上了科学和实证的神采。正如奥尔巴赫在分析龚古尔兄弟的《〈热曼妮·拉赛朵〉序言》时曾指出的，他们“正处在实证主义头几十年的科学热潮的影响之中，在这几十年间，所有脑力工作者，只要他们有意识地寻找新的、适应时代潮流的方法和内容，都会努力掌握各种实验方法”。[①] 龚古尔兄弟也确实在这篇颇具先锋性的序言中喊出了“今日的小说担负着科学研究和科学课题的工作”[②] 这一论断。尽管直到70年代，奉科学性为首要创作原则的自然主义文学才逐渐形成体系，但早在第二帝国时期，身处不同流派的戈蒂耶、龚古尔兄弟、福楼拜、波德莱尔等一批作家的创作都已经显示出鲜明的、契合时代氛围的科学化特点。

具体来看，第一，实证主义对于“事实”的重视，促发文坛形成了

① ［德］埃里希·奥尔巴赫：《摹仿论——西方文学中所描绘的现实》，吴麟绶、周新建、高艳婷译，百花文艺出版社2002年版，第555—556页。

② ［法］龚古尔兄弟：《〈翟米尼·拉赛特〉出版前言》，载朱雯等编选《文学中的自然主义》，上海文艺出版社1992年版，第294页。

"写事实"的风尚。新一代作家们普遍接续了巴尔扎克而非雨果的创作传统，注意在作品中忠实地表现社会现实，将真实性视为创作的重要原则。第二帝国时期的文学主流不再是沉溺于无边幻想和主观激情的浪漫主义，作品不再独以虚构和想象力为高，而更多地将现实纳入题材视野，注重真实地反映现实生活本身。福楼拜就曾写道："艺术应超越于个人的好恶和神经的敏感之上！如今应该借助严格的方法，给予它自然科学般的精确！"[①] 龚古尔兄弟也宣称他们眼中"小说的理想"，就是"借由艺术给人带来最鲜活的人世真实之感，不管它是什么样子"。[②] 左拉则进一步将真实感奉为"小说家的首要品质"。[③] 在真实性原则的支持下，作家们大胆地开拓了写作的题材领域。贫困、丑恶、病态、情欲等曾被排斥于艺术之外的东西，都在表现真实的旗帜下理直气壮地成为文学写作的对象。龚古尔兄弟曾评论道："这些民众，究竟是什么样的国王，必须对他隐瞒一切直白的真相？……他有什么权利令小说对他说谎，为他掩藏起生活中的所有丑恶?"[④] 相应地，在叙事过程中，作家则尽量让读者产生文本故事是在符合情节逻辑和人物性格逻辑的前提下自我推进的感觉，避免出现超自然、超生活、超逻辑的外力介入与戏剧性的情节突变。由此，这一时期也出现了小说的去情节化、散文化等文体上的新特点。

第二，实证哲学对形而上学、对先验的绝对真理的拒斥，也引发了新文学对一切既有观念体系的质疑与反抗。龚古尔兄弟就曾在日记里写道："所谓的严肃书籍是世上最无用、最没有意义的。在我看来，只有艺术与科学在解决问题上、在可感知领域中是严肃的，其余都不值一提。所有那些空话，所有那些有关上帝、人道等等的宏论，所有的哲学书和伦理教科书，还有宣称'我要为您解释思维现象'的哲学理论，所有野心勃勃地谈

---

① Flaubert, *Correspondance*, Tome Ⅱ, p. 691.

② Edmond et Jules de Goncourt, *Journal*: *Mémoires de la vie littéraire*, Tome Ⅱ. Paris: Robert Laffont, 2004, p. 178. (1868. 10. 21)

③ ［法］左拉：《论小说》，载朱雯等编选《文学中的自然主义》，上海文艺出版社 1992 年版，第 207 页。

④ Edmond et Jules de Goncourt, *Journal*: *Mémoires de la vie littéraire*, Tome Ⅰ, p. 1107. (1864. 10. 12)

论未知、将来的生活和上帝的大话——所有这些，对我来说只是些夸大、空洞的假说，将人引向经院哲学，将人的思考仅仅引向一些词语。”[①] 这种拒斥既有观念体系的思想形诸文本，造就了两方面的突破。一方面，一些作家开始拒绝意识形态体系和道德价值观对文学的控制，转而关注文学性本身，意欲使文学享有绝对的独立和自主。这也从一个侧面为“为艺术而艺术”的理念提供了理论支撑。持此观点的作家在创作时甩开一切顾虑：主题是否符合伦理道德、题材是否具有重要社会价值，描写是否涉嫌揭露隐私……而让自己的创作灵感充分释放，创作才能尽情挥洒，让文学只为文学自身而存在。其中，福楼拜的观点颇有代表性。他的《包法利夫人》处理的是极为平凡的题材和平凡的角色，同时毫不避讳地以通奸为情节并加以正面描述。这使得该书在面世之初遭到了批评界的严厉攻击，福楼拜甚至为此上了道德法庭。而福楼拜本人表示，“我认为的好书，我想写的，是一部不谈什么的书，与外界全无关系，只靠风格自己的力量……如果可能的话，书中没有主题，或至少主题很隐蔽。……从纯艺术的角度来看，主题本身并无美丑高低之分，这甚至可视为一条公理”。[②] 在他看来，文学与题材、主题无关，更与道德、价值无关，形式本身即为目的。他力图让文字不依附于情节和内容，而是具有本体意义，其自身即构成一个自足的整体。如布吕奈尔所说，福楼拜“表达现实的诗意，而不论现实的丑陋或平庸”。[③] 另一方面，他们也同样反抗既有的文学观念体系，在创作的叙事模式、话语体系等方面不再顾虑传统与学院派规范的限制，而是积极地展开了各种反抗性、颠覆性、革命性的文本实验。不论是戈蒂耶的《莫班小姐》、福楼拜的《包法利夫人》，还是龚古尔兄弟的《热曼妮·拉赛朵》或波德莱尔的《恶之花》，都以挑衅读者审美心理的革命性姿态横空出世，并立刻在文坛上引起轩然大波。这种挑战传统文学规范和读者阅读习惯的创作行为，是作家们革新文学的自觉意识，也预示着文学现代性的诞生。

---

① Edmond et Jules de Goncourt，*Journal*：*Mémoires de la vie littéraire*，Tome Ⅰ，p. 265. (1857. 5. 27)

② Flaubert，*Correspondance*，Tome Ⅱ，p. 721.

③ ［法］皮埃尔·布吕奈尔等：《19世纪法国文学史》，郑克鲁等译，上海人民出版社1997年版，第219页。

第三，对科学精神的尊重，让作家们自觉地追求中立、非个人性的叙事立场并进而形成了冷静、客观的文本效果。他们希望成为隐匿于文本幕后的人，刻意避免将主观情绪流露于作品中，也避免直接向读者训教或进行宣传。作家相信读者具有自己的思想立场，可以独立做出道德判断。波德莱尔曾声称："应该按本来面目描绘罪恶，要么就视而不见。如果读者自己没有一种哲学和宗教指导阅读，那他活该倒霉。"[①] 然而，这并非意味着作家本身不对作品结构做整体思考和操控，或是不具有道德观念，只是他们力图凭借叙事本身的力量感染读者。对此，福楼拜的书信中有一段著名的表述："《包法利夫人》……如有似真的感觉，那恰恰来自作品的非个人性。我的原则之一，就是不写自己。艺术家在作品中，犹如上帝在自然中，不见踪迹却强大无比；处处能感觉到，却永远看不见。"[②] 龚古尔兄弟在1858年的日记中也曾有过极为类似的表达："在作品中，作者应当像警察在城市中一样：无处不在却永不露面。"[③] 也就是说，尽管作家承诺自己将"永不露面"，然而读者却可以从文本的叙事强度、言语技巧、情节、结构等各处的安排中感受到作家意识的存在。如波德莱尔所指出的，作家可以不回避描绘恶习的诱人，但还需同时描绘伴随它的道德疾病和痛苦，这样作品就因达到了"完整的统一性"而成为一种健康的艺术，"如果你们的小说戏剧写得好，它不会刺激任何人违反自然法则的欲望"。[④] 同时，作家们对客观性的强调也并不意味着主观性在文本中的彻底缺席，关于这一点，下文还将做进一步论述。

第四，在创作方法上，作家们同样具有趋于实证的倾向。如同实证科学的研究是从大量的事实材料出发，这些作家的创作过程首先是从现实的观察中寻找并调查写作对象开始的：他们不再是囿于内室的向壁虚

---

① ［法］夏尔·波德莱尔：《正派的戏剧和小说》，载《波德莱尔美学论文选》，郭宏安译，人民文学出版社2008年版，第38页。

② Flaubert, *Correspondance*, Tome Ⅱ, p. 691.

③ Edmond et Jules de Goncourt, *Journal: Mémoires de la vie littéraire*, Tome Ⅰ, p. 39. (1858. 9. 5)

④ ［法］夏尔·波德莱尔：《正派的戏剧和小说》，载《波德莱尔美学论文选》，郭宏安译，人民文学出版社2008年版，第37页。

造者，而是主动地走向社会生活，敞开感官体察时代和人群，注意对实际生活的观察与事实材料的积累。为了让《萨朗波》中对东方风情的描述真实具体，福楼拜特意去突尼斯等地考察古迦太基遗址，并搜集了大量的历史材料；龚古尔兄弟为写作《费罗曼娜修女》，曾亲自到访医院的太平间，以获取切身的体验。在对写作对象的充分观察与资料搜集中，作家们积累了大量龚古尔兄弟所谓的“人文文献”（document humain）；在掌握了充分的事实材料与实际体验后，切合于实证科学在事实材料基础上展开的科学研究，作家将在文本中对已有的“人的材料”进一步加以整合、分析、归纳，以符合人性发展与世事变化规律的方式演绎着人物的生死悲欢。

第五，文学的科学化自然也意味着科学原理在文学中的直接运用，这同时促使作家开始从生理层面考察人类。自然科学，尤其是生物学、遗传学、实验医学、心理学等学科的最新发展为先进作家所掌握和重视，这些作家及时地运用这些学科的理论和方法来类比、分析人类社会和人性本身，从而增加了其思考的向度和理解的深度。其中，生理学是作家们着力最多，也是应用最广的科学知识。他们在创作中勇于尝试从生理层面对人类进行深入挖掘，在观察、描写人物的种种病态表现的基础上，考察原始情欲、生理病态、血统遗传等生理要素对于人物性格形成和命运发展的影响，从而向读者呈现一个个前所未有的人性世界。然而，科学发展的阶段性谬误也同样被记录在当时的小说里。不仅上文中所述的骨相学等当时作家们信以为真的科学原理早已被证伪，即便是生物学、遗传学这些严肃的“真科学”，也在后来的发展中逐渐暴露出19世纪某些结论的错误。这些被留在科学化小说中的“伪科学”论述，不啻为对这批作家及其追求的一种历史讽刺。

三　文学与科学的间离

值得注意的是，文学在此时只是表现出了科学化的特点，但并不意味着这些创作已经成为“科学小说”。在接受科学和实证精神的影响时，第二帝国的作家并非简单地一味吸收，而是始终清醒地坚守写作的文学立场和审美态度，对于孔德和泰纳等人所宣扬的科学决定论等思想，他们有着自己的反思与质疑。将此时的文学与晚出的自然主义文学加以比较，可以帮助我们清楚地认识第二帝国时期文学与科学的间离情况。

左拉的自然主义诗学体系明显地受到了贝尔纳的实验医学理论的影响。在《实验小说》这一全面阐述其诗学主张的长文里，他反复搬用后者在《实验医学研究导论》中的论述来支撑自己的文学思想。在左拉看来，文学与科学在各个层面上都具有深刻的一致性。他不仅提出实验小说是从化学至生理学、人类学和社会学这一科学道路上的终点，[①] 将自然主义文学的性质等同于科学研究，而且声称作家与科学家的方法是一致的："我们应该像化学家和物理学家对无生命物体所做的那样，或者像生理学家对有生命物体所做的那样，对性格、情感、人类以及社会的事实进行分析。"[②] 他信奉一切自然现象均具有规律的科学决定论，乐观地认为科学在不久以后将"无疑也对人的大脑和情欲的一切表现找到这种决定论"。[③] 他的长卷巨著《卢贡—马卡尔家族》就是试图借用生理学、进化论、遗传学等自然科学所提供的规律，来分析对一个家族中各成员命运"起指导作用的内部机制"，"我的主要任务是要成为纯粹的自然主义者和纯粹的生理学家"。[④] 虽然许多学者都曾指出左拉的诗学与其文学创作之间存在着裂隙[⑤]：其小说中对社会生活的关注乃至浪漫主义的情怀都依然存在，这多少削弱了作品中科学论述的生硬性，不过，左拉对于科学决定论的坚定信奉、强调文学与科学的共同性等思想主张却都是可以确认的。

然而上述那些第二帝国时期的作家却大多并不与左拉持相同的观点。相较于左拉以科学作为决定文学创作的思想基础和方法论，他们更重视文学自身的独立性，避免让文学沦为科学的附庸。波德莱尔就曾经声称：

---

① ［法］左拉：《实验小说论》，载朱雯等编选《文学中的自然主义》，上海文艺出版社 1992 年版，第 127 页。

② 同上书，第 137 页。

③ 同上。

④ ［法］左拉：《巴尔扎克与我的区别》，载朱雯等编选《文学中的自然主义》，上海文艺出版社 1992 年版，第 292 页。

⑤ 关于这一点，可参阅郎松《法国文学史》，高建为《自然主义诗学及其在世界各国的传播和影响》，曾繁亭《文学自然主义研究》等论著。

“诗不能等同于科学和道德，否则诗就会衰退和死亡。”[①] 因此，即使是在肯定文学科学化趋向的作家那里，也出现了文学与科学的间离现象。

这一现象首先表现为作家们强调主体性在创作中的不可或缺。当文学从宗教、哲学、伦理等思想体系的统治下解脱出来，人的主体感觉就获得了充分的释放，成为重要的表现对象。有别于浪漫主义文学中泛滥而空洞的情绪抒发，此时的作家推崇感觉描写的真实性，这种真实性一定是来源于作家自身的体验。在观察现实、搜集材料的过程中，作家们也将自己的感官无限敞开，细腻地感受着生活给主体带来的每一种震颤。正如李健吾在分析福楼拜创作时指出的，“想把材料变成艺术，你自己先得全心全意活在中间，或者让它们活在你的心里。对于艺术家，观察的客观意义必须结合主观存在，才能发挥它的积极作用”。因此，对于福楼拜等人来说，其观察“是连自己也包括在他所观察的对象里的”。[②] 福楼拜本人曾写道：“艺术观察大不同于科学观察：它首先应当是本能的，从想象出发。你心理有了一个题材、一种颜色，然后你用外力加以巩固。主观自此发端。”[③]他对包法利夫人的分析，之所以能达到如此冷静、客观的程度，是因为他同样在冷静地剖析自己，冷冰冰的解剖刀“扎在我的肉里!”[④] 龚古尔兄弟也强调作家本人的情感体验是另一不竭的创作源泉，写作的过程必然伴随着对这些自我体验的不断重复感受和表现，写作触角深入自身并无限延展。“应该同海因利希·海涅一样，成为自己作品的基督，感受到一点身体被钉上十字架的痛苦。”[⑤] 这种自省式的创作与纯科学的研究方式自然是背向而行的。因此，尽管作家们强调要从科学研究中借鉴思路、方法，但并非表明他们放弃了文学自身的立场。同时，这一点与他们对文本客观化效果的追求也并不矛盾。强调自身体验的重要，并不意味着他们的创作会

---

① ［法］夏尔·波德莱尔：《再论埃德加·爱伦·坡》，载《波德莱尔美学论文选》，郭宏安译，人民文学出版社 2008 年版，第 186 页。

② 李健吾：《科学对法兰西十九世纪现实主义小说艺术的影响——纪念〈包法利夫人〉成书百年（1857—1957）》。

③ Flaubert，*Correspondance*，Tome Ⅱ，p. 347.（1853. 6. 6）

④ Flaubert，*Correspondance*，Tome Ⅱ，p. 123.（1852. 7. 3）

⑤ Edmond et Jules de Goncourt，Journal：Mémoires de la vie littéraire，Tome Ⅰ，p. 933.（1863. 2. 14）

让情绪在文本里泛滥，或是要强行向读者推销自己的思想观念。这种主观体验和自我内省的表达，是自然的、克制的、符合人物和文本自身逻辑的，并且只通过人物自身反映出来（福楼拜也正是在这个意义上说出了“包法利夫人就是我自己！”）。由是，文本中的感官描写将更真实具体，内心分析更深入透彻，而读者的感受也会更加强烈。

其次，在追求让文学具有真实、客观等科学性的同时，作家们也注意保持作品的美学品质。不同于左拉自诩为“纯粹的生理学家”，龚古尔兄弟则宣称“我们既是生理学者，也是诗人”。[①] 这样的双重身份让他们的创作产生了更加复杂的特性，既有追求科学性的表征，也不无唯美主义的倾向。以文本来看，则表现为作家在追求真实表现生活的同时，力图让行文趋于审美的极致。他们的作品中，主体的感官体验、细腻微妙的审美印象、纯正精炼的言辞语汇、和谐动人的文句韵律等“艺术家笔法”清晰可见。这一风格即使在表现对象是社会底层的潦倒生活，或是粗俗的面容、病恹恹的身体时，也都未曾有变。如奥尔巴赫所言，龚古尔兄弟在小说的领域中“发现了丑陋和病态的魅力”。[②] 同样，戈蒂耶、波德莱尔都是著名的唯美主义者，而福楼拜对文体风格的殚精竭虑也是众所周知的。

至于这种文学与科学间离现象的出现，究其原因，是基于作家对文学立场的坚守。在第二帝国时期，文学的科学化进程也伴随着“为艺术而艺术”理念在法国的兴起，使得这时的作家兼具科学精神与唯美精神。这两种精神互相缠绕，共同构成了他们创作上的复杂面目。作家们相信科学的重要，为了文学的进步与革新，愿意积极地向实证和科学这一主流社会精神靠近，充分吸收其精华；然而他们在本质上依然是艺术家，更加强调文学的本体意义和审美价值，绝不会让文学受制于科学。因此，他们在尝试让文学与科学结合的同时，也小心翼翼地保持着二者的距离，坚守着文学之为文学的本性。

---

① Edmond et Jules de Goncourt, *Journal: Mémoires de la vie littéraire*, Tome Ⅱ, p. 201. (1869.2.12)

② ［德］埃里希·奥尔巴赫：《摹仿论——西方文学中所描绘的现实》，吴麟绶、周新建、高艳婷译，百花文艺出版社 2002 年版，第 565 页。

第三节　第二帝国的文学场:双重统治、三种文人

第二帝国时期，随着社会的日趋稳定和工业革命的推行、资本主义经济的发展，法国进入了受皇帝统治的资本主义时代，资产阶级日趋成为社会的主体。据布迪厄的研究，法国，尤其是巴黎的文学场也因之发生了结构性的改变，产生了趋于两极的统治力量。

第一种是受政治机构和王室操控的权势力量。这是封建社会中贵族社会与文人关系的延续，但其控制能力大为增强。此前，身为作家的“保护者”，贵族阶层一直为作家提供经济支持，让其得以专注于创作。由于自己的经济来源几乎全由贵族控制，作家在写作时不得不顾及贵族的好恶。不过，为了彰显自己风雅的品位和对艺术的尊重，当时的贵族在社交中对作家基本是平等以待的，作家也享有较高的社会地位和声誉。而19世纪的权贵则有更多的手段来管理、收买、控制作家。最主要的是立法和制裁等法律手段。借此，统治者可以直接管理文学场，打击与统治者价值观不符的作品。成立之初的法兰西第二帝国是个“专制帝国”（l’empire autoritaire),[①] 皇帝拿破仑三世采取了极为专制的政治政策，新闻和出版事业也受到了前所未有的严苛管制。1852年，帝国颁布了新闻法，确立了出版物的预先审查制度，规定任何报刊在出版前必须经政府预先批准，报社的主编也须由官方任命。甚至连街头卖唱的艺人都必须先获得执照，所演唱的曲目也“必须经过主管机关的盖章与核准”，因为他们可能在歌曲中“散布社会主义与颠覆思想”。[②] 这一法规直到帝国末期的1868年才被更为

---

① 史学界一般认为，法兰西第二帝国在存续期间发生了政治体制的演变。其前期的政治体制专制强硬，可称作“专制帝国”时期，起止时间约为1852年至1858或1859年；在经历了一段时间的“自由化”演变后，随着议会制度的建立，后期成了“自由帝国”（l’empire libéral)，起止时间约为1868或1869年至1870年。此外，国内法国史专家郭华榕在《法兰西第二帝国史》中提出，将中间十年左右的演变期称为“迟疑帝国”（l’empire hésitant）时期，据此把第二帝国划分为“专制帝国”（1852—1858）、“迟疑帝国”（1859—1868）和“自由帝国”（1868—1870）三个时期。

② ［美］大卫·哈维：《巴黎城记：现代性之都的诞生》，黄煜文译，广西师范大学出版社2010年版，第157页。

宽松的新法代替。在严格的出版审查制度下，福楼拜、波德莱尔和龚古尔兄弟等作家都曾因自己的作品上过轻罪法庭。这种控制对作家具有明显的威慑力。福楼拜的《圣安东尼的诱惑》于1857年就已完成，但始终不敢公开出版；波德莱尔的诗集《恶之花》则被法庭判决必须删去《被诅咒的女人》等六首诗。戈蒂耶曾抱怨道："为了挣上那一点点钱，我只能写出自己想说的一半，甚至四分之一……不仅如此，我还得为写下的每句话冒上法庭的危险！"[①] 为了不致因文获罪，作家们不得不在用词立意上小心翼翼、自我设限。这在一定程度上对作家革新文学的热情造成了损害。

同时，统治者也在通过各种手段来收买作家。向优秀作家开放私人沙龙是其中重要的一种。这是贵族社会沙龙文化的延续，但更加精英化，也更具有意识形态属性。沙龙在此时是作为"从贵族社交向开放性的精英社交，从宫廷社交向'全巴黎的社交'的过渡中的一个主要的机构"[②] 存在的，过去等级森严的客厅，如今被主人用来招待毫无上层背景的精英作家和艺术家，鲜明地表现出步入资本主义后，法国上流社会观念的革新。不过，他们对宾客的选择依然十分苛刻，从中可以直接反映出主人自己的政治和艺术观念。譬如，"皇后在杜伊勒里宫被上流社会的作家、批评家和记者前呼后拥，这些人都是臭名昭著的保守主义者……热罗姆亲王炫耀他的自由风范……在宫中他的身边簇拥着勒南、泰纳或圣伯夫这样的角色。玛蒂尔德王妃（应为公主——引者注）最终为了表明她有别于宫廷，非常挑剔地接待戈蒂耶、圣伯夫、福楼拜、龚古尔兄弟、泰纳或勒南"。[③] 从作家一方来说，他们也大都以进入名流的沙龙为荣，而在沙龙中能否博得主人的青睐，更直接影响到他们的社会地位和收入：由于沙龙主人们大多掌握着国家重器，他们可以为自己喜欢的作家争取各种物质和象征的奖励与荣誉。对双方来说，这是一种"共赢"的局面。权贵可以借此令自己的观念影响甚至左右作家；作家则获得了可贵的社会名誉和丰厚的收入。

---

① Edmond et Jules de Goncourt, *Journal*: *Mémoires de la vie littéraire*, Tome Ⅰ, p. 232.

② ［法］让—皮埃尔·里乌、让—弗朗索瓦·西里内利主编：《法国文化史》（第三卷），朱静、许光华译，华东师范大学出版社2011年版，第225页。

③ ［法］皮埃尔·布迪厄：《艺术的法则——文学场的生成和结构》，刘晖译，中央编译出版社2001年版，第81页。

掌管作家协会也是统治者拉拢作家的一种方式。19世纪对艺术家来说是一个协会林立的时代，名目繁多的作家、画家和戏剧家协会在法国遍地开花。这些组织往往有政府或权贵的背景，同时大多会为成员提供一些可以享受年金的名额，用以扶持优秀的贫困艺术家。为了争得经济资助，或是谋求来自官方的依靠，“艺术家们意识到他们应该作为一名组织成员存在”，[①] 故而加入协会的积极性很高。而同样的，协会由此也对作家创作的独立性形成制约。其中，最大、最权威的法国官方文学机构是法兰西学士院（L’Académie Franèaise）。自1635年成立起，它就担负着为法国宫廷推行文化政策、制定文学和语言等艺术规范等诸多责任，成为作家们无从回避的巨大现实存在。尽管因其刻板守旧、不愿迎纳新观念的作风，法兰西学院一再为法国文坛所诟病，对它的批评“从未停止过，这几乎演变成一种职业，或者说一个独立的文学派别”，[②] 但它仍始终享有极高的权威性和公众认可度，掌握着丰富的权利资源。对法国作家来说，跻身其中、成为四十位“不朽者”（即法兰西学士院院士）中的一员，便相当于获得了与政界、宗教界著名人物平等的社会地位，能够享受到其他作家难以企及的社会声望，而成为院士所能获得的经济收入也是一笔令人艳羡的财富。因此，进入法兰西学院对法国作家一直有着莫大的诱惑力，是许多作家孜孜以求的终身目标。而为了争得这一荣誉，作家们便不得不向学院规范做出妥协，违心地改变自己的文学观念和创作手法。对于这种收买力量对文学自由性的扼杀，波德莱尔曾评论道：“奖赏带来不幸。学院奖、道德奖、勋章，所有这些魔鬼的发明都鼓励了虚伪，使自由的心灵失去自发的冲动。”[③]

主宰文学场的另一极是来自资产阶级世界的新兴力量，即主宰市民文化市场的金钱资本。它运用市场手段，通过作品的销售或是戏剧的票房收

---

① ［法］让—皮埃尔·里乌、让—弗朗索瓦·西里内利主编：《法国文化史》（第三卷），朱静、许光华译，华东师范大学出版社2011年版，第230页。

② ［法］安娜·博凯尔、艾蒂安·克恩：《法国文人相轻史：从夏多布里昂到普鲁斯特》，李欣译，江苏文艺出版社2012年版，第101页。

③ ［法］夏尔·波德莱尔：《波德莱尔美学论文选》，郭宏安译，人民文学出版社2008年版，第39页。

入来限制作家的创作。当法国逐步迈入资本主义社会的历史阶段，市民阶层日趋扩大，阅读人群也不断增加，文学便得以从宫廷和贵族沙龙的小圈子中走出来，前所未有地成为一种商品，进入了公共的市场流通领域，由公众自愿选择付费购买。这是一种全新的文学生产方式，也是文学走向现代性的一种表现。与之相应，作为新崛起的，也是文学产品主要的阅读和购买人群，资产阶级读者是作家们要极力讨好的。“新的经济主宰者推行庸俗的物质主义；一大批作家和艺术家卑躬屈膝。”① 创作合乎资产阶级读者趣味的作品，可以给作家带来丰厚的物质利益，因此大量迎合、讨好读者的通俗小说和戏剧应运而生。这些作品往往思想媚俗、情节雷同，而且一有畅销作品便群起效仿，使文学也出现批量化生产的趋势，圣伯夫称为“工业文学”（la littérature industrielle）。龚古尔兄弟曾忧心忡忡地写道：“工业会扼杀艺术；因为艺术的庸俗化，不正是艺术死亡的一种？”②

在这样的文化市场中，报纸期刊和文学批评家的意见往往成为读者的阅读指南。由于缺乏自觉的审美眼光，当时的读者往往依靠报刊上登载的文学评论来选择自己的阅读对象。数篇充满盛赞的书评往往能让一本小说的销量急速增长。在某种程度上可以说，谁控制了舆论力量，谁就成了文化市场的控制者。因此，作家都极其看重报刊及批评家对自己作品的态度。龚古尔曾在日记中记载了福楼拜的一件轶事：1862 年 12 月 1 日，两兄弟去拜访圣伯夫，后者谈起了福楼拜刚发表的《萨朗波》，并加以严厉批评，称这部小说属于古典悲剧的类型，是部过时的作品。他计划在《宪政报》上连发三篇书评批评《萨朗波》。4 日，龚古尔遇见了福楼拜并转告了圣伯夫的话，福楼拜大为光火。第二天，他们在玛尼晚餐会上相遇，而“福楼拜一直缠着圣伯夫，挥舞着手，极力想说服他承认《萨朗波》有可取之处”。③ 他的游说果然达到了效果。晚饭结束后，圣伯夫答应在最后一篇书评中为《萨

① ［法］皮埃尔·布迪厄：《艺术的法则：文学场的生成和结构》，刘晖译，中央编译出版社 2001 年版，第 73 页。

② Edmond et Jules de Goncourt，*Journal*：*Mémoires de la vie littéraire*，Tome Ⅰ，p. 91. (1854. 2)

③ Edmond et Jules de Goncourt，*Journal*：*Mémoires de la vie littéraire*，Tome Ⅰ，p. 896. (1862. 12. 6)

朗波》正名。这篇书评发表于12月22日，但福楼拜看后仍不满意，又花费两天时间写了一封长信给圣伯夫，针对他的批评逐条做了自辩。

龚古尔兄弟自己也曾有过类似的遭遇。1860年1月30日，在他们的《文学家》出版后，《争论报》发表了朱尔·雅南的一篇措辞激烈的负面书评。龚古尔兄弟当即写了一篇答复文章进行反击，并寄给《争论报》要求发表。然而他们却得到报社这样的回答：如果他们坚持，这篇文章可以刊登，但《争论报》将永不再谈论他们。龚古尔兄弟无法抵御这样的威慑，只好收回了答复文章。

值得注意的是，在这一时期，文学批评本身的价值也得到社会的广泛认可，获取了正统地位，文学批评家享有空前尊贵的社会名望。如圣伯夫、泰纳以及欧内斯特·勒南等著名的批评家均以其在文学批评方面的成就赢得法兰西学院的青睐，成功入选院士。勒南不无得意地写道："在某种意义上，批评强于创作。迄今为止，批评所取的是仆从般的谦卑地位；也许是批评正确评价自己并将自己抬高到它的那些评判对象之上的时候了。因此这个世纪在产生原创性古典式小说上成就寥寥。这意味着这个世纪不行吗？不，因为它更富于哲学性。"①

龚古尔日记中，有一段左拉辩驳福楼拜的话："你，你有一份小小的财产，允许你跳过若干的困难……我，我的生涯，我不得不完全靠我的笔赚钱，我，我不得不写各式各样的文章，是的，可憎的文章……唉！我的上帝，和你一样，我也看不起自然主义这个名词，然而我不厌其烦地重复，因为有些事物必须加以洗礼，好叫人家相信是新的……你瞧，我将我的写作分成两种，一种是人家用来批评我的，一种是我希望人家用来批评我的……我先来它一个钉子，随后一锤子，我往读者的脑内打进一分，然后再一锤子，打进两分……我的锤子，就是围住我的作品我自己弄起来的报章主义。"② 可见，如果说龚古尔兄弟、福楼拜等人还停留在是否向传媒力量做

---

① 引自［美］马泰·卡林内斯库《现代性的五副面孔：现代主义、先锋派、颓废、媚俗艺术、后现代主义》，顾爱彬、李瑞华译，商务印书馆2002年版，第174页。

② Edmond et Jules de Goncourt, *Journal*: *Mémoires de la vie littéraire*, Tome Ⅱ, pp. 728－729. (1877.2.19)

妥协的痛苦抉择中，那么以左拉为代表的作家已经完全适应了报纸和杂志等媒体对文学市场的裹挟和控制。他们清醒地看到了现代文化市场和文学批评所具有的强大力量、对读者可能产生的巨大影响，甚而可以让它为己所用，服务于自己的利益。

不过，成熟的文化市场也给作家提供了独立生存的可能。只要作品受到读者的欢迎，成为市场的畅销书，版税收入就足以让作家维生。如布迪厄所言，资本的力量完全可以“将作家从对贵族保护人和大众权威的依赖中解放出来”。[①] 作家在此时真正成为一种职业、一种事业。他们摆脱了对权贵的依附性，不必再像19世纪之前的文人一样，只能依赖贵族阶层的“保护”、从国王或贵族那里获取年金而生存，而是获得了人格的独立和思想的独立。龚古尔兄弟对此有着清醒的认识：“18世纪作品软弱无力的原因之一，是他们的作者与上流社会联系过于紧密；他们凭借社交取得地位，而不是靠自己的才学。”[②] 19世纪作家不再只是为了满足贵族的精神文化需要而写作、以宫廷贵族生活为主题，而是享有了写作上的自主权。左拉在《文学中的金钱》一文中则充分肯定了金钱对作家获得创作自由的积极意义：“金钱解放了艺术家，金钱创造了现代文学。”[③] 这也是左拉顺应文学市场现代化发展的又一表现，“那就是将文学作品看成是商品，将作家看成是与其他阶层平等的社会劳动者”。[④] 但这种解放并不是彻底的，从权贵的控制中解脱出来的作家，需要讨好的是另一类统治者：读者，尤其是资产阶级读者。由此出现了写作题材上的变化：他们在创作中越来越倾向于表现这一阶层的日常生活和情感，而非古典作家所热衷于表现的高尚心灵、优雅的贵族气质或是热烈的激情。

在这样的场域中，作家们的生存情况迥异。他们各有所长，利用各自的社会资源和谋生手段在文学场中占据着不同的生存空间。就其生存方式

① ［法］皮埃尔·布迪厄：《艺术的法则——文学场的生成和结构》，刘晖译，中央编译出版社2001年版，第109页。

② Edmond et Jules de Goncourt, *Journal: Mémoires de la vie littéraire*, Tome Ⅰ, p. 747. (1861.11.12)

③ Emile Zola, *Le Roman expérimental*, Paris: G. Charpentier, 1923, p. 190.

④ 高建为：《自然主义诗学与现代性》，《国外文学》2004年第1期。

来看，我们大致可以划分出三种不同类型的文人群体。

第一类是仰仗权贵、成为上流精英文人的官方作家，以法兰西学士院院士为代表，因此也可以称为学院派作家。代表人物有拉马丁、梅里美、阿道夫·梯也尔、奥克塔夫·弗耶和以创作风俗剧著名的欧仁·斯克里布等。他们是学院规范的守卫者与传承者，奉古典主义为文学典范，其作品承担着道德教化功能，以伦理为指归，宣扬主流的或统治阶层的伦理道德和理想价值。在内容上，以表现上流社会人物的生活为主，情节大多轻松愉快，结局美满，同时着力保持道德的纯洁性，避免触及伦理禁区。不过，学院派文人的创作风格和艺术成就也各有不同，其中既有严格捍卫古典主义正统地位和官方立场的作家，以奥克塔夫·弗耶最为典型，其作品有着浓厚的伦理说教意味；也有在作品中表现出浪漫主义或现实主义倾向的作家，如拉马丁、梅里美等。他们的作品有的仅烜赫一时，很快便泥牛入海，湮没无闻，但也不乏如梅里美等具有较高艺术水准的作家，能够超越学院规范的限制，创作出直到今天都堪称佳作的经典，由此也获得了大众读者的广泛欢迎。在生活方面，由于受到政府的支持，学院派作家们享有极高的社会声望和丰厚的物质利益，基本衣食无虞。

第二类是遵循文化市场原则、熟悉且善于运用舆论等市场手段的新兴作家群，主要依靠作品的销售收入赚取生活费用，雨果、乔治·桑、左拉等都是其中的佼佼者。如前文所述，左拉等人视自己为“社会劳动者”，与社会中普通的劳动阶层无异，也凭借自己的“劳动”来赚取报酬，这是他们与骄矜的官方文人最大的不同。正因为如此，他们的写作面向的是最广大的民众，是为民众服务的。由于作家创作资质和思想境界的不同，他们又自然地有了创作取向上的分化。其中一些包括左拉、雨果、乔治·桑、欧仁·苏、路易·布朗、皮埃尔·勒鲁等人在内的优秀作家，有自觉的文学追求和对社会的深刻认识，希望能通过作品引导、启发读者的思考，表现出一定的文学乃至社会和政治的目的。如左拉力求在文坛自树一帜，冀望接过巴尔扎克的如椽大笔，继续考察人类，同时利用生理学、遗传学等科学规律指出人类事务“在起指导作用的内部机制”，从而建立起自己的文学派别。还有一些作家强调文学的社会责任，注重在作品中输出政治思想和价值观念。如斯特龙伯格所言，由于教会力量的日趋衰弱、过去在社会上占主导地位的正统哲学和宗教思想体系几乎都已分崩离析，作家们在某种程度上担负了为民众批评社会、评断历史乃至引导思想价值观念的社会职能。可以说，在19世纪，“诗人和小说家承担了以前属于传教士的角色”。[①] 譬如，欧仁·苏即借助其反映巴黎下层民众生活的连载小说《巴黎的秘密》(1842—1843) 一书的畅销，巧妙地向公众普及了傅里叶主义和其他社会改革者的思想；同时期，乔治·桑则在一系列田园小说中积极地宣传着共和思想等。

另一些较平庸的作者则完全受制于民众的趣味。随着资产阶级市民队伍的壮大，“增加了业余爱好者的人数，从而也增加了出卖思想的人和蹩脚作家的数量”。[②] 这些作家大多家境平凡甚至贫寒，写作是唯一的谋生手段，其资质却又没有优秀到可以博得官方的关注。他们不追求作品的文学品质和思想创新，只求受到读者欢迎，赚取几笔版税收入。其中大部分作家与报刊，尤其是通俗的市井小报联系紧密，以创作连载的通俗小说或戏剧为生。往往一部作品在市场上畅销后，他们便蜂拥而上模仿其情节、布局、文笔，以求同样获取读者的青睐，由此炮制出的作品便是上文所提到的“工业文学”。譬如，在欧仁·苏的《巴黎的秘密》获得巨大成功后，法国文坛上很快出现了如《巴黎真实的秘密》、《旧巴黎的秘密》、《巴黎的小秘密》等诸多仿作。

文学场中的第三种作家试图与这双重力量同时决裂，在缝隙中挣扎求存。这种类型的作家又涵盖了两个群体，一类是放荡不羁的波希米亚艺术家；另一类则是如龚古尔兄弟、福楼拜等具有贵族性倾向的“为艺术而艺术”的作家。这些作家试图赋予自己的工作以神圣的价值：一种超越日常生活的、守护伟大的艺术殿堂的使命。作家因此需要远离功利、远离社会理念中所谓的价值，甚至作品的不成功、不被认可反而成为作家的艺术上

① ［美］罗兰·斯特龙伯格：《西方现代思想史》，刘北成译，金城出版社2012年版，第354页。

② ［法］让—皮埃尔·里乌、让—弗朗索瓦·西里内利主编：《法国文化史》（第三卷），朱静、许光华译，华东师范大学出版社2011年版，第230页。

的成功标志。

第一类作家，即所谓波希米亚文人，以自己独立反叛的创作与主流艺术抗争，以狂狷的生活方式表达对时代的厌恶，形成了一种独具魅力的艺术家风尚，波德莱尔是其中的领军人物。这种对于生活、社会规范的反抗性促成了他们的神圣化。

一般认为，“波希米亚人”（Bohémian）并不具有地理学或种族学意义上的共性，而是一种具有相似的文化品格和精神追求的“想象的共同体”，原意是“法国人对居住在捷克西部以布拉格为中心地区的吉普赛人的称呼”。[①] 随着历史文化的变迁，该词的含义一再迁延变更，于 19 世纪开始与贫困落魄的文人发生关联。在 1845 年，法国作家亨利·缪尔热的系列短剧《波希米亚的生活》[②] 发表后，“波希米亚人”一词名声大噪，成为才华横溢却穷厄困顿的巴黎艺术家、文人的代名词，指向那些出身平民，既无高贵的家族血统和显赫的社会地位，又无丰厚的经济资产，喜欢游逛，生活落拓不羁，特立独行，对时代和社会表示抗拒的艺术家、文人形象。[③]

之所以用“波希米亚”来称谓这些文人，是因为二者有着相通的精神特质。这首先表现在他们的边缘性与不羁的生活态度上。这些文人张扬个性的创作得不到官方和市场的认可，放浪怪异的行为让恪守常规的民众瞠目，这令他们始终徘徊在主流社会的边缘，在生活和心灵的双重漂泊中进行着艺术的冒险。借用马克思所言，这是一群“完全不固定的不得不只身四处漂泊的人群”。[④] 与到处流浪的吉普赛人的形象相似，这些文人也大多

① 卫华：《现代审美文化视野中的波西米亚精神》，新华出版社 2009 年版，第 22 页。

② 1851 年，由该剧改编的小说《波希米亚人：巴黎拉丁区文人生活场景》正式出版。

③ 也有许多学者认为，“波希米亚人”并不能固定为对某种类型的文人或艺术家的称谓，而是一个含义更为宽泛且指向模糊的概念，其中包含“在严肃事业边缘徘徊的叛逆青年，生活方式有问题的边缘人，以及常与职业革命家、阴谋家、无政府主义者混杂的犯罪分子”等。（参［美］玛丽·格拉克《流行的波西米亚——十九世纪巴黎的现代主义与都市文化》，罗靓译，安徽教育出版社 2009 年版，第 16 页。）马克思也在《路易·波拿巴的雾月十八日》中将波希米亚人视为社会成分复杂的浪荡游民的代名词。本书为研究对象统一之便，对除艺术家以外的波希米亚人群不做涉及。

④ ［德］马克思：《路易·波拿巴的雾月十八日》，《马克思恩格斯全集》第十一卷，人民出版社 1995 年版，第 185 页。

居无定所，他们留长发、蓄胡须、永远身着奇装异服；生活落魄而放荡，在各种破败脏乱的廉价旅店中打发夜晚，在下等咖啡馆里狂饮苦艾酒，醉醺醺地冥想、聚会、争吵、创作；作为“都市漫游者”在巴黎的街道上、橱窗边游逛，在人群中觅求震颤的现代生活体验。他们不仅没有固定的住所，而且没有固定的社会身份；既不属于权贵，也决不受任何人统治，永远处于日常社会生活秩序之外。对于波希米亚文人来说，日常生活与艺术创作同样重要，他们善于将自己创造性、反抗性的艺术观念融入生活，运用艺术家的感受力来研究日常生活，以“探求生存和良知的边界，并挑战个人生活和社会生活的极限”。[①]

反抗一切既有规范，追求个性和创作的绝对自主是波希米亚文人的又一特质。他们蔑视一切既有的规范，向社会展示出自己永不妥协的挑衅态度。对于官方文学，他们嗤之以鼻；至于市场和民众，他们也决不示弱讨好。波德莱尔曾总结道：“对于彻头彻尾的浪荡子来说……他首先喜爱的是与众不同……绝对的简单正是与众不同的最好方式。这种成为教条、造就了具有支配力的信徒的情欲，这种不成文的，形成了如此傲慢的集团的惯例，究竟是什么呢？这首先是包容在习俗的外部限制之中的、使自己成为独特之人的热切需要。这是一种自我崇拜，它可以在于他人身上（例如于女人身上）追求幸福之后继续存在，它甚至可以在人们称之为幻想的东西消失之后继续存在。这是使别人惊讶的愉快，是对自己从来也不惊讶的骄傲的满足。”[②] 这种要“与众不同”的自我需要自然让他们与社会保持距离，成为永远的反抗者：反抗时代、反抗社会、反抗规范、反抗道德、反抗统治者、反抗庸常的民众，甚至反抗其他波希米亚文人。他们之间并无统一的创作理念，各自以个性与天赋从事个人化的创作，甚至经常因意见相左而大动干戈。只有反抗才是他们的共同点。“他们同出一源，都具有同一种反对和造反的特点，都代表着人类骄傲中所包含的最优秀成分，代

① ［英］伊丽莎白·威尔逊：《波希米亚：迷人的放逐》，杜冬冬等译，译林出版社 2009 年版，第 15 页。

② ［法］夏尔·波德莱尔：《波德莱尔美学论文选》，郭宏安译，人民文学出版社 2008 年版，第 453 页。

表着今日之人所罕有的那种反对和清除平庸的需要。浪荡子身上的那种挑衅的、高傲的宗派态度即由此而来，此种态度即便冷淡也是咄咄逼人的。”① 他们始终处于一种“咄咄逼人”的穷困而自得的状态，其创作与生活方式不为世人认可，却并不自馁自怜，而是自有笃见：不受大众欢迎“显然就是艺术家有独创性、有天才的最可靠的证明”。② 因此，他们愈加夸饰地展示着自己的离经叛道，以自己对准则的亵渎“高傲”地嘲笑着世人。可以说，反抗性已深入他们的骨髓，成为他们的生活方式、他们的精神特质，乃至他们的道德准则。

以福楼拜、戈蒂耶和龚古尔兄弟等人为代表的作家则以另一种完全不同的态度体现着他们的反抗。他们对波希米亚文人的粗俗生活毫不赞同，而是享受着风雅精致的生活，希望以一种旧日贵族的姿态，不失优雅地抗拒这个已被金钱腐化的社会。由于他们内心深深埋藏着对上层社会的情感和精神认同，导致他们的反抗相比波希米亚文人而言软弱温和，也更具妥协性。龚古尔兄弟坦言：“我们缺乏那种对任何事都敢冒险的精神，敢于赌上一切的胆量，敢于碰得头破血流的劲头。”③ 他们的自我神圣化进程并不完全通过反抗主流社会价值的途径，相反，他们甚至在某种程度上迎合它——出入上流社会，与社会精英结成关系密切的圈子，等等——然而，他们同样以自己作品的不被认可为荣，以此积累布迪厄所谓的“象征资本”，用以证明他们在文学创作上的革命性与先锋性。

这些作家自诩践行“为艺术而艺术”的信条，非常强调自己的艺术家身份。龚古尔兄弟曾在日记中写道：“如今艺术家，也就是为艺术而生活的人越来越罕见，我所知道的不过三人：福楼拜和我们两兄弟。”④ 他们希望通过自己独立而叛逆的文学写作，通过对权贵和市场的双重拒绝，确立

---

① ［法］夏尔·波德莱尔：《波德莱尔美学论文选》，郭宏安译，人民文学出版社 2008 年版，第 454 页。

② ［英］伊丽莎白·威尔逊：《波希米亚：迷人的放逐》，杜冬冬等译，译林出版社 2009 年版，第 15 页。

③ Edmond et Jules de Goncourt, *Journal: Mémoires de la vie littéraire*, Tome Ⅰ, p. 1090. (1864. 8. 6)

④ Edmond et Jules de Goncourt, *Journal: Mémoires de la vie littéraire*, Tome Ⅱ, p. 93. (1867. 7. 12)

自己在文学场中的位置，为19世纪的文人树立新的贵族性品格。他们既憎恨“穿工作服的资产者”，也厌恶“穿礼服的资产者”①；既“憎恨现实主义”，又憎恨“假理想主义”，因为二者“都在欺骗人们”。② 因此他们不得不成为孤独的反抗者，“只有我们与福楼拜，社会中这三个孤傲者，最初就不希望降生在这世间”。③ 然而，他们在反抗拒绝的同时又不时流露出向敌方示好的态度，在对权贵和市场的拒斥中又渴望获得外界的支持与肯定。面对旧贵族时代的瓦解和随之而来的社会现代化进程，他们深深地感到困惑、迷惘，无所适从。坚持创作的独立性，或是向两种统治力量投降，他们摇摆于这两种极端之间，从而无法真正坚守自己的位置。他们不愿放弃自己的艺术观念，然而为了获得成功，他们又不得不迎合权贵、顺应市场。这也是当时许多作家所共同面临的尴尬困境。

一方面，这些强调“为艺术而艺术”准则的作家们注重建构自己的精英作家或称艺术家的身份，这使他们在面对公众和市场时，表现出明显的拒绝和背离态度。福楼拜曾在信中写道：“永远别去考虑公众，至少我是如此。”④ 他们追求精致优雅的纯艺术，并强调这种审美趣味只有通过长期的系统教育才能获得，对大众读者低俗的审美力嗤之以鼻：“一切艺术品位，都要求教育与训练，都来自于雅致的习惯。看到我的看门人所喜欢的室内陈饰，只有最刺眼的金器、最粗大的形制和最浓烈的色彩，你怎么让我相信：美是绝对的，所有人都能接受源自智慧的精妙艺术？”⑤ 他们倾向于将自己视为精神的贵族，掌握着人类最高文明的奥妙，而由此必然与民众产生了距离：“如果我们没有才华，没有特色，没有独创性，没有个性，如果我们做大家都做的事情——报纸杂志便都会向我们开放，我们将与社会保持最好的关系。没有男子气概的人，最容

① ［法］皮埃尔·布迪厄：《艺术的法则——文学场的生成和结构》，刘晖译，中央编译出版社2001年版，第96页。

② Flaubert, *Correspondance*, Tome Ⅱ, pp. 633 – 634.

③ Edmond et Jules de Goncourt, *Journal: Mémoires de la vie littéraire*, Tome Ⅰ, p. 1073. (1864.5.23)

④ Flaubert, *Correspondance*, Tome Ⅱ, p. 721.

⑤ Edmond et Jules de Goncourt, *Journal: Mémoires de la vie littéraire*, Tome Ⅰ, p. 229. (1857.1.7)

易成功。”[①]“为艺术而艺术”的作家们强调美的个人化和无用性，力图进行独立和革命性的创作，以挑战读者的审美习惯、引领文学潮流的革新与发展为要旨。因此，他们以实验的态度自由进行文学创作，或从思想上，或从选材上，或从表现方式上任意发挥，各自开拓出新的疆域。

而以精英的纯艺术创作去挑战社会公众的阅读习惯，必然要以牺牲经济利益为代价。作为市场的主要买方，资产阶级读者被疏离往往意味着作品失去了其商业价值。布迪厄将其称为“颠倒的经济世界”：“艺术家只有在经济地位上遭到失败，才能在象征地位上获胜（至少在短期内如此），反之亦然（至少从长远来看）。”[②]只有放弃独创性和个人性，迎合读者阅读品位的书才能迅速畅销；反之，如果作品以反抗传统的艺术革新为目的，虽在专业人士中可以博得好评，却必然（至少在短时间内）遭到市场遗弃。文学产品的供给与需求由此产生出一种“时间差距”。[③]反主流的文艺创作至少在刚开始是极为小众的，将其推行到社会公众中并获得广泛认可常需要一段较长时间的流通和适应过程。龚古尔兄弟的作品在发表之初大多不受民众欢迎，作品销售的收入甚至不够支付写作成本：“以三百法郎的价格把《十八世纪人物真影》二十篇卖给了丹杜：这都不值消耗的灯油与木柴钱。为了写出这些文章，我们光是买的两卷书札就花了两三千法郎！”[④]要坚持这样回报率极低的，或者至少在短期内无经济利益的写作，需要作家满怀创作的热情和信心，而同样重要的是，他必须拥有殷实的经济基础。这也是这些“为艺术而艺术”的精英作家的另一个共同点：龚古尔兄弟出身于贵族家庭，享有约一万法郎的优渥年金；福楼拜的父亲则是一位知名的医生，家境富庶。可以说，作家越声称远离市场和资本，将金钱与艺术割裂，就越需要先享有优越的经济条件。

---

① Edmond et Jules de Goncourt, *Journal*: *Mémoires de la vie littéraire*, Tome Ⅰ, p. 883. (1862. 11. 13)

② ［法］皮埃尔·布迪厄：《艺术的法则——文学场的生成和结构》，刘晖译，中央编译出版社 2001 年版，第 99—100 页。

③ 同上书，第 99 页。

④ Edmond et Jules de Goncourt, *Journal*: *Mémoires de la vie littéraire*, Tome Ⅰ, p. 266. (1856. 12. 25)

不过，正如布迪厄所指出的，“年金提供的相对于世俗权力和强权的客观自由有利于主观自由”，但这远远不足以让作者对诱惑——作品成功和取得评论界赞誉等——“保持独立或冷淡”。[①] 如前文所述，为了批评家的一纸书评，作家们往往最终放下自尊和骄傲，向市场妥协。为了作品的成功，他们未尝没有推销过自己的作品，未尝没有渴望过普通读者的认同。龚古尔兄弟曾在日记中自嘲道：“在本世纪，特别是最近几年，只写出书来是不够的，还必须为它当牛做马，为它获得成功而到处推销。于是我必须带着我的书四处奔波，去寻找会读它的人，只读一半的人，将来会谈论它却从未读过它的人，用它来烧晚饭的人，还有旧书贩。”[②]

另一方面，他们又都试图通过对学士院和沙龙艺术准则的反叛，保持在权势面前的独立性。福楼拜、龚古尔兄弟都曾因作品触及伦理问题而以“有伤风化”的罪名上过法庭。将文学、艺术与伦理、道德问题分开，不把表现主流的价值观念和伦理道德作为文学的根本目的和功用，这是他们与学院派文人的主要区别所在。在这一点上，福楼拜走得最远。在创作《包法利夫人》时，福楼拜曾写道：“我认为的好书，我想写的，是一部不谈什么的书，与外界全无关系，只靠风格自己的力量……如果可能的话，书中没有主题，或至少主题很隐蔽。……从纯艺术的角度来看，主题本身并无美丑高低之分，这甚至可视为一条公理。”[③] 在福楼拜看来，形式本身即为目的，文字不依附于情节和内容，而是具有本体意义，其自身便已构成一个自足的整体。这是一种革命性的文学观和审美观，它将美与伦理彻底割裂开来，打破艺术和道德的联系，从根本上消除了题材的等级性，甚至题材的意义本身。

龚古尔兄弟的艺术观点则并未如此激进。他们试图开拓小说的题材领域，将学院派等主流作家所排斥和忽略的底层民众生活纳入到严肃文学中来。《热曼妮·拉赛朵》堪称法国第一部真正进入平民阶层、表现底层人

---

① ［法］皮埃尔·布迪厄：《艺术的法则——文学场的生成和结构》，刘晖译，中央编译出版社2001年版，第101页。

② Edmond et Jules de Goncourt，*Journal*：*Mémoires de la vie littéraire*，Tome Ⅰ，p. 891.（1852. 11. 27）

③ Flaubert，*Correspondance*，Tome Ⅱ，p. 721.

民真实生活和情感的小说作品。但尽管如此，他们所做到的也不过是扩大了严肃文学所能容纳的题材范围，并没有彻底否定题材等级的意义。在这部小说的具有战斗檄文意味、宣称要挑战读者审美习惯的前言中，结尾处甚至又转向了博爱、道德和人道主义说教，极力表白自己的写作符合社会道德，具有劝人向善的效用，冀图重拾读者的认同和接受。文中称这部小说要“让上流社会的人有像女慈善家那股深入贫民窟、救济穷人的勇气去阅读描述悲惨情景的章节；在他们眼中出现的活生生的受苦受难的人教会了他们行善，但愿小说以宣扬人道主义为己任”。① 在这一点上，龚古尔兄弟至少在表面上妥协于主流价值，延续了学院派文学的“劝善”功能。

同时，龚古尔兄弟和福楼拜对待上流社会的态度也是暧昧的。他们都有着“幻想恢复18世纪盛行的贵族艺术保护人的天真的怀旧病”。② 在1859年5月11日的一篇日记中，龚古尔写道：“（福楼拜）每年来巴黎住四五个月，哪里都不去，只看望几个朋友，我们都跟他一样……19世纪的作家都不得不过这种深居简出的生活，什么也改变不了。自资产阶级形成与社会宣布平等以来……作家不再是社会的一部分，不再享有优越地位……无一人出入所谓的上流社会。”③ 可以看出，龚古尔兄弟等人虽不愿服从权贵的艺术管制，成为御用作家，但他们却颇为留恋18世纪作家与贵族的密切交往，对自己孤独、不被贵族尊重的生活状态并不满意，渴望出入上流社会。于是，当玛蒂尔德公主先后邀请龚古尔兄弟和福楼拜进入自己的沙龙时，他们都大为兴奋，很快放下身段，对沙龙文化“做了秘密的妥协”，④ 成为跻身上流社会的真正的精英文人。

如此多元混杂的作家生存场所孕育出的法兰西第二帝国文坛，呈现一派众声喧嚣的文学景观。然而，“浪漫主义是其他流派之母”，⑤ 19世纪的

---

① ［法］龚古尔兄弟：《〈翟米尼·拉赛特〉出版前言》，载朱雯等编选《文学中的自然主义》，上海文艺出版社1992年版，第294页。

② ［法］皮埃尔·布迪厄：《艺术的法则——文学场的生成和结构》，刘晖译，中央编译出版社2001年版，第81页。

③ Edmond et Jules de Goncourt, *Journal*: *Mémoires de la vie littéraire*, Tome Ⅰ, p. 453.

④ ［法］皮埃尔·布迪厄：《艺术的法则——文学场的生成和结构》，刘晖译，中央编译出版社2001年版，第76页。

⑤ 吴岳添：《法国文学流派的变迁》，北京大学出版社1995年版，第95页。

作家都是浪漫主义文学的承继者，各流派作家之间的区别远没有其文学纲领所显示的那样泾渭分明，每一位作家的文学特点也绝非某一流派的主张就可以概括，而是往往显示出多种文学思想交融混杂的倾向。这在龚古尔兄弟身上也得到了明显的表现。本书还将在各章中就这一点做进一步的具体分析。

总体而言，面对社会转型所产生的不适与反感情绪，让龚古尔兄弟在颓废思想与精英意识的结合中，逐渐形成了“为艺术而艺术”的理念。这一社会精英身份的自我建构过程，促进了龚古尔兄弟对于时代前沿思想的主动吸收与运用，从而不断在文学创作领域展开积极的诗学创新和文本实验。而他们在文学场夹缝中的抗争与妥协，充分凸显了法兰西第二帝国时期，“为艺术而艺术”的作家所面临的生存困境与创作悖论。

第二章　分析小说：从事人类研究的小说诉求

对于龚古尔兄弟来说，人类是他们永不厌倦的观察、探索的对象，也是其小说诗学的核心。他们的每部小说基本都围绕着一个中心人物展开（中心人物的名字也往往成为小说的题名[①]），情节追随该人物命运起伏的过程而演进，叙述重心则是对影响人物命运的原因进行分析。尤为可贵的，是龚古尔兄弟的创作不仅容纳了对社会生活中的人物行为的分析，更不乏对人物生理底层的探究。他们将人视为身体的奴隶，对人的生理和心理层面给予了极大的重视。他们的小说往往意在探讨被生理上的病态、内心的欲望所裹挟的人物，如何逐渐丧失道德的坚守和理性的判断，一步步走向无尽的堕落。在科学—实证主义的时代思潮中，龚古尔兄弟尝试将自然科学融入小说对人类的探究中，在研究上尝试从新的人学观出发，借助生理学、遗传学等科学原理，深入到人类的生理本质和本能欲望层面；在创作手法上，他们自觉地采用了从事实、现象推知规律、本质的分析法，从而使得他们的作品成为具有科学色彩的分析小说。这种分析法后来得到左拉等自然主义作家的继承，法国著名的自然主义文学研究者伊夫·谢弗雷尔甚至认为分析方法是“其诗学的基础”。[②] 龚古尔兄弟在创作中对这种分析手法的应用，既为左拉等人做了突破性的拓荒工作，也基本奠定了分析小说这一小说类型的写作范式和美学特征。

---

① 唯一似可称为例外的是他们于1860年出版的《文学家》（*Les Hommes de Lettres*），不过该书在1868年再版时题名改为《夏尔·德马伊》（*Charles Demailly*），仍旧以主人公的名字命名。

② ［法］让·贝西埃等主编：《诗学史》（下册），史忠义译，百花文艺出版社2002年版，第610页。

第一节　“复活”人群：从外环境到内视野

一　作为研究对象的人

文艺复兴以来，随着科学研究的逐步学科化、体系化，人类对外界的探索范围日益扩大，研究触角也越来越深入。人类在各个研究领域都获得了突破，关于自然界的认识也前所未有的丰富，然而“认识自己”这一千古之惑却依然困扰着人类。直至中世纪结束，基督教神学长期垄断着解释人类的话语权，而一旦教会的力量稍有放松，科学便乘隙而入。将人类放在放大镜下，运用自然科学的理论与方法进行研究，立刻成为新时期里一批科学研究者所热衷的课题。率先做出成就的是17世纪著名的法国哲学家、科学家勒内·笛卡尔（1596—1650）。他提出生物体由于受到神经流的刺激而激发适当的器官或肌肉，而产生相应的行为动作与反应，就此而言，动物便成了一架机器，依照一定的活动原则和规律运行。人类可以通过把握机体活动的规律来认识动物的生命活动过程，这些规律也同样适用于人类的肉体机能。这一思想对于推进后代生理学和医学的研究具有深远的意义。然而持心身二元论的笛卡尔拒绝将机体的活动规律用于解释人类的精神层面。笛卡尔坚称人具有理性的灵魂，人的意识与精神活动并不受制于身体，而是以独立的实体存在，遵循的是另一套截然不同的规律，它位于科学的范围之外。灵魂的存在使人有别于动物，更不同于机器。它是人类神圣的本质，可以脱离肉体永存。在这一点上，笛卡尔的理论为上帝存留了位置。不过，尽管笛卡尔本人未能摆脱二元论与宗教观念的束缚，但他提出的机体应激性规律为后代科学家突破形而上学思想的限制起到了重要的启发作用。18世纪中叶的法国机械论医学家朱利安·奥弗雷·拉·美特利（1709—1751）在他的《人是机器》（1747）一书中，对笛卡尔的思想做了颠覆性的继承和推进，大胆提出人类的意识、情感、思想等全部精神活动都源自脑部组织活动的结果，这就彻底否定了灵魂的存在。不过作者将人类躯体运行的规律与机器完全等同起来，这种机械论的说法很难让人信服，使其理论的科学性大为逊色。

经历了近一个世纪里各科学领域的发展，19 世纪法国的实验医学家克洛德·贝尔纳（1813—1878）运用最新的生物、化学原理和实验方法证明，人类的躯体是一种不同于自然的内部环境：“器官、组织和细胞履行的运作是以流体和循环的血液为媒介的，而且建立了一种错综复杂的平衡，这就是内部环境，其中的每一个过程既影响其他过程，也受到其他过程的影响。”[①] 也就是说，人体种种生理活动的产生，取决于机体各组成部分在一系列相关联的活动中取得的动态平衡。这些活动遵循的是已知的生物学和化学定律，而非某种不可知力量的神秘设计。这就证明人类可以借助科学的不断进步掌握自身的奥秘，所要做的只是填补现有科学成果的空隙而已。

由此，人们产生了一种普遍的乐观情绪，坚信自然科学可以对人类展开彻底的研究、提供终极的解释。在科学飞速发展与科学主义盛行的时代背景下，龚古尔兄弟同样受到这种乐观情绪的感染，试图以自己的创作对科学的空隙“填补”一二。对于人类，龚古尔兄弟始终有着浓厚的好奇。作为“既是生理学家、也是诗人”[②] 的野心家，在创作中探索和研究人是他们的写作宗旨。人物的重要性超过情节、结构，超过虚构与想象，稳稳处在龚古尔兄弟小说诗学的核心位置。在小说中，他们塑造了诸多身份不同、生活迥异的人物：《文学家》中的青涩文人、《费罗曼娜修女》中的贫寒修女、《玛奈特·萨洛蒙》中的天才画家、《勒内·莫普兰》中的现代青年、《热曼妮·拉赛朵》中的女仆、《勾栏女艾丽莎》中的妓女、《臧加诺兄弟》里的马戏团演员……对于这些人物的创造和表现，反映出作者将文学科学化的尝试。

在《日记：文学生活回忆录》的序言中，埃德蒙曾宣称，他们的写作目的在于“为后代复活我们这些生气勃勃的、相似的当代人”。[③] 这里鲜明

---

① ［美］安东尼·M. 阿里奥托：《西方科学史》（第 2 版），鲁旭东等译，商务印书馆 2011 年版，第 509 页。

② Edmond et Jules de Goncourt, *Journal*: *Mémoires de la vie littéraire*, Tome Ⅱ, p. 201. (1869. 2. 12)

③ Edmond de Goncourt, *Preface*, in*Journal*: *Mémoires de la vie littéraire*, Tome Ⅰ, p. 19.

地指出他们关注的重心是人，其创作的宗旨则在于“复活”人群。同时我们也可以看出，基于写作科学化的意图，这一“复活”目标是通过三个表现重心来实现的，即表现出“生气勃勃”的真实人物，表现“当代人”，以及写出人的“相似”性。这三个重心容纳了龚古尔兄弟对小说人物的价值追求，也涵盖了他们创作的基本方式。

首先，所谓“生气勃勃”就是要创造真实鲜活的人物，借助实际的生活经验，用大量丰富的细节写出千人千面。这契合于科学研究对于实证观察的强调。就19世纪所推崇的实证科学方法而言，科学研究首先需要摒弃一切先验观念，只就研究对象本身展开分析，一切实验结果、科学理论只从可观察到的现象中演绎出来。龚古尔兄弟因此着力避免概念化、雷同化的描写，避免一切既有的预设判断和传统的表现规范对写作的影响，只从实际生活出发，有血有肉地表现人物的内心体验和外在行动，力图写出真正生活中的人物。实现这一点，需要作家具有敏锐的观察力与感受力，需要他们充分地参与日常生活，捕捉其中微不足道、转瞬即逝却又能展示人性、凸显生命价值的生活碎片，并“通过对谈话的热烈速记，通过一个出其不意的身体姿势，通过那些微不足道却能彰显个性的激情，那些赋予生活以强度的无以名状的东西”，① 将这些微妙的意义在文本中向读者呈现出来。这决定了他们的小说往往聚焦于微处，描述的是人物日常的对话、平淡的动作，而非牵涉政治巨变、革命热潮的大起大落，他们不在文本中设计命运的激变或骤然的转折，下笔之处，都是人物在平凡的生活之流中，每一个细小的举止、不易察觉的内心闪念。这些看似充斥生活的细节虽然平常，但汇流起来却让人物饱含生气，其全部的性格也在过程中自然流淌。

其次，是要复活“当代人”，这是龚古尔兄弟小说中的研究对象。科学的目的在于求真，龚古尔兄弟也以真实性作为小说的最高品格。他们力图表现的，是现代社会中真实的男女。他们坚持认为现代艺术面对的是现代生活，作家的任务正是记录“身边的事物与街上的见闻，表现19世纪的

---

① Edmond de Goncourt, *Preface*, in *Journal: Mémoires de la vie littéraire*, Tome Ⅰ, pp. 19－20.

男人和女人”。[①] 他们的作品中没有高于生活的英雄，没有幻想出来的道德楷模，文本中的人物就如同社会中的人物一样或可怜或狡黠，既不刻意隐去其人性中背德的一面，也无意写出难以置信的邪恶。他们也不回避社会中的任何阶层，从挣扎在社会底层的女仆、妓女，到上流社会中生活优渥的贵胄，都是他们观察和写作的对象。在两兄弟看来，如果想真实全面地表现现代社会、现代人，那么各个社会阶层都需要得到作家的重视与观察，都可以也应该纳入到文学的题材范围中来。其中，对底层平民的关注与深入描写最具创新意义、也最先为他们赢来广泛赞誉。两兄弟鲜明地反对古典文学刻意无视平民、只表现上流社会的做法，抨击那些“至今对人民的精神面貌和内心世界保持缄默的作家”，[②] 于是不惮于率先在严肃小说中将最底层人民的生活坦白地呈现给读者。奥尔巴赫指出，在龚古尔兄弟以一名平凡女仆为主角的《热曼妮·拉赛朵》发表前，法国文学中“除《包法利夫人》中的农民促进会颁奖的场景外，有关平民百姓的生活几乎什么都没有写过”，“他们可算是把这种主题写进小说的首创者”。[③] 尽管奥尔巴赫认为龚古尔兄弟对平民的兴趣很大程度上源自这一题材所带来的“丑陋、令人厌恶、病态的感官刺激”，[④] 两兄弟也确实对逝去的 18 世纪贵族社会怀有浪漫的偏爱，至于第二帝国实行的民主、平等的社会制度以及生活于其中的缺乏文明素养的平民，他们总不吝于展露自己的蔑视。然而正如他们自己所言，“在我们家里，四周环绕着一切 18 世纪美好的东西，然而我们却致力于对平民进行最为严肃，而且几乎是最令人厌恶的研究”。[⑤] 在实际创作时，他们力图抛开生活中对平民的观感，秉持中立地对底层社会进行了耐心的观察和研究。这使得其小说中的描写真实有据，很

---

① Edmond et Jules de Goncourt, *Journal*: *Mémoires de la vie littéraire*, Tome Ⅰ, p. 876. (1862. 11. 1)

② ［法］龚古尔兄弟：《〈翟米尼·拉赛特〉出版前言》，载朱雯等编选《文学中的自然主义》，上海文艺出版社 1992 年版，第 294 页。

③ ［德］埃里希·奥尔巴赫：《摹仿论——西方文学中所描绘的现实》，吴麟绶、周新建、高艳婷译，百花文艺出版社 2002 年版，第 556—558 页。

④ 同上书，第 558 页。

⑤ Edmond et Jules de Goncourt, *Journal*: *Mémoires de la vie littéraire*, Tome Ⅰ, pp. 1075 - 1076. (1864. 5. 30)

少显露出感情倾向和价值判断。正因为如此，他们的创作才真正为法国小说的题材领域拓展出一片别有风味的现实世界。

当然，他们对于人类的观察决不仅限于平民，社会中的其他群体，他们也并没有忽视。如《勒内·莫普兰》、《热尔维泽夫人》等作品关注的便是社会中上层。在于勒去世后，埃德蒙主动把注意力更多地放在上流社会的贵族人物身上。这一方面是因为，较之"普通的，不太复杂的"平民，上流社会的人物更为复杂，性格更难把捉，"他们鲜明的独特性具有细微的千差万别"，[①] 因此需要作家更长时间地浸淫其中，做更多的细心观察与资料搜集。只有在作家更为成熟，对生活了解更多的时候，才能尝试表现。另一方面也是出于反击文坛恶毒攻击的现实需要。当时，左拉因发表以贫民生活为题材的《小酒店》而声名鹊起，却也为其招致了只表现丑恶、底层社会的"阴沟里写作"的抨击。不满于此，埃德蒙提出《小酒店》、《热曼妮·拉赛朵》这些小说并不能代表他们创作手法的全部有效领域。他试图证明自己和于勒在表现底层人物上获得成功的创作手段，也同样可以扩大范围，用于再现上流社会的男女。"决定现实主义、自然主义和文学上如实研究的胜利的伟大战役，并不在这两部小说的作者所选择的领域上进行。……这里暂且使用这个愚蠢的词，作为旗帜的词——现实主义，它实际上并不把描写下层的、令人反感的、发出臭味的东西当作唯一的使命；它也来到上层社会，以便在艺术描绘中确定上层的、漂亮的、发出香味的东西，同时还为了写出高雅人士和富丽堂皇事物的面貌和侧影。"[②] 这里再次表现出龚古尔兄弟对下层贫民的偏见。不过，尽管埃德蒙自称要表现上流社会的美好，但正如左拉指出的，龚古尔兄弟所采取的"一直深入到人的尸体内部"的严酷剖析，让他们对上层社会的表现与对"人民的剖析一样严酷，因为只不过是改变了背景而加上了伪善"。[③] 在他们的《勒内·莫普兰》等表现上流社会生活的小说中，这些体面人物的高

---

① ［法］埃德蒙·德·龚古尔：《〈臧加诺兄弟〉序》，载朱雯等编选《文学中的自然主义》，上海文艺出版社1992年版，第300页。

② 同上书，第299页。

③ ［法］左拉：《实验小说》，载朱雯等编选《文学中的自然主义》，上海文艺出版社1992年版，第249页。

贵面貌被无情地撕裂，笔挺的衣着所掩盖的丑恶的人性弱点比之平民有过之而无不及。

这种共通的人性弱点也正是龚古尔兄弟所追求的第三个表现重心，即写出人的“相似”性。众所周知，文学创作有推崇独创与革新的品格，提倡想前人所未想，写前人所未写，这一意识在法国文学界尤盛。龚古尔兄弟提出创作“相似”的人物似乎与此相悖，也缺乏艺术价值。其实，他们所谓的“相似”不是指人物形象的雷同或个性的同质，而是指要写出人类在最深层上的共通性，即人类的本性，包括肉体的生物性和内心深处的隐秘心理。泰纳认为，艺术作品的价值与作家对写作对象挖掘的深度直接相关。一部书所表现的对象特征越有深度，艺术价值越大。也就是说，“文学作品的力量与寿命就是精神底层的力量与寿命”。[①] 就人类而言，最浅表的特征是流行的风气所影响的服饰、俏皮话等，几年就消失殆尽；而最深层的特征是最原始的地层，也就是构成人类种族属性的生物层面，它最稳定，最不易为表面的时代风潮所更动，因而也最接近本质，人类所表现出的“相似”也根源于此。“某些本能某些才具，非革命，衰落，文明所能影响。这些本能与才具是在血里，和血统一同传下来的；要这些本能和才具变质……要精神的气质与肉体的结构一齐改变才行。”[②] 人类的这一精神底层，这一稳定的“相似”性应该是作家所致力于深挖并表现出来的，是文学作品的最高价值。“一个真正的艺术史家与文化史家的道路是一条通向人的心理的道路，人的心理根源在于亘古以来的种族成分之中。人的每一个可以看到的动作，都有一连串年代久远或者新近才有的见解、感情、感受在不断更迭，它们最终使这一动作浮到表面上来。”[③] 龚古尔兄弟的目的正在于挖掘人物最深处的本质，从人物的行动选择、情绪波动、不经意的一个姿态开始，逐层解剖、分析人物，力求揭示出这不易察觉的精神底层所泛起的潜藏暗流。将人类放在冷酷的解剖刀下，探入其隐秘的内心深

① ［法］丹纳：《艺术哲学》，傅雷译，人民文学出版社 1963 年版，第 357 页。

② 同上书，第 353—354 页。

③ ［苏联］诺维科夫：《泰纳的“植物学美学”》，载朱雯等编选《文学中的自然主义》，上海文艺出版社 1992 年版，第 83 页。

处，对人性中无法摆脱的生物性进行严肃的分析，这既体现出龚古尔兄弟对人物挖掘的深入程度，也是龚古尔兄弟小说中极为突出、极具革新性的创作特点。这种对人类生理特性的书写，也是与19世纪自然科学的进步所带来的人学观念的变革不可分离的。

二　从外环境到内视野的人类言说

就小说中对人物生理层面的分析而言，龚古尔兄弟首次突破了传统小说的题材限制。以往小说中对人类的言说，往往表现的是外部环境所决定的人物，写人物在无从逃避的命运下的抗争或屈从、在席卷一切的社会风潮中的随波浮沉。而龚古尔兄弟则将视角由外转内，前所未有地在小说中向读者展示了人类的生物性本能和隐秘的深层心理。这一研究视角的转换，主要表现为他们对人类身体的完整展露与言说。他们不仅复活了现实中生气勃发的社会人，更复活了被社会话语所长期压抑、掩盖的“生物人”。这与当时人学观念出现重要转变的思想背景密切相关。如前文所述，科学—实证主义风潮在第二帝国时期的席卷之势让科学思想和科学研究方法深入人心。与此同时，一种迥异于西方传统人学观、肯定并重视人的肉体价值的新观念在这一思潮中逐步形成并兴盛起来，为作家研究并书写人的生物性提供了坚实的思想基础。

西方思想史中，有着悠久的灵肉对立、心身二分的人学观传统。灵魂往往被看作是第一性的，是决定人本质的统摄性力量，具有理性和向善的特性，为历代哲人和神学家所称颂；身体存在的价值则被长久地忽视，成为灵魂力图摆脱的沉重拖累，遭到普遍的否定与排斥。

古希腊时期，苏格拉底把永恒、普遍的理性视为人的本质；柏拉图则相信灵魂的不朽、纯洁、向善、智慧，他以此将灵魂与短暂、贪欲、趋恶、低级的身体相对立，宣扬灵魂至上；亚里士多德进一步将人定义为“理性的动物”，强调只有人能在理性的指导下认识世界（知）和发挥实践（行）。漫长的中世纪里，基督教神学将肉体与充满欲望的世俗生活相联系，它对立于神性的彼岸世界，阻碍了人向上帝的回归，必须加以彻底的否定。禁欲主义在此基础上逐步演变为统治西方社会长达千年的思想牢笼，对人的感性肉体和自然欲望展开了强力的压制与扼杀。文艺复兴时期，人文主义思想家完成了“人的发现”，肯定人的自然欲求的合理性，宣扬人类天性的解放，歌颂现世的食色生活，对中世纪的宗教禁欲思想形成了极大的冲击，但此时，身体本身仍未得到系统的认识，心身二分的思想观念也依然牢固深植。启蒙运动中，启蒙思想家引导人们反抗宗教神学、崇拜理性和知识，身体则被视为理性的对立面重又遭到贬抑。

直到近代，在进化论的出现以及生理学、遗传学等相关学科日益进步的科学背景下，西方人开始重新认识人的身体。在科学为人类逐步揭开身体奥秘的同时，身体的价值也获得了前所未有的重视。人的生物性得到充分的肯定，肉体日益密切地与灵魂联系在一起，它不再仅仅被视为对立于精神、理性的第二性，而是承载灵魂的实体存在，甚至是人的本质属性。19世纪中叶，泰纳进一步将人的精神视为身体开出的“花朵”，肉身具有了本体意义。尼采则干脆抛出了身体至上论，宣称“我完完全全是肉体，此外无有，灵魂不过是肉体上的某物的称呼”。[①] 由此，身体作为精神的载体、具有本质属性的意义得到普遍承认，一种全新的、趋向“灵肉一体”的人学观也就此树立起来了。

与之相应，文学对人类身体的言说也经历了一个漫长的失语期。尽管在各个历史时期都涌动着肯定肉体价值的暗流，也出现了如文艺复兴等年代高歌人欲的突破口，但灵魂和理性始终是文学颂扬的高贵对象，身体本身并未在文学中得到充分展示。古希腊文学虽也表现人身体的健壮与优美，但它歌颂的是具有神性的英雄，是高于动物的高贵形象，这种力量与形体之美闪耀着人性的光辉，而非等同于动物的属性；文艺复兴时期充分肯定人的自然欲望与自由，却仍沉浸于“人是万物灵长”的乐观信念，相信人的理性与善将避免使其陷入欲望的泥淖。浮士德虽然承认有欲望和理性两种精神在胸前激荡，最终却回归了向善的飞升力量；浪漫主义文学中，既有对少女艾丝美拉达这般美丽身体的描写，也突破性地表现了撞钟人卡西莫多的丑陋体态，然而作者美丑对照的目的却不在于描写身体本

① ［德］尼采：《苏鲁支语录》，徐梵澄译，商务印书馆1992年版，第27页。

身，而依然是对善和理性的颂扬。现实主义文学的巨匠巴尔扎克在塑造人物时纳入了动物学的原理，司汤达对心理活动的杰出刻画也深入了人类幽暗的内心。但总的来看，他们对人类生理与心理层面的表现并不很彻底，理性依然是主宰人物命运的根本力量。他们作品中的人物活动于经济、社会、政治之中，在外界环境（巴尔扎克尤甚）的影响与摆布下做出判断与行动。龚古尔兄弟就曾写道："巴尔扎克或许难称伟大的生理解剖者，而只能算得上是伟大的描绘外部环境的画家，我有时觉得他观察更多的是家具而非性格。"[①] 可以说，人的内在生物性在这些作家的小说中并不具有影响力与行动功能。

19 世纪中叶以后，进化论学说的普及，让人们认可了自己与自然界的天然联系，人是自然的产物，同动物一样是进化链条上的一环，与自然万物具有相同的本质属性。至此，文学才真正冲破了写作的题材禁区，作家开始直面身体本身，将人的生物属性作为独立的写作主题。身体、原始欲望和生理机能不再是文学里遮遮掩掩、不可言说的禁忌话题，而一跃成为作家创作的出发点。理性、思想、道德这些几千年来加诸身体之上的外在力量，不再遮天蔽日地压抑着身体自身的呈示，人类终于可以完整地言说自我，自由表现血肉之躯的真实感受与需求。在浓厚的科学—实证社会氛围的洗礼下，从事实出发、从实际经验而非先验理念出发成为作家们的武器和盾牌，让他们得以无视道德伦理的外在禁锢，抛开一切价值评判，只为探索人类未知领域的幽深隐秘而写作。言说身体的作家，视身体为热情的赞颂对象，或严肃的研究对象。前者以审美的眼光充满赞叹地欣赏人的肉体，肯定人的情欲，拒斥理性与道德的力量；后者经由作家的深入分析后形诸文字，酿成簇新的关于人类生命本质的表现文本。赞颂者如戈蒂耶，在《莫班小姐》中借女主人公之口自豪地宣布"我叛逆的躯体拒不承认灵魂的主宰，我的肉体拒不压制情欲"[②]；又如波德莱尔、兰波、魏尔伦等象征派诗人，用美丽的诗歌语言直视充满恶臭的腐烂死尸和隐秘的女性

---

① Edmond et Jules de Goncourt, *Journal*: *Mémoires de la vie littéraire*, Tome Ⅰ, p. 763. (1861. 10. 6)

② 参见［丹麦］勃兰兑斯《十九世纪文学主流》（五），人民文学出版社 1997 年版，第 340 页。

身体，无所顾忌地将丑恶、腐朽与情欲纳入诗人的审美视野，在恶中发掘出艺术之花。研究者如自然主义作家左拉，以客观的态度和科学分析的手法考察人类最底层的生理机能、最深处的心理冲动和最本能的兽性欲望，研究这些精神、生理的根源在外部环境的刺激下如何对人的感觉、情绪和行动产生作用，研究社会人与生物人的撕扯与拉锯，以及最终的成败。如左拉所言："我的目标首先是一种科学的目标。……我不过在两个活的机体上进行了外科医生在尸体上所做的分析工作罢了。"[①] 左拉的创作追求正在于运用生物学、遗传学等科学原理来解释、分析受制于本能欲望的生物人。在他的作品中，身体的生物性本能经常取代理性和道德，成为人的行动主宰和命运之绳。

龚古尔兄弟则早在左拉之前，就将自己视为科学的研究者，尝试借鉴生理学、遗传学的思想与方法，让文学担负起"科学研究和科学课题的工作"。[②] "对于小说家和作家来说，科学不是写作的一切，却是一切的选择。"[③] 他们在《热曼妮·拉赛朵》、《热尔维泽夫人》、《勾栏女艾丽莎》等作品中对人物的研究，不再将环境视为决定人物命运的唯一原因，而是将视野转入人物内部，将人的生理性推向叙述的前台，归根究底地考察人物的爱情、仇恨、愤怒、嫉妒等情绪的本能动因，探索人物的行为选择和外部行动的内在根源。他们着眼于分析生理本能与病灶发展是怎样表现在机体的外在变化上，怎样影响内部的心灵与情绪，让人产生炙热的激情与谵妄的意识，最终又是如何左右人物的生活轨迹。

《热曼妮·拉赛朵》是他们将文学与科学结合起来的首次实验。他们提出要以此对爱情进行严肃的科学化研究，来反对那些色情、低俗的小说中为满足读者窥视欲而进行的轻佻描写。小说中尽管提供了主人公的成长和生活环境的背景资料，这些外部条件对主人公个性的形成确实也起到了

---

① ［法］左拉：《〈黛莱丝·拉甘〉再版序》，载朱雯等编选《文学中的自然主义》，上海文艺出版社 1992 年版，第 120 页。

② ［法］龚古尔兄弟：《〈翟米尼·拉赛特〉出版前言》，载朱雯等编选《文学中的自然主义》，上海文艺出版社 1992 年版，第 294 页。

③ Edmond et Jules de Goncourt, *Journal: Mémoires de la vie littéraire*, Tome Ⅱ, p. 186. (1868. 12. 5)

一些影响作用，但作者探讨的主要是人物的内环境，是生理学家眼中女性的体态特征，作品的主要线索是考察情欲、歇斯底里的病症与胸膜炎如何联合起来在主人公的身上发挥作用，一步步蚕食、摧毁这位不幸女子的肉体与神志。而他们的另一部小说《热尔维泽夫人》，对人物的病理观察则几乎取代了情节，成为文本的主体。小说中人物的外在行动极少，主体内容是描述热尔维泽夫人在罗马居住期间对宗教的沉迷过程，作者将此与主人公肺部疾病的发展交织起来描写，让二者产生某种神秘的联系。主人公体内肺病的逐步恶化（这一点在文本中以医学研究的态度做了详细的记录），似乎难以觉察地对她的心灵产生微妙的影响，不断将她推向18世纪自然神论和天主教神秘主义的怀抱，直至扼杀了她的全部感情和对人世的留恋。当不可逆转的病症最终造成她生命的衰竭，濒死时她对上帝的渴望也达到了顶点。

龚古尔兄弟的研究触角还深入到了人物的心理层面。不过，在他们的文本中，心理分析往往与对人物生理上的描述相互杂糅、渗透，心理层面的隐秘意识与生理欲望的勃兴或机能的病理发展不但是并行出现的，而且前者被指认为后者的必然结果或机体表征。这是出于作家意图给予描述对象以明确解释的需要，生物学则被他们选为完成这一任务的普世真理。其时，对于人类心理的科学研究还仅仅处于垦荒阶段，心理学尚未作为一种独立的学科出现在科学史上。而凭借遗传学与进化论的横空出世，生物学的发展风头正劲，成为社会接受程度最高、传播最广的科学门类。在贝尔纳等当时著名的生物学家那里，心理活动被视为人体生理器官或脑部组织中某些特定功能的结果，精神现象也自然依附于身体的生理功能，是具有必然性的前因后果。受制于时代，龚古尔兄弟小说中的心理描写也没能从生理欲望或病态疾患中脱离出来，成为独立的观察与分析对象。如在《热曼妮·拉赛朵》中，龚古尔兄弟把热曼妮酗酒后感官意识的混乱，与她的歇斯底里症联系起来，做了这样的分析：“人体神经方面的紊乱常使人的快乐与痛苦颠三倒四，失去比例与平衡走向极端。在这种易感性疾病的作用下，一切敏锐的、细腻的、精神上的感觉似乎超过了它们一般的限度，变得异常强烈。这便使人类的苦乐似乎变得漫无边际了。”① 在小说中的另一处还有这样的描写：

> 阵阵肉欲从她心中升起，变为一种疯狂的、没完没了的折磨，化成一个萦绕脑际的念头，一个打不跑、赶不走、不知羞耻、执着顽固、充满各种幻想的念头。它把情欲送到女人的各种性感官，送到她紧闭着的眼睛前，直搅得她脑袋发热，欲火中烧。欲念不断冲击着她的神经，痛苦的禁欲反而强化了刺激。久而久之，她的感官开始紊乱起来。邪恶的影子不断在她眼前浮动，可怕的幻觉把她的感官与梦境挪近了。有时，她前后左右的东西：烛台、床腿、柜脚、安乐椅扶手，仿佛都披上了一层淫秽的外衣。猥亵的幻影从四面八方朝她涌来。有时，她会像一个失去人身自由的囚犯，死死盯着厨房里的一口杜鹃钟上的指针，自言自语道："再过五分钟，我就下楼到街上去……"然而，五分钟过去了，她还是呆着没动，更谈不上下楼。②

这是一段极为细致精彩的心理意识描写，不仅正面表现了人物在欲望难以满足时的内心煎熬，甚至深入到了人物的潜意识，表现了热曼妮出现的如梦似幻的非理性感受：她的情欲不仅占领了她的全部身体，甚至似已脱窍而出，占据了整个房间，附着在每一件物品上，缠绕着她，吞噬着她。这样的潜意识描写在当时的文学中极为少见，但在《热曼妮·拉赛朵》及作者的其他小说中还能找出更多的例子，我们可以视之为龚古尔兄弟对文学书写人类潜层心理的前瞻性探索。然而不无遗憾的是，这些本来可以更趋向现代文学的人物潜意识叙述，却受到作者急欲把它加以科学化、理性化阐释的局限，往往被归结为生理欲望或病态症候的临床表现。龚古尔兄弟要让文学成为严肃的科学研究的写作追求，这时却反而限制了他们对人类深层心理的深入探索，从而使得这些文字不再是单纯的心理分析，或是对非理性的潜意识的细致表述，而是兼具了关于机体生理表现或

① ［法］龚古尔兄弟：《热曼妮·拉赛朵》，郑立华译，载《龚古尔精选集》，山东文艺出版社 2000 年版，第 101 页。

② 同上书，第 128 页。

病理发展的医学记录功能。

第二节　解剖人物：分析法与《热曼妮·拉赛朵》

龚古尔兄弟在《热曼妮·拉赛朵》的序言中曾宣称，现代小说“开始成为文学研究和社会调查的一种严肃、富于激情和生气的形式，它通过分析和心理研究成了当代的一部道德史”。[①] 他们视分析为现代的科学研究方法，积极地尝试把它应用于文学的创作。如果说将视野转入人的内部，探索人性的最深处成为他们的创作目的。那么，分析法就是完成这一目的的最好方法。在他们看来，分析法的使用可以有效地对人物展开由外而内、逐层深入的解剖，从而挖掘人物的精神底层、揭示人类的生物性本能。《热曼妮·拉赛朵》即是这种分析法的实践结果，我们可以在其中看到，人物在被剥去精神地质的表面层级后所暴露出的生物本性，而分析法在这部小说里的成功应用，也意味着他们形成了自己的创作范式，标志着龚古尔兄弟个人风格的成熟。

一　分析与分析法

分析作为一种认识方式古已有之。培根反对脱离经验的演绎法，他提出作为自然的奴仆和解释者，人们所能认识和解释的，只有他在事实和思考中对自然过程所能见到的东西，而认识也只能从感觉和特殊、个别的事物中发现、引申出普遍的规律或事物间的因果关系。这种以感性对象为思想基础的分析方法在洛克等18世纪的经验论者那里得到了进一步的继承和发挥。黑格尔也曾经在《小逻辑》的第227节中“卓越地叙述了分析的方法和它的应用”。[②] 黑格尔指出，“认识过程最初是分析的。对象总是呈现为个体化的形态，故分析方法的活动即着重于从当前个体事物中求出其普遍性”。“分解那给予的具体内容，孤立化其中的差别，并赋予那些差别以

---

① ［法］龚古尔兄弟：《〈翟米尼·拉赛特〉出版前言》，载朱雯等编选《文学中的自然主义》，上海文艺出版社1992年版，第294页。

② ［苏联］列宁：《列宁全集》第55卷，人民出版社1990年版，第203页。

抽象概括普遍性的形式；或者以具体的内容作为根据，而将那显得不重要的特殊的东西抛开，通过抽象作用，揭示出一具体的普遍、类或力和定律。这就是分析的方法。”① 之后，他又补充道：“如果方法意味着从直接的存在开始，就是从直观和知觉开始，——这就是有限认识的分析方法的出发点。”② 也就是说，分析是一种认识事物的手段和思维过程，它从直接存在的、可直观感知的认识对象出发，把该对象由整体分解为各组成部分，分析它们相互间的关系、各自的属性和地位，并找出其中具有决定性意义的属性，从个体中推出一般，从现象达至本质，从具体对象中抽象出事物的普遍性和规律性。

在近代科学飞速发展、科学精神甚嚣尘上的时代背景中，孔德看到了分析方法对于规避形而上学先验论的巨大作用，也对它大加推崇。他把这种哲学上的认识方法与自然科学的研究方法相结合，为实证主义的研究所用。他提出的实证主义方法即从具体的可感知的事实材料出发，研究现象的内在规律和相继、相存关系，从而“以单纯的规律探求、即研究被观察对象之间存在的恒定关系，来代替无法认识的本义的起因”。③ 深受实证主义影响的左拉更是将分析法奉为当代科学的基本方法，大力宣扬它的普适性：“人们从一项已被观察到的事实出发，就这样从观察到观察逐步前进，在取得必要的元素之前，避免先下结论。一句话，不是从综合开始，而是从分析入手；人们不再希望借某种占卜或启示向自然索取真理；人们长时间地、耐心地研究自然，从简单而至于复杂，直到认识它的内在联系。工具既已找到，方法就将加强并扩展各门科学。”④

对于期望以科学化的文学创作来“复活”人群的龚古尔兄弟来说，分析法甚至成为他们创作的方法论基础，应用于他们的整个创作过程中。这一过程往往始于现实的生活，终于对事物深层的、规律性东西的探知：他们先是在平日的观察与感受中，寻找想要再现或“复活”的人物，当确定

① ［德］黑格尔：《小逻辑》，贺麟译，商务印书馆1980年版，第412页。

② 同上书，第424页。

③ ［法］奥古斯特·孔德：《论实证精神》，黄建华译，商务印书馆1996年版，第10页。

④ ［法］左拉：《实验小说》，载朱雯等编选《文学中的自然主义》，上海文艺出版社1992年版，第168页。

了写作对象后，他们会做更多的实际调查与文献搜集以积累前文本，直到前文本的容量足以支撑起这个人物的饱满形象时，才正式执笔写作。这些前文本正如同实证主义者用以展开研究的“事实材料”，是他们全部思考和探索的出发点。接下来是对这些具体的材料进行去粗取精的分解，一步步找出并分离掉影响人物性格的、命运的，外围的、不重要的条件，比如首先抛去人物的成长过程、宗教伦理观念，再有是外部生活环境、社会交际圈等——这即是泰纳所谓精神地质的表面几层——直到露出人物赤裸裸的、最原初的自我，从而揭示出掩藏于姿态各异的表面形象下共通的人类本性。

从埃德蒙为《亲爱的》（1884）一书所撰写的序言中，我们可以看出两兄弟对这种方法的长久坚持与看重：“我相信冒险情节，作品中的阴谋诡计，已被苏利埃、欧仁·苏等本世纪初的大想象家所穷尽了，我的想法是，为了做到完全成为现代的伟大作品，小说的最新发展应是成为纯粹分析的作品。”① 但这里，埃德蒙并没能就这种“纯粹分析的作品”的内涵做出明确的说明。到了1889年，在题为《论小说》的一篇序言中，莫泊桑对当时文坛上出现的几种“写真实”的小说理论做了一个总结性的论说，其中就包括了龚古尔兄弟提出的这种“纯粹分析小说的理论”：“分析理论的拥护者要求作家去表现一个精神的最细微的变化和决定我们行动的最隐秘的动机，同时对于事实本身只赋予过于次要的重要性。事实是终点，是一块简单的界石，是小说的托词。”因此，以分析方法创作的作家，“就得用一个哲学家写一本心理学书籍的方式，从最远的根源开始，把一切的原因都陈列出来；就得说出一切愿望的所以然，并分辨出激动的灵魂在利害、情欲或本能的刺激下所产生的反应”。② 这里，莫泊桑将作家对人性的逐层深究与心理研究者的工作联系起来，指出了二者在任务和方法上的相似之处，以及分析这一哲学和科学研究方法在文学领域的适用性，也为龚古尔

① ［法］埃德蒙·德·龚古尔：《〈亲爱的〉序》，载朱雯等编选《文学中的自然主义》，上海文艺出版社1992年版，第303页。

② ［法］莫泊桑：《〈皮埃尔与若望〉序》（也名《论小说》），载柳鸣九选编《法国自然主义作品选》，天津人民出版社1987年版，第801页。

兄弟的分析式创作方法做了理论上的阐释和肯定。

二 《热曼妮·拉赛朵》中的分析法

在大多数情况下，这种逐层深入的解剖分析法在应用上仅限于龚古尔兄弟的创作过程，并不直接展现于文本当中。但在《热曼妮·拉赛朵》这部他们最为成熟、也最具龚古尔特色的成名作中，我们不仅可以看到借助分析法，他们对于人性底层的挖掘所能达到的深度，甚至可以明确地看出这种分析法的运用方式：小说中对主人公的分析过程直接参与情节的推进，构成了文本发展的主线。

这部小说基本是根据两兄弟的女仆萝丝的真实经历写成的。萝丝在龚古尔兄弟的家中服务了二十五年，在他们眼中，她一直是全心付出的可靠仆人、忠心耿耿的家庭伴侣。然而在萝丝病逝后，债主们的不绝而来暴露了她生前一直隐瞒的可怕事实。这位看似普通的女仆居然还同时过着一种不为人知的生活：她拥有几个情夫，甚至有过两个私生子，先后夭折，她与情人在外过着荒淫的生活，欠下大笔难以偿还的外债，甚至不惜偷窃主人的钱物，而内心的重负与愧疚又让她沉溺酒精、精神恍惚，这一切逐渐摧毁了这个不幸女子的健康，导致了她的死亡。这一发现极大地震动了龚古尔兄弟。萝丝的双重生活，她掩藏自己、欺瞒主人的狡猾手段，让他们产生了“对整个生活、对全部女性的不信任感”。[①] 他们长久地思考着萝丝的命运、她人性中的复杂层面，并萌生了将萝丝写入小说的想法。他们特意考察了萝丝的出身、实际调查了萝丝在女仆身份之外的生活环境，也阅读了大量医学著述。两年多后，两兄弟完成了这部动人的《热曼妮·拉赛朵》。

小说中，他们为热曼妮设定了与萝丝大致相同的命运遭际。热曼妮出身于乡下的一个贫寒的家庭，很少有过舒心、温饱的日子。十四岁她就成了孤儿，被送到巴黎姐姐那里，并很快外出做工。在一个咖啡馆做女招待时，热曼妮遭到奸污，在痛苦中产下一个死胎。然而不等她休养好，就继

① Edmond et Jules de Goncourt, *Journal: Mémoires de la vie littéraire*, Tome I, p. 850. (1862. 8. 21)

续从事繁重的体力活，几乎让她的身体垮掉。直到进入老小姐瓦朗德伊家中，成为一名家庭女佣，她才总算过上了安稳温饱的生活。热曼妮全心全意地照顾着女主人，甘心为她奉献，她干活勤快、手脚麻利，在街坊四邻中有了良好的口碑。然而，这位年轻女子有着强盛的情欲，她缺乏美貌，浑身却散发出撩拨人心的诱惑力；她渴望着婚姻，但曾经失身的隐忧始终让她不敢妄想；她有满腔的柔情，却无处投寄。这时，她和新搬来的乳品商朱皮荣寡妇一家熟悉起来，爱上了她的儿子小朱皮荣。为了这个比自己小很多的年轻人，她付出了全部的热情、泪水和积蓄。她一次次地为这个花花公子所欺骗、背叛，又一次次甘心地供养着他。她怀孕了，偷偷地生下了孩子，孩子夭折了，而她开始酗酒。朱皮荣再次花言巧语地哄她，让她为自己出钱免除兵役，热曼妮明知那些令人情热的誓词不过又是一场谎言，却难以自控地为他四处奔走，欠下了自己永远偿不清的债务。朱皮荣彻底抛弃了她。她开始与油漆匠私通，想要的不过是欢爱，当油漆匠盘算着和这个能干的女人结婚，她却愤怒地离开了他。从此她只求一夜的情欲发泄。经济的压力让她开始偷窃主人，也让自己背负了无尽的愧疚与痛苦。由于饮酒过度和精神性病症的发展，她终日神情恍惚，思维迟钝。不久又染上了胸膜炎，身体很快衰弱下来。她坚持着服侍瓦朗德伊小姐，只能做最简单的活计，迟缓的行动中闪烁着她最后的生命之光。女主人看出了她的忧郁和虚弱，却始终不得缘由。她停止了女仆的工作，把她送进医院，但终于无力回天，热曼妮病重而死。女仆深藏的秘密直到此时才被揭开。瓦朗德伊小姐痛恨这可憎的事实，最后却原谅了她。她颤巍巍地去公墓看望热曼妮，发现她的长眠地没有墓碑、十字架，甚至连个做标记的树枝也未曾拥有。

文本中情节的发展与作者对热曼妮由外而内的分析是相互杂糅且合同并行的。他们将掌握的一切事实资料都在小说里呈现出来，从中层层分解、抽离出人物最根源处的本性。首先，文本由远及近地分析了造就主人公悲剧命运的外部动因。小说的开篇即借主仆二人的对话和回忆，交代了主人公的成长环境：从幼时的贫困，父母的过早离世，再到被送去姐姐家并外出做工，继之受到奸污后产下死胎，受到姐姐家厌嫌，开始独立工作讨生活，等等。童年的经历构成了人物精神地质的最外层，这段成长史给她带来的，是颠沛流离的艰辛感受和对爱的强烈渴望。她在成年前几乎未曾享受过稳定的、充满安全感的家庭生活，而在咖啡馆惨遇奸污，让她过早地踏入成人的世界，却没有得到任何人的真诚关心，姐姐一家的冷漠、嫉恨者向她描述的死后地狱间的可怕苦刑，加之缺乏正确的启蒙教育，让她遭受了更为深刻的心灵重创。无论是家人之爱还是朋友之爱，在成长过程中，她所面对的环境条件从未让她得到满足。

至此，作者完成了对热曼妮发生影响的最外层因素——成长经历和社会环境的分析。在热曼妮进入瓦朗德伊小姐家当上女仆之后，作者不再为她设计更多的外界条件的变化，也有意弱化了生活环境对人物的影响作用。作者的分析要进入人物的更深层面。

于是在接下来的叙述中，作者展示并随即剥去了罩在热曼妮本性之上的又一层外衣：宗教信仰。这是主宰人物性格命运的又一重要的社会因素。一度，热曼妮对天主教有着痴迷的热情。但作者指出，吸引她的并非教义本身，而是精神抚慰的需要："与其说胼手胝足的女人把倾听自己忏悔、又谆谆劝慰自己的神甫当作上帝的使者，当作审判自己所犯罪孽的法官，当作拯救自己灵魂的主宰，倒不如说她把他当作倾听自己诉苦，为自己排忧解难的知己。"[①] 她沉迷于忏悔室里温和的气氛和倾诉衷肠的畅快，沉迷于神甫低声细语、宽容悲悯的关心，产生了一种宗教的狂热。每周日的忏悔是她的全部生活意义。她以为这是对上帝的崇拜，其实她早已将感情移置到那深深同情她的年轻神甫身上，并渐渐难以抑制地表现出来。神甫拒绝了信徒的示爱，将她送去另一个神甫那里做忏悔。几次之后，热曼妮不再去教堂。最后，"她的宗教信仰就只剩一点日渐消逝的甘味"，[②] 从她的生活中消失了。

剥离了成长经历、环境和宗教信仰这些外界影响，作者的解剖刀已开始进入实验对象的身体，热曼妮"本我"的特性也得到了初步的展露：这

① ［法］龚古尔兄弟：《热曼妮·拉赛朵》，郑立华译，载《龚古尔精选集》，山东文艺出版社 2000 年版，第 37 页。

② 同上。

是一个情欲旺盛的女子。由于曾经失身的痛苦历史，热曼妮有着深深的自卑，她觉得自己无法获得爱情，不配取得婚姻。于是她的情欲被深深压抑着，不敢释放。但她饱胀的欲望却满溢出来，由内而外地表现在她的体态身形中。在热曼妮不再去教堂后的一日，瓦朗德伊小姐头一回认真端详着这位女仆，却骇然失声道："活见鬼！你哪来的这么一个发情母猫似的脸啊？"[①] 小说接着做了一段非常细致的描写：

> 这个女人其貌不扬，却有种强烈的、不可思议的魅力。黑暗与光明在这张凹凸不平的脸上互相撞击，给撞得粉碎，却留下了热恋中的画家给情人画像时绘出的那种迷人的神采。她身上的一切，嘴巴、眼睛、甚至于丑陋本身都能撩拨人心。一种富于刺激的诱惑力从她的身上逸出，向异性发起进攻并紧紧地抓住不放，非激起其性欲，使其勃发不可。肉感从她身上，从她的手势步态里，从她轻轻的摇摆中，从她走过的空气里，油然散发出来。站在她的身边的人，直感到她属于那种自己欲火中烧，又能拖人下水，使人神魂颠倒、忐忑不安的人物。她的音容笑貌会在男人欲望得不到满足时，出现在他眼前，会在他中午昏昏欲睡时萦绕在他的脑际，会使他彻底辗转反侧，甚至会闯进他的梦乡。[②]

不过在此时，热曼妮身上这最深层的情欲并未得到释放。弗洛伊德曾指出，人类社会的性冲动往往受到"社会本能"的压抑，这时，情欲只能寻找其他方式获得满足："它们没有放弃其直接的性目标，但内在的抵抗使它们不能达到这些目标。只要得到一些近似的满足，它们也就满意了。"[③] 最开始，她将强烈的爱意移情到外甥女身上。孩子的母亲——热曼妮的姐姐，因胸膜炎突然离世，孩子也染上了恶疾，热曼妮为外甥女的病

① ［法］龚古尔兄弟：《热曼妮·拉赛朵》，载《龚古尔精选集》，山东文艺出版社 2000 年版，第 38 页。

② 同上书，第 39 页。

③ ［美］赫伯特·马尔库塞：《爱欲与文明》，黄勇、薛民译，上海译文出版社 1987 年版，第 151 页。

四处奔波筹钱，给她最好的照顾和全部的爱，她觉得自己的生命都维系在这个孩子身上。然而不久，孩子被另一个姨妈带走，也夺去了这“近似的满足”：热曼妮感到，“没有了这小孩，她不知道去爱什么才好，不由得感到怅然若失。小孩的离去，给她心中留下了一片空白”。[①]

她很快找到了充实空白的东西。新搬来的乳品商朱皮荣太太有一个尚未成年的儿子，和乳品商熟稔起来的热曼妮立刻成为小朱皮荣的守护者。随着小伙子的长大，热曼妮此前对他类似母爱的感情渐渐转换为男女之爱。贪慕虚荣的朱皮荣对贫穷且并不美貌的热曼妮并无感情，只把她看作发泄情欲的对象罢了。了解一切的乳品商太太既不认同这段感情，也不向热曼妮提一句承诺，但为了“把一个不费分文的女仆留在家里”供她差遣，她在看热曼妮时总带有仿佛默许一切的眼神，总是分外热情地待她，好像认定热曼妮会成为自己的儿媳妇。热曼妮从朱皮荣每日的陪伴中，从乳品商体己的态度中，满怀希望地把这看作是真实的爱情，是未来婚姻的保证。

当这段爱情关系被认为是稳固的、合乎社会道德的，热曼妮便放心地释放了压抑已久的情欲，向朱皮荣献出自己的身体。这是热曼妮的本能欲望基于爱情的、“合法化”的释放，获得满足的也不只是情欲自身，还包含了现实的、文明的精神需要。马尔库塞在分析弗洛伊德的理论时曾特意强调了“性欲”与“爱欲”的区别，提出当性欲是通过合乎社会伦理的稳定关系得到满足时，性欲就将升华成为一种具有“社会合法性”的爱欲：“在非压抑性条件下，性欲将‘成长为’爱欲，就是说，它将在有助于加强和扩大本能满足的持久的、扩展着的关系（包括工作关系）中走向自我升华。爱欲想使自己在一种永久的秩序中长存不衰。”[②] 而这种欲望得到支持、巩固与升华将带来肉体与精神的双重满足。“整个有机体重新获得力比多的结果是产生了一种幸福感。”[③] 于是，此时的热曼妮感到自己无比的

---

① ［法］龚古尔兄弟：《热曼妮·拉赛朵》，载《龚古尔精选集》，山东文艺出版社 2000 年版，第 42 页。

② ［美］赫伯特·马尔库塞：《爱欲与文明》，黄勇、薛民译，上海译文出版社 1987 年版，第 152 页。

③ 同上。

幸福，仿佛获得重生，往日的不幸通通被抛下，浑身充满了生活的热情。“（这段爱情）在热曼妮身上产生了奇特的生理现象。满腔的热切似乎在改造更新她那淋巴体质。她感到生命的泉水不再像过去那样从快干涸的源头一滴一滴挤出来；她浑身滚动着热血，充满了活力。”①

然而作者的分析并不满足于展示这文明包裹着的、结合了社会性的爱欲，他的笔锋更为冷酷，还要撕开温情脉脉的爱情面纱，暴露人物最根源的本性。当热曼妮满怀对未来的期待，筹划着与朱皮荣婚后的种种美满生活时，母子俩却在榨干她之后，嫌弃起这个年近三十的老姑娘来。朱皮荣毫无留恋地抛弃了她，轻松地断送了她关于生活的所有幻想。然而为了这个空洞的迷梦，热曼妮已在堕落的路上泥足深陷：她为朱皮荣生下一个孩子，却很快夭折，痛苦难解的她开始麻醉自己，染上酗酒的恶习；为了替朱皮荣解除兵役，热曼妮四处奔走，借遍周遭的每一个人，欠下一大笔难以偿还的债务，而这些债主，曾是她那么亲热的朋友，如今却因这个秘密轻视她、要挟她，她在邻里间树立的好名声在闲言碎语中土崩瓦解；经济已经陷入窘境的她，却还试图满足朱皮荣的挥霍。终于，她触破了底线——偷窃主人的钱。就这样，一条一条地，她抛下内心的道德律法，也亲手葬送了与人类社会中一切文明系统相关联的可能，堵塞了所有通向希望的道路。“她不再寄希望于偶然和意外了，觉得自己的生活已经永远陷入失望之中：她必须永远扮演那个无法改变的角色，必须低首下心，老老实实地沿着那条不行的、阴暗的、通向死亡的道路走下去。”② 她在盘子里倒上咖啡渣，沥干水分，以平民女子常用的方式试图从这些斑驳图案里看清自己的命运：她看见了十字架，这意味着死亡的临近。

她屈服了。“到了放弃争斗的时候了。她的道德观崩溃了。意志屈服了，在命运面前，低头认输了。她确信自己无力自救。这种悲观情绪把她身上仅存的一点信心、毅力和勇气横扫一空。”③ 不再怀有希望也就意味着

① ［法］龚古尔兄弟：《热曼妮·拉赛朵》，载《龚古尔精选集》，山东文艺出版社 2000 年版，第 51 页。

② 同上书，第 126 页。

③ 同上书，第 129 页。

放弃了向文明社会靠拢、获取认同的努力，意味着不再根据现实原则节制、压抑自己，于是本能统治了她。

在欲望的驱使下，热曼妮主动找上漆匠戈特里施，成为这个单身汉的情人。与朱皮荣在一起时的爱欲在这里已退化为纯粹动物性的性欲，她和戈特里施之间毫无社会关系的牵绊，这不再是一对相互爱慕着的男女青年，而是两头毫无顾忌的野兽。在叙述热曼妮与朱皮荣的恋爱过程时，作者对这种基于情感纽带的爱欲惜墨如金，只以一句“任凭那饿狼般的年轻人夺去她以为是提前奉献给丈夫的东西”① 便轻描淡写地带了过去；而当一切社会面具被撕裂，表现出人物底层的本性时，作者却用了两页的篇幅，颇为直白地揭示出这赤裸的生理欲望：“发生在这两个动物之间的，是可怕、激烈、悲伤的爱情，是贪婪、凶猛、兽性的交欢，是狼吞虎咽的淫乐，是带着汹汹酒性的爱抚，是像猛兽的舌头一样吸吮着皮下鲜血的狂吻，是一场自行毁灭的消耗战……”②

然而龚古尔兄弟的分析仍未止步，还要彻底地深挖下去。于是他们又把这最后的伴侣从热曼妮身边赶走：这个单身汉想娶了热曼妮，过上合乎社会规范的稳定生活，热曼妮却早已不再奢望能拥有任何人世幸福，她对戈特里施翻了脸。龚古尔兄弟要看看剥去一切人类联系、只剩下原始本能的热曼妮在社会生活中将如何表现、展示出什么——于是让她堕落到最底层，“堕落到不知羞耻，甚至毫无人性的地步”。③ 她不再寻找固定的交欢，而只求欲望的即时满足，“拾取只有一夜生命的爱情，云过即逝的快感，萍水相逢的合欢，街头赐给流浪女的恩典”。她整夜在黑暗的街头寻觅，“就像一只饿狼，向第一个碰到的男人扑过去，看也不看一眼，过后再相逢恐怕都不会认得。……荡妇最后的廉耻和人性，最起码的偏爱与选择，作为妓女的良心和个性最低表现的厌恶心，在她那里都已荡然无存”。④

直到主人公丧失了一切人类的羞耻感，彻底地暴露出内心的欲望，龚

---

① ［法］龚古尔兄弟：《热曼妮·拉赛朵》，载《龚古尔精选集》，山东文艺出版社 2000 年版，第 58 页。

② 同上书，第 146 页。

③ 同上书，第 151 页。

④ 同上书，第 151—152 页。

古尔兄弟才终于结束了他们残忍的分析过程。而对于热曼妮来说，余下的日子只是在静待死亡。她得了和早逝姐姐一样的胸膜炎，病情发展得很快，不久就下不了床。病中唯一吸引她，能让她突然焕发生气的，是偶然发现了周遭人的偷情。情欲，这折磨了她一生的东西，到死依然占据了她的全部身心。热曼妮死后，瓦朗德伊小姐遍寻不着她的墓地。埋葬她的土地上甚至没有留下任何标记，恰如她始终不得归属的情欲。这可怜的女子，在这世上，活着时无处托寄她的爱情，死去了也尸骨无踪。

就在这一抽丝剥茧对人性的探索过程中，龚古尔兄弟完成了其独特的创作方法——分析法的应用，也确证了自己“生理学家”性质的作家身份。然而在依然保守的第二帝国时期，他们在书中对人物身体、欲望的直白展示，让文坛瞠目结舌。一时间报刊和批评家的恶言咒语纷至沓来，斥之为“细节泛滥、胡编乱造的秽言亵语”、“文学的腐臭化”。[①] 然而，也有一些人清醒地看到了作品的划时代价值。福楼拜即向两位作家肯定了小说的可贵之处，称赞道：“现实主义这个问题从未如此明确地被提出来。”[②] 雨果也为他们写了一封热情洋溢的祝贺信：“你们的书与贫穷本身一样冷酷。它具有这种伟大的美：真实。你们探及了事物的最底部，这是你们的责任，也是你们的权利。”[③] 但这两人还只是看到了龚古尔兄弟表现真实的努力，关于书中对人性的深度挖掘，他们都没有谈及。于勒·勒迈特的评论则更为中肯：“（小说中）关于热曼妮的部分达到了真实与人性的深处。”[④] 当时还是书店雇员的左拉也是极为支持他们的声援者，他把这部小说颂为伟大的作品，称它在很大程度上展示了时代的生活，并指出它体现了新文学的特征：“探求充分的人性”、“不掩盖人的尸体”。[⑤] 可以说，正

---

① André Billy, *The Goncourt Brothers*. Trans. Margaret Shaw. London: Andre Deutsch, 1954, p. 136.

② Flaubert, *Correspondance*, Tome Ⅲ (Janvier 1859—Décembre 1868), Paris: Editions Gallimard, 1991, p. 422.

③ André Billy, *The Goncourt Brothers*. Trans. Margaret Shaw. London: Andre Deutsch, 1954, p. 137.

④ Ibid., p. 139.

⑤ 引自郑克鲁《左拉文艺思想的嬗变及其所受到的影响》，《上海师范大学学报》1989 年第 3 期。

是这部小说启发了左拉之后的创作乃至整个自然主义理论体系的建立。在其成名作《黛莱丝·拉甘》的序言中，左拉即承认这部小说在创作上受到《热曼妮·拉赛朵》的影响，并声称应该把后者“当作一面旗帜来高举”。

正如所有革命性、拓荒性的作家都曾经历的，在文坛的一片指责、抨击声中，总会存在那些能立即理解作者惨淡经营的苦心、拥护作者对文学的创新与变革的声援者。这些支持者的声音尽管可能一时稀薄、微弱，却坚定而清亮，独具佳音。正是这些知音的慧眼如炬，照亮了文学发展的前景，鼓舞着文学革新者的拓进。在支持者的鼓励与进一步推动下，《热曼妮·拉赛朵》的继承者左拉找到了自己的文学之路，19世纪中叶的法国文学也发现了一种向现代性迈进的、全新发展的可能。

第三节　从分析法到分析小说:一种诗学理想

对于龚古尔兄弟来说，分析的意义并不止于一种创作方法。在他们的诗学观念中，分析不仅是认识世界或表现人物的工具，还将发展成为现代小说的本质。埃德蒙曾写道，他们的小说理想是创作一种“纯粹分析的作品”，这是一种不同于巴尔扎克、斯丹达尔等人的传统小说，他们自己“追求过而没有获得成功”，但埃德蒙乐观地相信它将发展为一种现代的新文体，而“年轻人会找到一个新的名称”。[①] 尽管如此，我们可以认为，龚古尔兄弟在文学上的探索已经无限接近了这种诗学理想。分析在他们创作中的泛化使用，甚至使得分析性成为其小说的一种文体特征，贯穿于整个文本表达之中。

一　文本整体性的坍塌

黑格尔认为，认识过程仅靠分析方法是不全面的。分析法将事物拆解为许多孤立的部分进行观察，将使事物失去了最初的原貌，丧失了全面性，从而导致无法获得对事物的整体性认识。“一个化学家取一块肉放在

① ［法］龚古尔兄弟：《〈翟米尼·拉赛特〉出版前言》，载朱雯等编选《文学中的自然主义》，上海文艺出版社1992年版，第303页。

他的蒸馏器上，加以多方的割裂分解，于是告诉人说，这块肉是氮气、氧气、炭气等元素所构成。但这些抽象的元素已经不复是肉了。"[①] 然而这种研究法正是19世纪科学领域的主要方式。随着自然界知识的大幅增加和各门自然科学的进步，人们认识到基督教所启示的神圣体系，或是任何意识形态体系都不再能够解释人、动物、自然界中的种种无序和难以理解的事实现象。"除了一些分散的事实以外，人们不再能了解世界的内在秩序，因而……当时的科学研究热衷于生物分类学和现象分类学。"[②] 此时的科学家倾向于只对自然界的表现形态进行分门别类的研究，将可观察到的实验研究对象，进行细致的单位划分，将自己的研究限制在个别的研究领域中，而不再试图全面地掌握自然对象，提出某种整体性的宏观秩序。龚古尔兄弟所要考察的，也只是这样一些"抽象的元素"。出于一种要穷根究底的热切需要，龚古尔兄弟在创作中惯于分解对象，要逐层剥去对象的外部地壳，暴露出地质底层深处的、最根本的原因或性质。他们关注的是被分解了的一系列细节部分，而不注重对事物做整体性的考察。他们规避对世界、对人做宏大的整体性阐释，只将目光集中于具体的、局部的、分裂的细节之中，深入进去，对它进行巨细无遗的挖掘。他们并不期图表现世界的经度之广，只希望展示出个体的纬度之深。

诚如布尔热所言，当时的法国已经日趋成为一种颓废社会。有别于过去有机的、高度整体性的社会形态，颓废社会表现出无序、分裂的状态，社会的各组成部分不再只是服务于整体的零件，而是成为独立的、各自完整的个体。这种社会所产生的文学也表现出缺乏整体性的颓废风格。龚古尔兄弟的小说正表现出这种缺乏完整性的、碎片化的时代风格。

传统小说总试图对世界进行整体性的全面认识，赋予世界一种确定的、统一的解释，小说中的世界也总是一个系统的、完美的整体，具有自足性和封闭性。它需要作者将文本的各个层面：人物、环境、情节、结构、描写等都协调起来，成为这一整体的有机组成，不允许存在任何模

① ［德］黑格尔：《小逻辑》，贺麟译，商务印书馆1980年版，第413页。

② ［法］让—皮埃尔·里乌、让—弗朗索瓦·西里内利主编：《法国文化史》（第三卷），朱静、许光华译，华东师范大学出版社2011年版，第12页。

糊、违和之处。每一个部分都具有相对于整体的存在意义，缺少任何一个环节都将使作品失去完整性。在西方叙事文学的传统里，语词总是服务于句子，句子总是服务于段落，而段落总是服务于全书，这种对整体性的强调，早在西方文学和文学理论的源头处就已经凸显出来。古希腊时代，荷马史诗里那些不厌其烦、过于全面的细节，尽管为奥尔巴赫所诟病，但它们并非是脱离于情节之外的纯粹描写，依然服从于整体的叙事。正如莱辛所指出的："荷马只描绘持续的动作而不描绘其他事物；他如果描绘某一物体或个别事物，只是通过它在动作中所起的作用，而且一般只用它的某一个特点。"① 他在分析了《伊利亚特》中一段有关阿伽门农的朝笏的文字后指出，这些细节描写并非纯粹的、图章式的形象展示，而是动作性的，它参与了情节发展过程，并与人物的命运休戚相关。亚里士多德更是直接提出叙事作品是一个有机统一的整体，要符合情节整一的原则："在诗里，正如在别的摹仿艺术里一样，一件作品只摹仿一个对象；情节既然是对行动的摹仿，它所摹仿的就只限于一个完整的行动，里面的事件要有紧密的组织，任何部分一经挪动或删削，就会使整体松动脱节。要是某一部分可有可无，并不引起显著的差异，那就不是整体中的有机部分。"②

这种对整一律的要求在古典主义文学那里被发挥到极致，情节、时间、地点的三整一律成为长期控制作家创作的无形脚镣。到了浪漫主义时代，理性逻辑的一致性被感情的一致性所取代。在拜伦的长诗里、在《少年维特的烦恼》中，对环境、事件的书写无不围绕着人物的情绪这一轴心旋转，是"感时花溅泪，恨别鸟惊心"式的主观移情。19 世纪的现实主义小说传统也同样注重细节与整体的一致性。以巴尔扎克的小说来看，环境是人物生活的见证人，也是人物命运的影响者。在巴黎的贵族沙龙与伏盖公寓之间的场景变换中，拉斯蒂涅既有的价值观念不断被削弱以致崩溃，这些都市场景见证了又一名野心家的成长。小说中的环境描写既体现了人物的性格，也暗示了人物未来的发展，虽然看上去拖沓琐碎，其实仍围绕着统一的核心思想。对于巴尔扎克小说中的这一特点，勃兰兑斯曾以烟雾

① ［德］莱辛：《拉奥孔》，朱光潜译，人民文学出版社 1979 年版，第 85—86 页。

② ［古希腊］亚里士多德：《诗学》，罗念生译，上海人民出版社 2005 年版，第 37 页。

与火焰的关系作比："凭借着观察，他积累了一大堆互不相关的特征，而把这些特征分门别类罗列起来，往往使他小说的开头部分令人生厌而又杂乱不堪……可是，顿时有这么一个时刻，作者热情焕发的想象把他忠实的记忆所呈现出来的所有这些平凡的东西都融化而又熔合了……在巴尔扎克的小说里，描写的部分时常是被烟雾给闷住了，然而火焰从来不会不喷射出来。"[①] 巴尔扎克小说中各部分的细节描述，看似如柴草堆一般杂乱无形，其中却燃烧着统摄思想的火苗，这火苗终将喷薄而出，将细节的柴垛汇成一片火海。

然而，在龚古尔兄弟的小说中，这种高度一致的整体性坍塌了。从结构上看，龚古尔兄弟的小说呈现一种碎片化的特征。他们的作品大多采取短章并置式的结构，篇章间的连缀是极为松散的。单就每一章而言，在情节或情绪的表达、场景的描述上都是完整自足的，然而读者无论是从时间的先后顺序、事件的因果发展，还是从感情的递进等方面，都很难发现相邻章节之间具有明显的逻辑关联。常见的情况是，前一章是正常进行的对构成情节的事件或人物行动的叙述，而紧接着的后一章却是纯粹的环境或情绪描写，或是整章的分析性话语。这些游离于主体之外的描写和分析，总是突兀而粗暴地进入叙事进程，中断、迁延着情节的发展，如卢卡契所言，"叙事性的关联"在这种散碎化的断章中"消失殆尽"了。[②] 譬如，《费罗曼娜修女》第Ⅸ章的末尾写到费罗曼娜将进入一家医院照顾病人；而在第Ⅹ章，作者则仿佛遗忘了费罗曼娜，用了整章的篇幅描述医院的环境和实习医生的生活。《玛奈特·萨洛蒙》则在情节的演进过程中不时插入人物讨论艺术观念的断章。

荷马史诗里也有类似的插入现象，奥尔巴赫就曾分析过《奥德赛》中的一段著名的情节插入。《奥德赛》的第19卷中写道，当奥德修斯历经十年的海上漂泊回到家中，无人认得出这个风尘仆仆的旅人。然而在曾是奥德修斯奶母的老女仆为他洗脚时，女仆认出了他腿上的伤疤，惊喜地一松

---

① ［丹麦］勃兰兑斯：《十九世纪文学主流》（五），张道真等译，人民文学出版社1997年版，第219页。

② ［匈］卢卡契：《卢卡契文学论文集》（一），中国社会科学出版社1980年版，第62页。

手，奥德修斯的脚落进盆里，溢出了盆中的水。其中，正在女仆认出了伤疤时，文本突然插进了一段关于伤疤来历的叙述，中断了这一事件的进程，直到来历交代清楚，才继续叙述女仆松开了奥德修斯的脚。

不过，这段情节插入虽一度中断了叙述，但对于整部史诗来说，却是保证故事完整性的必要构成。而龚古尔兄弟小说中的叙述中断则并无这种对于完整性的考虑，他们并不强调各部分之间的有机联系和作品的系统性，而是放任这些无依靠的、相互独立的章节在文本中各自散落。一般而言，它们可以出现在文本的任何部分，也可以全部删去或增加更多。这些内容与文本的主体情节既无必然联系，也几乎对它的完型毫无影响。因此，这些由独立部分累积而成的小说，让文本形成强烈的破碎感，读者很难立刻对作品产生一种严密统一的整体性认识。

莱辛曾指出，由于物体形象在空间上的同时并存性与语言在时间上的先后承续性之间，存在着无法克服的矛盾。因此，如果文学作品对事物进行分解性的描述，将对读者的理解造成极大的困难，“尽管在转化同时并存为先后承续之中，转化整体为部分是容易事，而最后把这些部分还原成整体却非常困难，往往甚至不可能”。[①] 龚古尔兄弟则认为这正是现代文学相较于古代文学的区别与进步所在：“古代文学的特点在于，它是一种远视的文学，也就是说表现了整体；而现代文学的特点——以及它的进步——在于它是一种近视文学，注意的是细节。”[②]

此外，龚古尔兄弟的小说里，环境与人物的关系也往往是分裂、疏离的。他们的小说很少具有宏大的叙事视野，对于社会现实和历史进程，他们往往避而不提。美国学者利奥·洛文塔尔认为，对于现代作家来说，他们“并不关心客体、事件或制度的现实，他所关心的乃是人的现实……它是试图呈现活生生的、而不是死去的现实”。[③] 龚古尔兄弟正是这样的作家。他们总是要剥离人物的社会、时代环境的外衣，关心的是这些与社会

---

① [德] 莱辛：《拉奥孔》，朱光潜译，人民文学出版社 1979 年版，第 96 页。

② Edmond et Jules de Goncourt，*Journal*：*Mémoires de la vie littéraire*，Tome Ⅰ，p. 971. (1863. 6. 5)

③ [美] 利奥·洛文塔尔：《文学、通俗文化和社会》，甘锋译，中国人民大学出版社 2012 年版，第 7—8 页。

话语相断裂但却更真实的人，是活生生的人性本身。他们的全部小说均以当代社会为背景，讲述的是真实存在于第二帝国大街上的男女，然而却没有一部小说提及当时的重大社会事件或时局问题。人物的命运几乎只受到情欲、病理的控制，出身、家庭、社会、时代、政治等外部环境因素对于人物的影响极其微小；人物的活动范围也非常局促，与外界的交往仅限于家庭、雇主和少数私人关系中，几乎没有社会生活。

然而，这并不意味着龚古尔兄弟的小说中缺乏环境描述。事实上，龚古尔兄弟的小说中，经常出现大段、甚至整章的自然或都市景观的描写与分析，只是这些外部环境与人物、情节往往并不发生直接关系。《热曼妮·拉赛朵》中虽然也介绍了热曼妮贫苦的出身背景，然而这种人生的苦难可以说是去空间和时间化的，在任何社会与时代背景里叙述这种成长经历都不会显得过分突兀。尽管如此，龚古尔兄弟也仅就此做少许交代，就立刻抛开了人物生存与外部环境的关系，在后面的叙述中，我们几乎再难看到社会环境对热曼妮命运悲剧的影响。在《费罗曼娜修女》中，叙述者一开始就将费罗曼娜描述成一个“小小的野兽”，[①] 在之后的情节里，她与任何环境都难以融合，总是处于一种游离现时的格格不入状态。《热尔维泽夫人》则几乎全部由对人物的心理分析与病理的观察结构而成，极少表现出时间与空间感的存在。

二　分析性话语的泛滥

在龚古尔兄弟的小说中，分析性特色还表现为分析性话语的广泛使用。出于将文学科学化的需要，龚古尔兄弟总是忍不住要对作品中的事物做一番探查考究，并将分析的过程与结论呈现给读者，为此，他们频繁地使用分析性话语。在他们的小说中，作为研究分析员的作者可以随时跳入情节中，中断叙事过程，向读者剖析人性，厘清病理，解释环境。情节或事实不过是作家在分析人物时所借助的“托词”，对其完整性、曲折性或可读性，他们并不在意。分析性的细节在龚古尔兄弟的小说中泛滥到几乎

---

① Edmond et Jules de Goncourt，*Sœur Philomène*，Paris：G. Charpentier，1886，p. 13.

让文本的情节线索淹没不见。尽管作家并未完全抛开情节，也让它在文本中拥有自身的起因、发展与结局，但是想要读出这些的读者，只能在旁枝丛生的树林里奋力挥斧斩棘，才能从中拨开一条情节的主路。可以看出，分析对于龚古尔兄弟的小说而言，不再仅仅是一种借以表现人物的创作手法，它甚至占据了文本的主体地位。

莫泊桑在《论小说》中关于“纯粹分析小说的理论”的阐释，是在讨论文学应以写真实为目的这一框架下进行的。他同时提出，纯粹分析小说并不是表现真实的唯一办法，另有一类作家拥护客观，提倡“客观小说的理论”：“客观的作家不啰嗦地解释一个人物的精神状态，而要寻求这种心理状态在一定的环境里使得这个人必定完成的行为和举止。作家在整个作品中使他的人物行动都按照这种方式，以致人物所有的行为和动作都是其内在本性、思想、意志或犹疑的反映。作家并不把心理分析铺展出来而是加以隐藏……”① 尽管他未曾在文中直接点名，但这种理论的代表人物无疑可以推举福楼拜。福楼拜曾明确提出自己在创作上推崇“非个人性”的原则。“《包法利夫人》中没有一点真实的东西。……要是有如真的感觉，那恰恰来自作品的非个人性。我的原则之一，就是不写自己。艺术家在作品中，犹如上帝在自然中，不见踪迹却强大无比；处处能感觉到，却永远看不见。”② 这一原则也确实在他的《包法利夫人》等作品中得到了完美的应用，把这部小说带入了一个作者隐匿无踪的客观化境界。

如果我们以福楼拜和龚古尔兄弟为例，将这两种创作理念并置齐观，可以进一步加深对龚古尔兄弟式的分析小说的理解。首先，客观小说是通过表面事实材料的安排，让人物的内在本性在合乎性格逻辑、生活逻辑的情节演进中自我表现。它需要作家对于文本内容具有更强的控制力，使得叙述既不显得枝蔓，同时又能充分揭示人物的性格与命运发展的必然性。分析小说则并不看重事实，而是借助作者之手，如科学家对于自然对象的研究一般，将人物的内心追根究底地一一分解出来，告知读者。表现在具

① ［法］莫泊桑：《〈皮埃尔与若望〉序》，载柳鸣九选编《法国自然主义作品选》，天津人民出版社1987年版，第801页。

② Flaubert，*Correspondance*，Ⅱ，Paris：Editions Gallimard，1980，p. 691.

体文本中。我们可以发现，为了充分阐明人物心理的复杂变化，为了提供生理欲望的表现或病理发展的过程，龚古尔兄弟的分析小说中往往充斥了大量的分析性细节展示，甚至不惜中断叙述。而福楼拜的小说则十分注重小说的整体性。除了必要的背景介绍和对相关事实进行说明之外，叙述者很少再对叙述进程进行干预，也没有过多的分析、议论和脱离情节的溢出性叙述，因而使得他的小说中，情节、人物与环境等各环节间形成了良好的互相支撑、互相反映的关系。左拉敏锐地感受到了二者的这一区别，在《实验小说》中他曾评论道："（龚古尔兄弟的小说，）毫无疑问，描写过多，人物有点在过于广阔的地平线上摇晃……居斯塔夫·福楼拜是迄今为止最有分寸地运用描写的小说家。在他的作品中，环境起到适度平衡的作用：它不淹没人物，几乎总是限于确定人物。"①

其次，客观小说的作者在文本中尽量不露痕迹，他不表态，不发表议论，也不抒发感情。相应地，客观小说一般采取限制性的叙事视角，作者躲在人物的背后，几乎与人物知道的一样多。读者只能在情节的组织，场景、结构的安排等方面寻找作者意识的端倪。人物的心理只能从他们的行为上得以展现，而非直接将心理过程表露出来，即使出现了心理分析，也往往借助自由间接引语等语法手段，巧妙地将人物内心与叙述语言悄无痕迹地交汇起来。分析小说的作家则不惮于直接介入人物的深层心理，对其展开彻底剖析并直白地袒露给读者。龚古尔兄弟同样反对浪漫主义文学那种主观激情在文本中的弥漫无边、不可控制的抒发，同样反对作品的主观化，但他们反对的目的是基于让文学拥有自然科学般的可靠性。因此，他们避免流露出作者个人的感情色彩与价值判断，但并不避讳作家在文本中的现身。他们的小说一般采取全知全能的叙事视角，方便作者随时以全知者的身份跳进叙述中，对其中的人物和环境展开分析。

在文章中，莫泊桑对于两种写法的好坏不置可否，因为"每一种理论只不过是对自己气质进行分析的一般表述，那么我们还是不要对任何理论

① ［法］左拉：《实验小说》，载朱雯等编选《文学中的自然主义》，上海文艺出版社 1992 年版，第 222—223 页。

心怀不满吧”。[1] 他认为两种方法都是对已经僵死的传统小说进行现代革新的尝试，同样代表着文学发展的可能向度。文学的历史演进也确实验证了莫泊桑的预言。经由作家们的推进，“客观小说”最终经由福楼拜之手通向了法国“新小说”的物化叙事；分析小说对内心波动、本能欲望的深入探究与揭示，则与20世纪的意识流小说文脉相通。在伍尔芙、乔伊斯等现代主义小说家的作品中，我们看到作者对人物内心洞若观火的全盘掌握，看到小说文本的整个“向内转”，作为“托词”的事实在文本中几乎全然消失。这些“现代的伟大作品”，在龚古尔兄弟的基础上进一步向极端化发展，真正成了“纯粹分析的作品”。

“分析小说”是龚古尔兄弟对于未来小说创作的一种诗学理想，也是他们对人类进行追根究底的深察时所自觉运用的诗学原则。在这种以“纯粹分析”为旨归的小说文本中，传统小说所注重的情节、故事已被泛滥的分析性话语所淹没、取代，结构整体性的坍塌更使其与20世纪的现代主义文学同气相求，后者成为龚古尔兄弟对于小说发展期许在未来的现实验证。

① ［法］莫泊桑：《〈皮埃尔与若望〉序》，载柳鸣九选编《法国自然主义作品选》，天津人民出版社1987年版，第801页。

第三章　文献小说：讲述当代史的小说家

龚古尔兄弟的创作首先由历史著述获得成功，而后转入小说。史书的撰述，让龚古尔兄弟确立了严谨的考据态度，也培养了他们重视文献的创作方法。这种著史之风被他们承继到之后的小说创作中，使他们的小说与其历史著作具有诸多共同的写作特点。在他们看来，历史与小说在根本上是同构的，区别只在于所用的文献不同。历史学家旨在提供关于过去的文献，小说家则以搜集现代的文献为创作基础。文献的搜集与整理总是他们创作的首要步骤，也是最为基础性的步骤。他们力图让自己的小说建立在“人文文献”（document humain）基础上，具有文献小说的性质。在小说《拉·福斯丹》（1881）的序言中，埃德蒙甚至提出了“人文文献派”（l'école du document humain）的概念，指出这是对继浪漫主义之后文学发展的最新样式所做出的最好、最确切的定义。[①] 他声称自己拥有这一概念的作者资格。

第一节　小说的准备：撰述历史

龚古尔兄弟对18世纪始终怀抱着一种浓厚热烈的感情。对他们来说，18世纪类似于一个理想的社会“乌托邦”，在那个世纪里，优雅的贵族文化达到了历史顶点，上流社会的风度、谈吐、言行表现着贵族的博学、睿智、高尚和多情的心灵。他们时常哀叹大革命确立的自由平等的民主制度永远地破坏了这一建基于等级制度之上的高雅文化。于是，自19世纪50

① Edmond et Jules de Goncourt, *Préfaces et Manifestes Littéraires*, p. 60.

年代中叶始，两兄弟逐渐有了为这一逝去的社会精神立传的想法。

他们从搜集、整理法国大革命时期的史料着手，开始系统地为18世纪著史。先是在1854年和1855年，他们分别出版了《大革命时期法国社会史》(*Histoire de la société française pendant la Révolution*)和《督政府时期法国社会史》(*Histoire de la société française pendant le Directoire*)两部总体性的社会史学作品。此后，兄弟两人又陆续完成了《莎菲·阿尔努传》(*Sophie Arnould*，1857)、《十八世纪人物真影》(*Portraits intimes du XVIIIe siècle*，1857—1858)、《玛丽—安托瓦内特传》(*Histoire de Marie-Antoinette*，1858)、《路易十五的情妇们》(*Les Maîtresses de Louis XV*，1860)和《十八世纪的妇女》(*La Femme au XVIIIe siècle*，1862)等多部历史人物传记。《路易十五的情妇们》一书的初版序言是一篇总结性的文章。文中，龚古尔兄弟对自己的几部历史著作做了明确的定位和归类，表明其历史撰述前后勾连，贯穿了整个18世纪，是一项系统性的史学工程："我们拟创作的18世纪史，至此全部完成。这一时代的每一个阶段，该世纪在社会和风俗方面的每一场变革，从路易十五到拿破仑时期，都已经根据我们的认知和能力做了研究。《路易十五的情妇们》将读者带入1730—1775年间；《玛丽—安托瓦内特传》将他们带入1775年至大革命期间；《大革命时期法国社会史》，1789—1794年间；《督政府时期法国社会史》，则是世纪末的1794—1800年间。"①

夏尔—奥利维·卡尔内尔曾指出，19世纪中后期的法国历史学家，大体有两种来源：一种是圣职人员，只研究宗教历史；另一种是高学养的社会名流，迷恋旧制度与旧文献，由于拥有充裕的闲暇时间和丰厚的财产，因而可以频繁出入各种学者协会，还有收藏丰富的图书馆以供查阅。② 龚古尔兄弟明显属于后者。在研究对象上，他们沉浸于18世纪壮阔的大革命和旧制度；在研究方法上则十分依赖文献资料。他们对于实证性的文献考据工作非常重视，强调历史的叙述只有在作者掌握了第一手材料时才具有

---

① Edmond et Jules de Goncourt，*Préfaces et Manifestes Littéraires*，pp. 201 - 202.

② 参见［法］让—皮埃尔·里乌、让—弗朗索瓦·西里内利主编《法国文化史》(第三卷)，朱静、许光华译，华东师范大学出版社2011年版，第255页。

可信度，力图让自己的著作中出现的每行字、每件事都有所本。在著史期间，他们四处奔走，从古董商和继承人那里购买、收集了大量18世纪的原始文献资料，包括当事人或亲人的回忆录、手稿、日记、书信、报刊、小说、剧本、便条等。不仅如此，他们还非常注重对具体实物的亲眼见证和实际接触，认为唯有如此才能切实感受到当时的历史氛围，在心中还原出往日的岁月。因此，实物资料，如当时的油画、铜版画、木雕作品，甚至刻刀、画笔、丝绸等，也都被纳入他们搜集、考证的范围。诚如保罗·布尔热所言："如果连当时的一袭长袍、一份菜单都没看到过，那就写不出生动的历史。"[①] 据龚古尔兄弟在《大革命时期法国社会史》序言中自己的统计，该书引证的文献数量达一万五千种之巨。他们不无自豪地宣称："本书中提到的最细小的一件事，最微不足道的一句话，我们都可以为评论界提供一份资料。"[②]

对文献的热衷在19世纪的法国史学界是一种普遍的风潮。其时，历史学已开始了科学化进程，作为一门专业学科的历史学逐步形成。在盛行的实证主义哲学背景中，史学家们非常注重文献材料的整理与研究，并一度兴起了收集文献的史学界时尚，甚至导致"收藏珍本的兴趣发展超过思想的批评"。[③] 文献学也随之在法国获得飞速的发展。1821年，巴黎文献学院创建，专门培养文献学专业的学生。同时，关于文献学的专业出版物也大量涌现，如《法兰西历史协会社会通报》（1834）、《考古通报》（1838）、《文献学院图书》（1838）、《考古杂志》（1844）等。海登·怀特指出，当时的史学研究所采用的方法也基本是文献学方法，即"包括一项规定使用最精细的文献学技术来批判历史文献的准则，还有就是一整套言论，用来阐明在其批判的文献基础之上，什么事情是史学家不应该做的"。[④] 在米什莱、托克维尔以至晚出的泰纳等人的史学著作中，我们看到这种大量使用

① Paul Bourget, *Essais de Psychologie Contemporaine*. Tome Ⅱ, p. 149.

② Edmond et Jules de Goncourt. *Préfaces et Manifestes Littéraires*, p. 180.

③ ［法］让—皮埃尔·里乌、让—弗朗索瓦·西里内利主编：《法国文化史》（第三卷），朱静、许光华译，华东师范大学出版社2011年版，第255页。

④ ［美］海登·怀特：《元史学：十九世纪欧洲的历史想象》，陈新译，译林出版社2009年版，第163页。

文献档案的特点越来越明显，反映出当时的法国史学家注重以事实材料为基础进行史学撰述的总体倾向。他们力图从事实材料出发，避免先验的观念影响，让历史的意义自然而然地从文献自身中显示出来。

这种治史方法是对基佐等早期史学家在史学思想中渗透过多政治观念的反拨。作为一名左翼史学家和政治家，基佐的历史叙述往往融入了他对政治制度的思考。譬如他对大革命的描述就极富阶级论色彩：这是一场征服者的民族与被征服者的民族之间的战争。在基佐看来，“历史观也是一种政治纲领”，[①] 由是，他的史学著作在某种程度上成了政治宣传册，对自由、宪政思想的提倡总是在其中毫不掩饰地频繁出现，甚至淹没了历史事件的叙述本身。这样的史书往往因其过于注重理性的逻辑论证而失去了历史原貌的真实性。正因为如此，他在巴黎大学的近代史课程一度（1822—1828 年）被保王派以“教授‘观念’而不是‘事实’”[②] 的理由撤销。这种观念大于事实的决定论史学思想在当时的影响极其广泛，以至于米什莱此后曾感慨道：“直到 1830 年（甚至是到 1836 年），这个时代还没有任何一个卓有成就的历史学家感到需要从已经印出来的原始资料中寻找事实。”[③]

然而，正如海登·怀特所指出的，尽管米什莱等人注重文献档案资料的实证性研究，尽力规避先验推理所获的图式对历史撰述的影响，他们的著作依然显示出赋予历史事件以意义的情节化叙述策略。当他们借助“故事”来讲述历史时，他们正是在对事实的选择、重组中，融合、塑造出某种观念引导下的情节阐释。在对 19 世纪几位重要的史学家进行研究后，海登·怀特提出历史叙述同样是一种虚构，需要史学家通过逻辑论证或某种意识形态对历史事件进行选择、重组，并“编织情节”，即“从时间顺序表中取出事实，然后把它们作为特殊情节结构而进行编码”。[④] 经过这种情

① ［法］米歇尔·维诺克：《自由之声：19 世纪法国公共知识界大观》，吕一民、沈衡、顾杭译，中国人民大学出版社 2006 年版，第 100 页。

② ［美］海登·怀特：《元史学：十九世纪欧洲的历史想象》，陈新译，译林出版社 2009 年版，第 165 页。

③ 引自［法］让—皮埃尔·里乌、让—弗朗索瓦·西里内利主编《法国文化史》（第三卷），朱静、许光华译，华东师范大学出版社 2011 年版，第 250 页。

④ ［美］海登·怀特：《作为文学虚构的历史本书》，载张京媛编《新历史主义与文学批评》，北京大学出版社 1997 年版，第 163 页。

节化的阐释策略，同样的历史将被解释出迥然相异的意义，这就相当于把历史视为某种虚构故事："历史编纂学给事件系列施加清楚的模式和'意思'，使事件系列明显地具有虚构模式中的情节结构（传奇、喜剧、悲剧、讽喻）。"[①] 他据此提出，同样是法国大革命史，密歇利特用传奇方式处理所有的历史内容，兰克将它处理成喜剧，托克维尔用悲剧的方式处理，而布尔哈特则处理成了讽刺文。

龚古尔兄弟则放弃了为历史进行情节编码的尝试。在1861年的一则日记中，龚古尔兄弟指出托克维尔的《旧制度与大革命》"比较公允"地论述了18世纪，但仍嫌"过于接近时代的狂热情绪，成为自由主义者"而不免带有偏见，而由于他们自己能够"超然一切"："不是记者，没有党派，甚至不顾念前程，没有对地位的野心"，因此最能写出"最具特色，也最合乎现实的"的历史，这种历史的基本观念是："人类社会根本没有进步，只有演变。"[②] 的确，两兄弟对传统史学方法的抗拒更为彻底，反对历史叙述中的观念统摄，拒绝就历史做任何机械的因果推演或理性的逻辑论证。他们否认历史有规律可循或人类有可能把握住其中的规律，因而拒绝在史述中将某种理性秩序强加于流动的历史现象之上；相应地，他们也对人类进步论持怀疑态度，不对历史做任何价值评判和走向预测，不承认人类处于不断上升、进步的运动进程之中。在他们看来，历史只是上帝与魔鬼之间一场永远的棋局，任何胜负不过是瞬间的偶然："（我认为）可以否定历史的理性，否定事件的前后因果，以及人类在趋于完善的论证，历史只是偶然的小说。基佐体系和所有其他体系的史学，承袭自孔多塞的：智力游戏而已，歪曲真理以提取人的灵与肉在不断变好的证明。历史，不过是恶与善、魔鬼与上帝之间的一场棋局，永无终局，总在不停地重新开始。因为魔鬼是个坏对手，快输的时候就要掀翻棋盘。"[③]

---

① ［美］海登·怀特：《作为文学虚构的历史本书》，载张京媛编《新历史主义与文学批评》，北京大学出版社1997年版，第173页。

② Edmond et Jules de Goncourt，*Journal*：*Mémoires de la vie littéraire*，Tome Ⅰ，p. 703.（1861. 5. 30）

③ Edmond et Jules de Goncourt，*Journal*：*Mémoires de la vie littéraire*，Tome Ⅰ，p. 293.（1857. 8. 16）

可以说，基佐、米什莱、托克维尔等历史学家的著作是一种解释性的历史叙述，他们希望为历史的进程寻求一种可理解的发展规律，将历史事件重新组织、编码，以提供一种符合逻辑的理性解释。龚古尔兄弟则无意进行说明或论证，他们的史书仅限于描述。他们坚持只从文献出发，在毫无先入之见的前提下对18世纪社会进行纯粹的景观呈现，以大量实证资料平面化地展示人们日常的生活习惯，以及社会的风俗、心理、文化，而不去做重大历史事件的分析、社会变迁动力的思考或是历史因果的逻辑推演。他们力图运用手中的文献进行一种全新的历史叙述，撰述“一部前所未有的历史”，即“社会史”（histoir de la société）：“社会史将不局限于记录人物的官方活动，一种社会制度或等级的公众情况或外部征候，战争、争斗、和约”，而更多地关注私人的日常生活，它是一种“被政治史所遗忘或鄙弃的历史，是有关一个民族，一个世纪，一个国家的私人史。它研究的是人类道德的变革，短暂存在的和地方性的文化形态”。[①] 两兄弟认为这是现代史学的发展趋势，“私人史就是现代的史学；社会史就是这种史学的最新表达方式”。[②]

出于一种对美好时代的深深怀恋，龚古尔兄弟渴望留下这个逝去世纪的一切细节。他们并不想撰写一部规模宏大的民族史诗，而是试图还原本初的历史面目，力图勾勒出鲜活的18世纪社会风情和民众的精神心理面貌；他们希望自己的作品像是一个世纪老人垂暮时写下的回忆录，淡淡地谈论着散落于过去岁月中的物质细节、不复存在的礼仪习惯、旧相识的轶事趣闻。在1865年出版的《大革命时期法国社会史》与《督政府时期法国社会史》合编本的序言中，他们写道：“描绘1789—1800年间的法国，它的风俗、精神、民族风貌、社会色彩、生活与人性——这就是我们的野心所在。”[③] 按照传统的史学方法，史著应叙述艰险的政治斗争、闪光的英雄、辉煌的壮举以及制度的更迭，从而搭起一座宏大的历史架构。而在龚古尔兄弟的历史著作中，没有对社会性质的思考，没有对历史前进动力的

---

① Edmond et Jules de Goncourt，*Préfaces et Manifestes Littéraires*，pp. 206 - 207.

② Ibid.，p. 206.

③ Ibid.，p. 186.

分析，更不知何谓社会发展的规律，只有历史车轮在滚滚前行时经过的一个个细部的场景，而且往往是避离革命风暴中心的远处景观。这几部史书中所集中的，是18世纪里沙龙里的闲谈，其时的风俗，时兴的服装，餐桌的礼仪，婚俗，教育方式，剧场正上演的剧目，老人与青年的生活，等等。这与其说是法国史传传统的发展，不如说更多的是继承了布丰和居维叶等博物学家的写法：对20世纪中的一切事物和意象做巨细无遗的搜集、整理和归类，但并不寻求为世界建构一个统一的知识体系。

譬如，《大革命时期法国社会史》的第17章就以大革命期间的绞刑架为中心，容纳了相关的所有社会细节：歌词中的绞刑架；演讲中的绞刑架；作为沙龙游戏的小型绞刑架，可以切断布娃娃的头，流出一种似血的琥珀色液体；海报版画中的绞刑架；绞刑架器具的历史沿革；围绕一名行刑官的举动出现的社会风波；生理学家们关于绞刑是否让人类承受巨大痛苦的学术争论；混乱无力的审判庭，随意判处绞刑；广场上行刑时聚集的人群：大人、孩子、卖蛋糕的小贩、小偷、伺机动乱的红衫党人；被行刑者的不同表现：诗人、科学家、演说家、舍生取义者、哀哭求饶之辈、口衔玫瑰掷向人群的贵妇；白天飞扬跋扈、夜晚惶惶难眠的刽子手；冒着性命危险留下法兰西学院珍贵文献的神父，在心烦意乱中向“公安委员会”写下一份极度反讽的呈告，建议将受刑者的肉体作为革命党人的圣餐……这些细节之间并无直接的逻辑关系，组合起来也并不能构成具有整体意义的叙述文本。它们是各自独立的社会事物，只是由“绞刑架”这个意象才得以松散地联系在一起，好似一部社会百科全书中“绞刑架”词条下所罗列的全部内容。在讲述这些事物时，他们无意解释绞刑架所具有的社会意义，也无意对这一刑罚体系及其背后的革命风暴做任何分析，写下的只有纯粹的事件和细节描述以及事件中反映出的人性。可以说，整部史书只存在一些“主题”以及围绕“主题”集合而来的事物，而缺乏能够将这些事物“编织”起来、贯穿始终的“情节”。

与龚古尔兄弟同时代的史学家泰纳，在著史时也淡化了为历史进行情节编码、或者以揭示历史事件的政治内涵为根本意图的史学观念。他受实证主义思想影响颇深，更倾向于将自己视为自然科学家，意在以实证主义的态度和方法，从历史的表面事实中探寻深层的人类共通规律。面对浩如烟海的史证材料，泰纳强调历史学家应透过文字、事实本身，关注史料背后所反映出的人以及人类精神。在《英国文学史》的序言中，他写道："在贝壳下面有一个动物，在文件的后面也有一个人。你难道不是为了研究动物才研究贝壳的吗？同样的道理，你正是为了了解这个人才来研究这些文件的。"[①] 他将研究人，尤其是人内在的心理视为历史研究在新时期的任务，是继梯叶里、米什莱等人从历史文献中观察人纳入历史研究方法之后的，历史的"第二步"。[②] 但泰纳并不止于研究历史个体的心理。在他看来，任何具体的历史现象、特殊的个体都受制于深层的、普遍性的因果规律，是某种共同精神的结果。如他所言，"人类的感情及思想是有一种体系的。这个体系是以一个种族、一个时代、一个国家的人民共通的才智和心灵的某种一般品质、某种特征为其动力的"。[③] 因此，他的目的在于将特殊的个体及个体的心理抽象化、集合化，从而归纳出具有普遍性的人类共同的精神规律。

龚古尔兄弟同样反对这种治史方法。不同于泰纳忽视单独的个人性，力图在所有个体的表现中整合出民族乃至人类的特点、精神，龚古尔兄弟拒绝否定个体的重要性，他们希望描述的历史，不是保持一致性而忽略个人的整体，而是由一个个"私人史"所组成的集合。他们不关心宏大的社会思想、政治制度，而是俯下身去，观察那些被革命风暴所裹挟的个体的人，观察他们在面临社会危机时的种种表现，观察其中展示出的或可鄙或高贵的人性。圣伯夫曾称赞龚古尔兄弟的史著为"一场色彩的运动"，但也指出他们"过于沉溺在细节和一切18世纪的小物件中"。[④] 注重画面的色彩性与大量的细节叙述，这正是龚古尔兄弟史述的两个主要特点。法国学者让—保尔·科里芒因此将他们的史述手法比作点彩派画家的绘画技法。正如点彩画家以无数看似孤立的小色块来共同构成一幅绝美的画卷，

① ［法］泰纳：《〈英国文学史〉导论》，载朱雯等编选《文学中的自然主义》，上海文艺出版社1992年版，第28页。

② 同上书，第28—35页。

③ 同上书，第38页。

④ Cited from Jean-Paul Clément, "Les Goncourt, histoiriens de la Révolution et du Directoire", in Jean-Louis Cabanès, ed., *Les Goncourt dans leur siècle: un siècl de 'Goncourt'*, p. 53.

这些史书也同样以成千上万看似毫不相关的小物件、小场景、小人物集合成一场波澜起伏的社会风暴，为整个时代定下基调和色彩。在他们笔下，历史不再是任人打扮的小姑娘，每一件事实、每一个人物都具有独立且平等的意义，都同样值得史家尊重。

出于这一观念，人物传记也成为龚古尔兄弟历史著作的重要组成。“（我们的计划，是）通过路易十五的情妇们，书写路易十五王朝的历史；通过玛丽—安托瓦内特的生平，书写路易十六王朝的历史；通过大革命和督政府时期的社会史，书写大革命的历史。”① 他们透过人的文献来写历史，而这种历史所关注的重心依然是人。这些点彩的笔触所组成的画卷，不仅意在展示社会的场景，更是位于画面前景的、社会中的人物群像。他们的传记与“社会史”的书写具有相似的意旨。一方面，他们的叙述视野不只锁定于宏大历史叙事所关注的上流贵族、政府要员，而同样要为18世纪留下平凡民众、那些“被历史遗忘、忽视的人”② 的身影。另一方面，对于这些人物的表现，也绝不止于叙述他们在公共领域的社会生活，人物那不为外人所知的“私生活”，更被龚古尔兄弟视为展示人性的绝佳场域。他们的传记，往往集中于表现人物日常的生活、服饰和器物的选择、朋友的往来，以及情绪、心理上的流动变化。如国内龚古尔研究学者罗新璋所言：“倘如说，圣勃夫把作家的私生活引入文艺批评，那么，龚古尔兄弟把历史人物的私生活引进了历史。”③

对于这种重视文献材料的创作手法，龚古尔兄弟也曾有过自我反思：“莱斯居（当时的国务部秘书，历史学家——引者注）给我们送来了他的《摄政王的情人们》……这本书使我们睁开了眼，就像一面镜子让我们看到自己过去写作的缺点：个人风格泛滥，过分地追求和看重文献。这就像是‘陀螺’，是最不适合历史著作的，也最让人厌烦。”④ 然而，他们

---

① Edmond et Jules de Goncourt, *Préfaces et Manifestes Littéraires*, pp. 203 - 204.

② Ibid., p. 193.

③ 罗新璋：《法国自然主义文学的先驱——龚古尔兄弟》，载柳鸣九主编《自然主义》，任庆平译，昆仑出版社1989年版，第11页。

④ Edmond et Jules de Goncourt, *Journal: Mémoires de la vie littéraire*, Tome Ⅰ, p. 560. (1860. 5. 9)

并未就此放弃这一创作方式，这种对文献的执着追求也被他们应用于小说的写作中去，最终为19世纪贡献了"文献小说"这一全新的小说类型。

第二节　讲述当代史:与历史同构的小说

一　过去与现实：同构的叙述话语

著史的经历让龚古尔兄弟积累了大量写作经验，在史述中形成的注重文献的写作习惯也成为他们此后小说创作的主要方式。对他们而言，小说家与历史学家在身份上的区分是十分模糊的："小说家其实就是没有故事可说的历史学家。"[①] 他们认为，现代小说将不再是注重故事性和情节性的纯粹虚构作品，小说的发展应日趋历史化。也就是说，它将更具真实性，更有生活感，更需事实的支撑，因而更需要作者对文献材料的积极搜集和表现："巴尔扎克以来的小说，已经不同于我们先辈对小说的认识。现代小说由口头的或采自现实的'文献'构成，正如史书由书面文献构成。"[②] 因此，自60年代以《文学家》(*Les Hommes de Lettres*)(1860)的发表为起点，龚古尔兄弟的创作从历史导向小说的重心转变，对他们来说就显得极为自然。他们在创作观念与叙述方式上并无变化，只不过是将注视的目光转向了现实。"历史学家是讲述过去的人，小说家是讲述现时的人。"[③] 在1860年5月的一篇日记中，他们写道："我们所走的文学道路非常奇特。我们是经由历史才进入小说，这并不是通常的做法。然而对我们来说，这是合乎逻辑的。人们基于什么来写历史？是文献。而小说的文献，除了生活还有什么呢?"[④]

在龚古尔兄弟看来，小说与历史是同构的叙述话语。二者的唯一区

---

① Edmond et Jules de Goncourt, *Préfaces et Manifestes Littéraires*, p. 59.

② Edmond et Jules de Goncourt, *Journal: Mémoires de la vie littéraire*, Tome Ⅰ, p. 1112. (1864.10.24)

③ Ibid..

④ Edmond et Jules de Goncourt, *Journal: Mémoires de la vie littéraire*, Tome Ⅰ, p. 564. (1860.5)

别，在于所用“文献”的类型不同：历史所需的是过去的文献，只能借助他人的回忆和实物的留存来获知；小说所赖的文献则是生活本身，需要的是作家在现实生活中的切身认知与体验。因此，在这个意义上，小说是比历史更鲜活、更真实的叙述。在同样写于1860年的一封信中，于勒向福楼拜表示，自己对讲述过去的历史已经厌倦了，小说才更具真实性：“真正的虚无，我亲爱的朋友，可能是历史，因为它是死去的东西……事实上，长久以来对过去的解剖，让我们感到犹如身处地穴的寒意。这些紧紧包裹着我们的历史记忆，好像具有一种制作干尸的防腐香料气息……我们迫不及待地要重新回到新鲜空气里，回到日光下，回到生活里，回到唯一真实的历史——小说中去。”①

事实上，小说吸引他们的，正是他们可以由此进入现实，观察并表现日常的社会生活。他们小说创作的全部宗旨就在于用文字记录日常的、瞬间即逝的时代表征，反映现时的特有风貌和美感。凭借对现实细致入微的观察、鲜活的生活经验，连同他们对信件、手稿、日记等实物的广泛收集，他们积累了丰富的取自生活的“人文文献”，为其小说的写作建立了可观的资料库藏。他们希望充分利用这些文献材料，在小说中翔实而具体地还原出当代社会的各种人群、人们日常的生活习惯以及社会的环境、风俗、心理、文化，并由此形成一种全新的小说类型：文献小说。这种与历史同构化的小说，与他们的史述相似，试图表现的同样是“社会史”：“我们的小说有一个最不寻常的特点，即它们是当代最具历史性的小说，为本世纪的精神史提供了最多的事实和真实情况。”②

美国学者卢波米尔·道勒齐尔曾提出以“事实性叙事”一词来指称包括纪实小说、非虚构小说、写实文学、“新新闻体”（New Journalism）小说等在内的，以非虚构性为自我标签的小说文本。他认为，事实性叙事与历史叙事非常相似，它们都“提供或至少自称提供一种纪录片式的精确形象”，也都是对某种“可然世界”（possible worlds）的语言建构。

① Jules de Goncourt，*Lettres de Jules de Goncourt*，Paris：G. Charpentier，1885.（1860. 6. 16）

② Edmond et Jules de Goncourt，*Journal*：*Mémoires de la vie littéraire*，Tome Ⅰ，p. 662.（1861. 1. 14）

二者的区别仅在于，“历史学家的重构来自对档案文献的仔细检索和了解”，[①] 而事实性叙事“描绘现在的形象。换句话说，事实性叙事的可然世界是亲眼目睹的现在模式。……作者所调查的范围就是眼前的现在，他们根据近距离观察、详细采访以及忠实的记录所了解的情况进行范例建构”。[②] 也就是说，二者在叙述方式上并无不同，文本所能达到的真实程度也是不相上下的。龚古尔兄弟的文献小说即属于以“眼前的现在”为对象的事实性叙事，以其对现实的忠实记录而成为“现时的”历史叙事。尽管撰述逝去的历史已经令他们厌倦，但史家意识在龚古尔兄弟的写作生涯中一以贯之，他们始终秉有为时代著史的使命感。龚古尔兄弟由衷地钦佩巴尔扎克为法国社会做书记官的壮举，19 世纪现实社会的实事实人是他们眼中最具价值的小说表现对象，甚至可以说是他们小说的唯一对象。这些作品全部以当代的日常社会生活为内容，展示的是各阶层真实生存着的人和细致入微的社会风俗场景。

一方面，如上文所说，人是龚古尔兄弟最关注的研究对象，他们写作的最终立足点在于表现人性：“我们的壮志正在于从瞬间的真实中展现变化无常的人性。”[③] 龚古尔兄弟相信借助对社会各个角落的实地调查、对“人文文献”的广泛而精细的搜集以及用科学方法对写作对象进行研究与分析，他们就可以完成对人性的真实表现。他们力图从生活经验出发，而非从既有的观念体系出发，在真实的生活中观察人物的神态、动作，并从中发现人物细微的心理变化，隐秘的人性思想。“这些男男女女，甚至他们在其中生活的环境，只有靠无边的观察的储存，以夹鼻眼镜获得的无数笔记，大量人的材料的搜集才能还原出来；这些人的材料就像画家死时代表他一生所有素描的多如山积的笔记本。让我们大声地说，因为只有人的材料才能构成好书：在这些作品中，真正的人站立了起来。”[④] 左拉曾在《实验小

① ［美］卢波米尔·道勒齐尔：《虚构叙事与历史叙事：迎接后现代主义的挑战》，载［美］戴卫·赫尔曼主编《新叙事学》，北京大学出版社 2002 年版，第 198 页。

② 同上书，第 197—198 页。

③ Edmond de Goncourt，*Préface*，in*Journal*：*Mémoires de la vie littéraire*，Tome Ⅰ，p. 19.

④ ［法］埃德蒙·德·龚古尔：《〈臧加诺兄弟〉序》，载朱雯等编选《文学中的自然主义》，上海文艺出版社 1992 年版，第 300 页。

说》中引用了这段话并大加推崇，将其视为自然主义文学的基本方法："这就是我们用于一切环境和一切人物的工具和自然主义公式。"[①] 龚古尔兄弟总是从身边的人事中获取创作的灵感与动机，他们小说的人物几乎都以现实人物为原型，所有的故事都有丰富的文献材料为事实基础。譬如《文学家》中对巴黎新闻圈的叙述由他们在报界的经历以及对新闻从业者多年的观察所得，在 1861 年 3 月 31 日的日记中，他们甚至列出了作品里数十位作家与艺术家在现实中原型人物的名字；《费罗曼娜修女》中的主人公来自与朋友席间闲谈中听到的一位修女的故事；《热曼妮・拉赛朵》再现了他们的女仆萝丝的真实命运遭际；《热尔维泽夫人》中主人公的故事则取自作者一位表亲的经历，等等。

另一方面，值得注意的是，龚古尔兄弟对当代史的记录并不意味着他们对时代的介入和参与。他们的出发点并不在于对社会问题的关注，而是出于一种艺术性的、审美的心理需求，关切的是个体生活的全部真实和琐碎细节："(《热曼妮・拉赛朵》)抨击的不是社会制度的核心，而是描写了该社会制度边缘的一个奇特而个别的现象。龚古尔兄弟要表现的是丑陋与病态的美学魅力。"[②] 他们之所以开创性地将底层民众生活作为小说题材，如同埃德蒙自己所说："或许因为我是出身高贵的文人，而出身卑贱的平民百姓对我来说有一种诱惑力……是旅行家们要去寻觅的颇具异国情调的东西"。[③] 他们对于现代生活的处理同史述一样，缺乏纵向深入的对社会变迁动力的思考、对重大历史事件的分析，不做任何规律性和概括性的阐发，只并列呈现单个的具体的现象，只做平面化的场景堆积，尤其注意呈现微观层面的社会场景。在他们看来，既然小说以生活为表现内容，处理的是纷繁的现代生活经验，这就需要作家走出书斋，到街道上，去沙龙里，全身心地投入现代社会，在躁动的、都市的、日常的生活中感受种种

① ［法］左拉：《实验小说》，载朱雯等编选《文学中的自然主义》，上海文艺出版社 1992 年版，第 248 页。

② ［德］埃里希・奥尔巴赫：《摹仿论——西方文学中所描绘的现实》，吴麟绶、周新建、高艳婷译，百花文艺出版社 2002 年版，第 565 页。

③ Edmond et Jules de Goncourt，*Journal*：*Mémoires de la vie littéraire*，Tome Ⅱ，p. 476. (1871. 12. 3)

细微的体验，并在作品中加以展现。两兄弟因而非常注重对写作对象的实地调查和切身体验，从而能够“缓慢而细致地搜集微妙而稍纵即逝的素材”。[①] 在他们的小说中，人们可以发现当时女性流行的裙边装饰、街道上闲逛之人的姿态、沙龙里时兴的俏皮话乃至黄昏中天色的浅淡变化。从巴黎的廊道到乡村的河流，从文人吵闹的聚会到画家贫寒的画室、再到上演新剧时嘘声一片的剧场，从女仆的负重工作到公主开设的沙龙……这些出现在他们小说中的独具19世纪特色的场景和细节，几乎都是作家本人所亲历过的，来自作家本人对瞬间的敏锐感受与捕捉。他们相信，时代的习俗、风貌、精神，就存在于人们往来的数札书信、饭店的账单、某桩爱情轶事或是沙龙里的高谈阔论中间。

二　真实与虚构：边界模糊的叙述

对于龚古尔兄弟来说，文学与历史的同构性不仅体现在叙述方式、文本形式上的类同，甚至在他们小说的内容上，文本虚构与历史真实也往往交织在一起，进一步颠覆着文学与历史的二元对立。

日记是龚古尔兄弟另一种形式的当代史书写。数十年来，他们坚持撰写日记，记录下生活中的点滴体验和观察心得，总量达22部的日记长卷成为一座关于现实生活的文献库藏。他们特意以日记为史笔，为时代留下尽可能真实细致的记录。埃德蒙曾在日记的序言中声称：“我们知道自己曾是情绪化、神经质、有些病态敏感的人，也因此会不时地犯错。然而我们可以保证，尽管我们有时会表现出错误的偏见或是盲目而毫无缘由的反感情绪，但我们从未有意对自己所谈论的事情进行编造。”[②] 日记中丰富详细的细节记录，不仅为龚古尔兄弟在小说创作中真实再现人物和生活场景提供了坚实的现实基础，也让这部日记直到今日，仍是历史学家研究19世纪法国史时不可或缺的案头资料。

---

① [法]埃德蒙·德·龚古尔：《〈臧加诺兄弟〉序》，载朱雯等编选《文学中的自然主义》，上海文艺出版社1992年版，第300页。

② Edmond de Goncourt, *Preface*, in*Journal*: *Mémoires de la vie littéraire*, Tome Ⅰ, p. 19.

对他们来说，日记的功能还远远不止于此。它更是两兄弟锤炼文笔的训练场，是他们创作的庞大前文本。对于他们，日记本就如同画家手中的素描簿，对于外界打动自己的画面和由此产生的感官印象，可以寥寥几笔随时勾勒记录，为以后的创作留下鲜活的记忆和珍贵的底稿。这些未经系统编码的前文本，经过作者的裁剪、拼贴、改编、变形乃至部分直接的搬用，得以进入小说文本，成为作品的组成部分，使龚古尔兄弟小说中的虚构叙述与历史叙述的界限愈益模糊。而他们正意在以这种边界模糊的叙述赋予小说更大的真实性和历史性。

当《热曼妮·拉赛朵》于1886年再版时，埃德蒙在序言结尾附上了两兄弟撰于1862年的数篇日记，其中记载了自女仆萝丝的病情恶化直至两兄弟发现女仆生活真相的过程。他写道："这些日记是我弟弟和我于两年后完成的《热曼妮·拉赛朵》的文献雏形。"[①] 若将这些内容与《热曼妮·拉赛朵》中的相关章节对照，可以发现相当多的重叠部分，有的地方甚至连文字都完全一致。以这些前文本与小说文本的趋同，埃德蒙试图弥合虚构人物热曼妮与历史人物萝丝之间的差异，从而以传记叙事为名，遮掩小说的虚构本质："这部书是我们以现代的历史传记手法写成的一部真实的传记。"[②]

又如，在《文学家》中，主人公夏尔·德马伊在文学界的创作经历、他对女性的厌恶等方面，都明显地带有龚古尔兄弟本人的印记。因此，曾有许多评论家指出这部小说具有两兄弟的自传性质。将这部小说与日记并置分析，可以发现前者在许多地方都以引用、拼贴、变形、改编等互文性方式征引了日记，使得二者在多重层面上产生互文关系，《文学家》也因而成为一种可以与日记互为印证的自传性叙事。具体来看，首先有对日记的大篇幅直接引用。《文学家》的整个第34章由一封夏尔·德马伊致友人的信构成，信中记述了他参加叔叔葬礼的感受。这封信的内容几乎完全来源于龚古尔兄弟记于1857年7月的两则日记。日记同样是关于在一位叔叔葬礼上的见闻与观感，其中房屋的细节、家具的摆设、亲属间的对话与

① Edmond et Jules de Goncourt, *Préfaces et Manifestes Littéraires*, p. 45.

② Ibid..

《文学家》里信件的描述几乎一字不差，甚至日记里提到的女仆名字：玛丽—让娜，在小说中也没有改动。[①] 第52章中还有这样的情节：玛特向丈夫夏尔谈到一部关于法国大革命的小说——保罗·德·考克撰写的《三重衬裤的男人》(*L'Homme aux trios Culottes*)，玛特对这部书大为推崇，称赞它“非常有趣”、“组织完美”、“比普通的史书要好得多”，而身为文学家的夏尔认为这只是一部难登大雅的劣质小说，玛特毫无鉴赏力的称赞让他颇为无奈。[②] 在龚古尔兄弟的日记中，我们可以找到这个故事的原型：在一次晚餐会上，一位名为玛丽·勒拜尔蒂埃的妇人，整晚向他们朗诵这部《三重衬裤的男人》，并喋喋不休地夸赞它的趣味性、历史性。而龚古尔兄弟觉得这一场景，对于写出了《大革命时期法国社会史》的他们来说，简直是命运的嘲弄。[③] 此外，还有许多地方运用了拼贴的手法，如将不同的人物性格、经历集合于同一个人身上。譬如，尽管夏尔·德马伊基本是两兄弟自身形象的投射，但有别于他们自己敏感脆弱的神经和羸弱多病的身体，龚古尔兄弟为夏尔准备了坚定的毅力和强健的体魄，这些特点其实来自于福楼拜，日记中他们经常提到福楼拜“野人”般的身材和过人的精力。同时，夏尔在情感上的遭遇又明显取自日记中以“X”为名的人物经历，两人的妻子都有了不轨行为，日记和小说中对此的描述极为相似。

龚古尔兄弟小说与日记之间的这种互文共生关系，是他们欲作史笔的有意为之。他们意欲以此模糊、弥合文学与历史，或是小说与传记之间的文类差距，借由大量真实的文献来削弱小说的虚构性，让它担负起为现实作传的使命，成为讲述现时生活的历史。

值得一提的是，龚古尔兄弟的这种写法与20世纪法国出现的一种全新文类“自撰”(autofiction)有相似之处。小说家兼批评家杜勃罗夫斯基不

---

① 见《文学家》第ⅩⅩⅩⅣ章：Edmond et Jules de Goncourt，*Les Hommes de Lettres*，Paris：E. Dentu，1860，pp. 162 - 168；及《日记》中的相关记载：Edmond et Jules de Goncourt，*Journal：Mémoires de la vie littéraire*，Tome Ⅰ，pp. 283 - 287.

② Edmond et Jules de Goncourt，*Les Hommes de Lettres*，pp. 217 - 218.

③ Edmond et Jules de Goncourt，*Journal：Mémoires de la vie littéraire*，Tome Ⅰ，pp. 293 - 294.（1857. 8. 20 - 26）

满于菲利普·勒热讷的“自传契约”理论，创作了一部意在模糊小说与自传界限的作品——《线索/儿子》（*Fils*，1977），并将这一文学形式命名为“自撰”。“自撰”文学同样力图取消真实与虚构的界限，或是真话假说，如假托他人讲述自己的真实事件；或是真人说假，如以作者真实身份现身，但所述的却是虚构的故事。类似的文本在法国出现了很多，如帕特里克·莫迪亚诺的《家事簿》、阿兰·罗伯—格里耶的《戏说三部曲》、罗兰·巴尔特的《罗兰·巴尔特谈罗兰·巴尔特》，等等。杨国政指出，“‘自撰’不是追求真实，而是制造模糊，制造这种介乎真假之间而又无法把握的模糊效果”。[①] 这同样是龚古尔兄弟所追求的美学效果。然而，“自撰”则更多具有了后现代叛逆、颠覆的文本特征，更强调自传的虚构性，目的在于颠覆由卢梭开创的以真实叙事为核心的近代自传文学传统。龚古尔兄弟的用意更在于以此强调小说的真实，让小说趋于纪实的极致，使其尽可能地趋于文献化、历史化，以获得文献史料般的可靠性。

第三节　实录生活：呈现“人世真实之感”

从根本上来看，将小说文献化、历史化，最终的旨归在文本的真实性。要求小说的叙述事出有本，也就是拒绝对情节进行任意的主观虚构，避免戏剧化的突变，避免作者意志的在场，让小说表达出生活的真实。龚古尔兄弟声称，他们对于“小说的理想”，正在于“借由艺术给人带来最鲜活的人世真实之感，不管它是什么样子”。[②]

首先，为了让读者在阅读小说时产生生活实录的感受，龚古尔兄弟不再将重心放在构思扣人心弦的曲折情节、架设别具匠心的精巧结构上，而是尽量淡化情节，突出细节。他们强调展示具体而微的事实现象，力图从现象而非本质出发来理解、反映现实。左拉曾如此评价他们，“（如今的）小说家好像要越来越淡化情节，取消结尾的剧情突变，只向读者提供生活

① 杨国政：《从自传到自撰》，《欧美文学论丛》2005 年。

② Edmond et Jules de Goncourt, *Journal: Mémoires de la vie littéraire*, Tome Ⅱ, p. 178. (1868. 10. 21)

的记录，不作任何安排以连接这些记录……我想到的是龚古尔兄弟的作品”。[①] 在两兄弟看来，这正是现代文学发展中令人鼓舞的趋势。他们认为情节对于小说并不重要，或者说对于现代小说已不再重要，巴尔扎克之前的作者已经穷尽了情节曲折离奇的可能。在小说中取消虚构、向读者提供人世真相才是他们最看重的。作品中，他们不厌其烦地对自然和物质环境、人物情态乃至服饰装束等进行琐碎细致的描写，以求构建一个完整真实、富于生活原始气息的现实，藏匿作者的主观选择或取舍行为，让读者产生街头实录之感。于是，情节的进程被细致的描写无限地延长，乃至消失于泛滥的细节之流。他们的小说因此具有鲜明的去情节性，对生活的实景记录取代情节的推进发展成为了作品的核心。“没有任何夸张，只有细小的事实，由准确观察所得到的无情的事实。这事实逐渐揪住你的喉咙，达到最强烈的激动。”[②] 小说中的世界不再是通过总结、综合分类等方式向读者提供对于生活真相的解释性叙述，人物的命运遭际、事件的发展变化在作品中被大量的社会场景和人物心理描写所淹没，作者仅限于展示一帧帧处于原始状态的生活画面，让读者自行重组、拼接、思考，以形成自己对于世界和人物的理解。

对话场景的大量使用，是龚古尔兄弟为形成小说的生活实录感所做的又一种尝试。《热曼妮·拉赛朵》、《文学家》、《费罗曼娜修女》、《勒内·莫普兰》等多部小说的开场，都是在没有介绍时代环境、人物关系、场景条件等背景的情况下直接展开人物对话，意在从读者开始阅读的同时，就立刻将其带入人物的生活情境，让读者顿生实时的在场感。

其次，龚古尔兄弟力图让小说产生平凡化的文本效果。为此，他们让文本的推进顺序只服从于线性发展的时间顺序，让文本的进展如同生活的流动一般自然平缓，因此而摒弃了运用高潮、突转等戏剧化手法所能造成的阅读紧张感。作者只“展示一系列画面，它们构成持续的‘生活片断’”，而读者“只有把它们连接起来，才能复原每个人物的‘逻辑’

---

① ［法］左拉：《论小说》，载朱雯等编选《文学中的自然主义》，上海文艺出版社 1992 年版，第 243 页。

② 同上书，第 228 页。

旅程”。[①] 同时，他们也注意让小说中的人物平凡化、场景和情节日常化。如同他们著史时的一视同仁，他们也避免区分事件在情节中的重要程度，每件事、每个场景都在文本中占据同等重要的位置。正如在历史中，无人有权认定某件事、某个人具有比其他事件或人物更重要的意义。他们将底层人物的生活引入严肃小说的创举，也正在于肯定“穷人哭泣的泪水”与“富人的泪水”[②] 具有同等的价值。

再次，以生活的真实代替理性的逻辑。奥林·穆尔曾提出，龚古尔兄弟的小说常常把诸多真实的事实以一种不合逻辑的方式掺杂起来，从而产生了一个虚构的叙事。“（他们）经常试图让 A 有‘确实的’（exact）X 的指纹，有‘确实的’Y 的头脑，有‘确实的’Z 的脾性。”[③] 譬如上文所述，夏尔·德马伊身上同时留有龚古尔兄弟的从文经历、福楼拜健壮的体魄和“X”的情感纠葛等来自不同现实人物的痕迹。这些指纹、头脑、脾性都实际存在，本身是真实的，然而它们来自不同的人，具有不同的生活逻辑。因此，当龚古尔兄弟将这些原本真实却迥异的人物特性加诸同一个人身上，却反而让人物失去了统一的性格逻辑，文本的真实性也因而大为削弱。然而龚古尔兄弟则认为生活的真实往往并不符合人类的理性。他们曾写道：“虚构的缺憾在于，它过分合乎逻辑。而真实并不如此。我最近在读一部小说，里面对一个宗教沙龙的描绘是：它容纳了从尚博尔伯爵（即亨利五世——引者注）的雕版画像到罗马教皇的照片。对了！我记起曾经真正见过的一幅宗教画像，那是蒙塔朗贝尔伯爵（1810—1870，法国政治家、历史学家、法兰西学院院士——引者注）沙龙里的神圣饰物，画像中他父母中的一位身着喜剧戏服，正在扮演 18 世纪的一个戏剧场景。这便是真实的意外性、脱节性和非逻辑性。”[④] 这种出乎

---

① ［法］让·贝西埃等主编：《诗学史》（下册），史忠义译，百花文艺出版社 2002 年版，第 621 页。

② ［法］龚古尔兄弟：《〈翟米尼·拉赛特〉出版前言》，载朱雯等编选《文学中的自然主义》，上海文艺出版社 1992 年版，第 294 页。

③ Olin H. Moore, *The Literary Method of the Goncourt*, Modern Language Association Public, Vol. 31, No. 1 (1916).

④ Edmond et Jules de Goncourt, *Journal*: *Mémoires de la vie littéraire*, Tome Ⅰ, p. 1100. (1864. 9. 14)

人类理性预料的反常与不协调，恰被龚古尔兄弟视作实在的生活真实。正是因为包容了所有这些出乎意料的混乱、无逻辑性的存在，生活才得以向人们展示出它完整复杂的全部面目。因此，他们的作品时常呈现如印象派画作般的“拼贴”效果。如拉法格所指出的，“自然主义，在文学上它相当于绘画方面的印象派，禁止推理和概括。根据这种理论，作家应当完全站在旁观的地位，他接受某种感觉而加以表现，不能超过这限度”。[①] 龚古尔兄弟所力图表现出的，正是这种拒绝理性思维、拒绝因果逻辑规则的生活真实感。

最后，应该强调的是，龚古尔兄弟注重的不仅是真实，更是“人世真实之感”。他们并不试图对现实本身进行简单复制，而尤为注意展示现实的“效果”，即日常经验给审美主体带来的感觉和印象，即表现主体感受到的真实。他们否认绝对的真实，认为真实与主体对外界的认知密切相关：“谁知道我们对外界事物的印象是不是并非来自事物，而是来自我们自己呢?”[②] 他们注重小说的真实性，但并不认同剥离主体意识的绝对真实，即反对“非个人性”的纯客观化。在阅读《包法利夫人》时，他们对福楼拜过于冷静克制的写法表示了不满：“真实，是一切艺术的根本，是一切艺术的基础与良知。但是人的心灵何以对此仍不完全满意？……再说，什么是真实？真实存在吗?”“有一天，你心里想，‘唯一必须的就是观察。’到第二天，又觉得观察不够了，必须加入某种说不出的东西，它在作品中的作用就好比把芳香加入酒中。”[③] 这酒里的“芳香”即是渗入客体中的感官体验，是对客观对象进行富含主观性的人为“加工”。龚古尔兄弟怀疑纯粹客观的、绝对的真实是否存在，即使有，这种真实也绝非文学应有的表达对象。他们期望文学所表达的真实，是“真实感”。这种“真实感”是指人们只能写下自己真切看到的或经历的，并呈现自己真实的感受。如同历史作家只能以史料和实物等文献为依据，作家对生活的如

---

① ［法］拉法格：《左拉的〈金钱〉》，载朱雯等编选《文学中的自然主义》，上海文艺出版社1992年版，第352页。

② Edmond et Jules de Goncourt, *Idées et sensations*, p. 65.

③ Edmond et Jules de Goncourt, *Journal: Mémoires de la vie littéraire*, Tome Ⅰ, p. 643. (1860. 12. 10)

实观察和真切感受就是其作品真实性的文献基础。如泰纳所言，艺术家要以“他个人所特有的方法去认识现实。一个真正的创作者感到必须照他理解的那样描写事物”。①

因此，龚古尔兄弟并不满足于纯客观地复现或模仿自然，而信奉通过艺术家自身的独特个性或气质来显现现实。这要求艺术家的主体感官意识向世界充分展开，要敏锐地感受自然的气息、风貌，感受人们的气质、内心。他们所寻找到的艺术真谛是：“观察、感受、表现，整个艺术尽在其中。”② 这一“观察、感受、表现”的过程也正是他们的写作方式：他们的写作在确定了题材之后，先要对写作对象进行实地调查，要身临其境地感受到事物的环境、气氛，充分将主体与客体世界浑融一体，积累、转化为作家心中独特的体验，并试图以文字再现这种体验、感受到的真实印象。这正如左拉所言：“分析以感觉为先导，感知来自观察，描绘始于感动。”③具体的文本完成方式上，两兄弟注重作家的敏锐感受力与审美力，要求以精致细腻的文体表达出曲深幽暗的内心波折、不易察觉的瞬间光影，在语言上刻意求工、求精，最终形成了他们独具个人风格的“艺术家笔法”。这一点在下一章还将具体展开。

这种将表现世间真实与对文学语言的刻意求新、求精并重的文学风格，一度成为自然主义作家，如莫泊桑、都德等人都普遍采纳的艺术理念。然而，这种文体上的精致化追求也在一定程度上造成了对文学真实性的伤害。罗兰·巴尔特曾敏锐地指出，由于这些作家过分看重对文体的“艺匠式（artisanales）运作”，其作品中创造出的是一种人为的、机械而极不自然的语言，而这与他们追求表现现实的写作旨意形成了事实上的差距，成为他们难以回避的二元论的分裂。“（在这些作家的风格中），好的写作……就是单纯地改变位置状语，就是去‘运用’一个字词，并相信可

① 引自［俄］诺维科夫《泰纳的“植物学美学”》，载朱雯等编选《文学中的自然主义》，上海文艺出版社 1992 年版，第 68 页。

② Edmond et Jules de Goncourt, *Journal*: *Mémoires de la vie littéraire*, Tome Ⅰ, p. 1138. (1865. 2. 8)

③ ［法］左拉：《论小说》，载朱雯等编选《文学中的自然主义》，上海文艺出版社 1992 年版，第 240 页。

由此获得一种‘表现’之节奏”，然而实际上，这种“表现”只能沦为“一种神话：它只不过是表现性之惯习而已”。[①] 他认为，直到20世纪，在加缪的《局外人》中才弥合了这种分裂，真正以一种透明的语言打通了形式与内容之间的隔膜，从而真正能够呈现真实之感，即实现了他所推崇的“零度的写作”。

对于小说历史化的追求，使得龚古尔兄弟不注重思想的阐发，而更在意小说表现现实的真实性和可靠性，从而造成了对于文献资料的过度依赖。这一点虽然使他们的小说为读者提供了大量的“真实与事实情况”，却也在一定程度上造成文本可读性的丧失。同时，对主观感受的强调以及文体上的雕琢又难免会削弱作品真实性的完成度。龚古尔兄弟的小说在问世之初一度读者寥寥，这无疑是其中的重要原因。但无论如何，史学思想与小说诗学的同构化、以著史的方式来创作小说，让他们的小说获得了极其鲜明的个人特色，也为自然主义文学以至20世纪的新小说等现代文学流派具有开拓之功。

① [法] 罗兰·巴尔特：《写作的零度》，李幼蒸译，中国人民大学出版社2008年版，第43页。

第四章　艺术小说：艺术家的审美之思

著史的经历让龚古尔兄弟惯于在生活中观察和搜集社会、人文的“文献”，在随后的年岁中，观察周围的一切人、事、物并予以真实的记录，成为龚古尔兄弟毕生的习惯，乃至慢慢渗入他们的整个人生，化为他们与社会的相处方式。不过，尽管兄弟两人始终紧随着时代的变迁，注视着社会的风卷云舒，但他们仍然恪守艺术家的独立性，拒绝参与任何政治活动，也从不让自己卷入任何时代风潮中。萨特对此曾指责称，身为一名具有社会影响力的作家，埃德蒙本应在巴黎公社的风暴中发挥更大的作用，引导民众走上正确的道路，然而他却终日闲步街头，没有公开发表过任何言论。其实，埃德蒙对这场革命风暴的进程并非毫不关心，他每日都会上街观察革命者与群众，并在日记里记录下自己的见闻，其中不乏对革命者和民众的同情，对社会与革命的反思。然而，他完全没有公开这些思考的意图。在龚古尔兄弟看来，艺术家、文学家、学者，永远不应该涉入政治，那只是一场他们应高居其上的风暴。所谓轰轰烈烈的革命、热火朝天的运动，在他们眼中不过是呼啸而过的短暂潮涌，唯有艺术与美才具有永恒的价值。

1862 年 2 月的一天，龚古尔兄弟在日记中写道：“我深信，自世界初生以来，从不曾有两个人像我们这样生活，将全副生命投身、沉浸、消磨于智慧和艺术事业中。……书籍、绘画、雕刻，全面地包围着我们的生活，触目所及，无不如是。翻阅书籍、观赏艺术品，我们的生命就在其中流逝。这就是我们的中心，我们的‘安身立命之处’。”[①] 这是一份艺术家

① Edmond et Jules de Goncourt, *Journal: Mémoires de la vie littéraire*, Tome Ⅰ, p. 773. (1862. 2. 19)

的生命宣告。艺术是两兄弟安放精神的秘密花园，是他们在这资本主宰的时代中最后的栖身所在。他们一生与艺术品相伴，以艺术家的态度生活，以“艺术家笔法”从事写作，以审美的眼光感受外部世界并与之保持距离。这使得他们的生活与创作都具有一种难容于众的疏离气质。作为法国较早的一批“为艺术而艺术”乃至“为艺术而生活”的作家，他们是唯美主义者的先师，是其艺术信念的彻底实践者。

第一节　厌倦与隐遁:社会生活中的艺术家

一　时代中的孤独者

面对所处的时代，龚古尔兄弟是孤独的，他们将自己视作与周遭格格不入的艺术家。“我们在巴黎形单影只，像狼一般离群索居。……我们的孤独，半是自身使然，半是迫不得已。”① 两兄弟厌恶身处的社会，自觉地与时代保持距离，保持艺术家的超脱；他们又同时感慨知音难觅，如他们一般执着艺术、洁身自好者在如今的社会愈发少见。“如今艺术家，也就是为艺术而生活的人越来越罕见，我所知道的不过三人：福楼拜和我们两兄弟。”② 事实上，他们孤独感的来源是多方面的，无论是社会生活、情感生活还是艺术上，他们都疏离于时代，只有在艺术中，他们才真正寻到了归属感。

就社会生活而言，两兄弟对于身处的社会环境深感不满。他们极其厌恶大革命以及此后产生的新制度。在他们眼中，资本主义制度消灭了旧日的贵族，让缺乏精英教育的资产阶级成为社会的主体，从而使整个社会丧失了贵族社会曾拥有的优雅趣味、高尚的荣誉感和强烈的道德感，讲求实际、追逐利益、贪慕享受的资产阶级信条成为整个社会的道德准则。“今天……读到路易十六在接受王冠时，怀着敬畏的责任意识与为民众谋福的

① Edmond et Jules de Goncourt, *Journal: Mémoires de la vie littéraire*, Tome Ⅱ, p. 66. (1867. 2. 9)

② Edmond et Jules de Goncourt, *Journal: Mémoires de la vie littéraire*, Tome Ⅱ, p. 93. (1867. 7. 12)

虔诚态度。在那个时代，国王执掌王权如入神殿，面对的是伟大的责任、良心的感召，心中满怀畏惧。而如今，皇帝登上宝座，就如同一个赌赢了的赌徒进入青楼一般。”[①] 这是一种从上而下的社会责任与荣誉感的整体性精神滑坡，“我们这个世纪的原则和目的就是发财和金钱”。[②] 如前文所述，尽管第二帝国名义上是君主统治的帝国，然而实际上，封建制度的根基早已在大革命以来的一轮轮社会风暴中被破坏殆尽，法国已经基本实现了全面资本主义化。在这样的国家，贵族身份虽仍在世袭传承，但贵族成员本身却几乎不再享有任何实际的经济利益，其曾长期占据的所谓“第一阶层”的社会地位也早就名存实亡。在这个金钱为上、讲究实利的社会，贵族身份已成明日黄花，不再是人人称羡的精英符号。如龚古尔兄弟所言：“如今所保护的，不再是那些贵族出身的贵族的利益，而是银行家、证券商和商人这些贵族的利益。”[③] 然而他们本人的贵族意识却依然非常浓厚。对于自己继承的贵族身份，两人颇有敝帚自珍之心。1858 年，他们发现《当代名人辞典》（*Dictionnaire des Contemporains*）中隐晦地指责自己沽名钓誉，称他们故意在署名中添上本不存在的“德”字。龚古尔兄弟看后大为光火，将其视为极其恶意的诽谤。曾差点因文获罪的两兄弟本来对司法机构心有余悸，此时却不惜为了这句话而再次步入法庭，耗神与对方打上一场官司。直到对方妥协，在四家大报上刊登声明，承认龚古尔兄弟确是承继了祖先的封号，他们才终于罢休。[④] 而以其终身践行的贵族化生活方式来看，他们确实无愧于自己的身份。两兄弟的审美品位与交际举止之优雅高贵，即便在当时巴黎的上流社会中也非常出众。这种对于贵族身份和等级社会的迷恋，让他们对当代的生活失望而倍感厌倦，两兄弟因而主动疏离人群，对于时代的风潮与时尚只冷眼旁观，绝不轻言附和。

---

① Edmond et Jules de Goncourt，*Journal*：*Mémoires de la vie littéraire*，Tome Ⅰ，p. 1086.（1864. 7. 5）

② Edmond et Jules de Goncourt，*Journal*：*Mémoires de la vie littéraire*，Tome Ⅰ，p. 740.（1861. 10. 17）

③ Edmond et Jules de Goncourt，*Journal*：*Mémoires de la vie littéraire*，Tome Ⅰ，p. 208.（1856. 10. 20）

④ Edmond et Jules de Goncourt，*Journal*：*Mémoires de la vie littéraire*，Tome Ⅰ，pp. 419 – 423.（1858. 11. 8—11. 24）

就感情与家庭生活而言，除了对方，他们几乎没有任何家人或情人。自母亲去世以来，他们就相依为命，一同居住，一同感受生活，一同创作，只在对方身上表现自己对他人的爱。“或许直到今天，我才明白究竟什么是爱情，如果它真的存在的话。爱情，如果不计它的肉欲部分、与异性接触的部分，那么正是存在于我们两兄弟之间的那种感情。”[①] 他们二人均终身未娶，也几乎没有同任何一位女性保持过长久的关系。他们曾声称：“我们作品中的情欲完全出自我们的思想，出自我们内心的震颤……总算下来，我们两人用于恋爱的时间共十一天。”[②] “女人是我们人生的缺席者。”[③] 这与他们对女性的蔑视不无关系。在两兄弟眼中，女性缺乏自主的思想，更缺乏对艺术的热情与鉴赏力，只贪图虚荣、浮华，期待幻想中的爱情。此外，艺术家注定要保持单身也是当时法国社会的一种普遍观念，福楼拜也曾在书信中表示过类似立场。在这些艺术家看来，结婚，或让女性占据自己的生活，对于他们的创作来说是致命的，女人的无知与贪婪将使他们丧失精神的独立和艺术的天赋。这一思想在两兄弟心中根深蒂固，甚至明显地表现于《文学家》、《玛奈特·萨洛蒙》等以艺术家为主题的小说情节之中。

即使在文人群体中，两兄弟也时有孤立无援之感。他们在创作上费尽思虑、惨淡经营，却往往难以博取读者和批评家的赞赏。他们曾经历过很长一段默默无名的时期。其时，他们的作品不是寻不到出版商，就是即便侥幸出版，面世后也乏人问津，甚至连平日的友人都不曾予以评论。“如今，周围对我们怀有敌意，时代和人们普遍不喜欢我们。我们觉得生活在与我们作对的环境里。大家仿佛约好了要阻止我们在生前享有哪怕微不足道的一点荣誉。这虽然对我们的信念和对未来的信心并无损伤，但我们为文学做出的一切创新的、富含人性的美感，在有生之年却几乎没有获得任

---

① Edmond et Jules de Goncourt, *Journal: Mémoires de la vie littéraire*, Tome Ⅰ, p. 488. (1859. 11. 15)

② Edmond et Jules de Goncourt, *Journal: Mémoires de la vie littéraire*, Tome Ⅰ, p. 1100. (1864. 9. 23)

③ Edmond et Jules de Goncourt, *Journal: Mémoires de la vie littéraire*, Tome Ⅱ, p. 67. (1867. 2. 25)

何应有的酬劳……想来不由觉得心酸。”[①] 身为艺术家的孤傲让他们缺乏朋友，只有在福楼拜、圣伯夫、戈蒂耶、泰纳等人固定参与的玛尼晚餐会，以及玛蒂尔德公主的沙龙里，他们才能遇到意趣相投的同行者。然而即便在这些聚会上，他们也常常与他人意见相左，甚至遭受围攻。“我们在一切争论中都是孤立的，绝不附和他人。或许上帝正是为此而创造了我们两兄弟。”[②] 他们同样拒绝置身某种流派之中，尽管自诩左拉是他们的崇拜者和弟子，但龚古尔兄弟从未公开为左拉或任何一场轰轰烈烈的文学运动发声。他们的创作总是基于自己的艺术理念与直觉，从不愿屈从于任何一种文学观念体系的支配，也不愿参与任何组织化的文学团体。他们在文学上的孤独也正来源于此。

二　遁入艺术的厌世者

与时代的种种隔膜让他们产生了深刻的厌倦感。“我们厌倦人世的一切，一切都使我们受伤，令我们痛苦，而他人拥有的地位、财富，这些我们所期待、渴望、羡慕的，却在生活中一无所获。”[③] 为艺术献身的信念正由这种颓废、厌倦的情绪中产生出来。为了逃避生活的不如意，龚古尔兄弟选择遁入远离尘嚣的艺术空间，只有艺术能抚慰他们的失落与孤独感。正如普列汉诺夫所言：“为艺术而艺术的倾向是在从事艺术的人们与他们周围的社会环境之间存在着无法解决的不协调这样的地方产生并逐渐确立下来的。”[④] 艺术对于他们，是享受孤独的隐居空间，是摆脱尘世烦恼的慰藉品，是反省自身的对照物，唯独不是能够借以与外界沟通的交流方式。

他们在艺术中的隐遁具有双重途径：收藏与创作。由创作迸发激情是对抗厌倦的必行之道，而精美的艺术品是他们借以慰藉心灵的情

① Edmond et Jules de Goncourt，*Journal*：*Mémoires de la vie littéraire*，Tome Ⅱ，p. 68. (1867. 3. 6)

② Edmond et Jules de Goncourt，*Journal*：*Mémoires de la vie littéraire*，Tome Ⅰ，p. 972. (1863. 6. 8)

③ Edmond et Jules de Goncourt，*Journal*：*Mémoires de la vie littéraire*，Tome Ⅱ，p. 13. (1866. 3. 10)

④ ［俄］普列汉诺夫：《艺术与社会生活》，《普列汉诺夫美学论文集》（第二册），曹葆华译，人民出版社 1983 年版，第 848—849 页。

感寄托。“艺术将占据我们的生活。借由购买，或是创作。比如今天，从白天激动地用500法郎买回一把上乘的路易十六时代的扶手椅，到晚间描述热尔维泽夫人（即两人正在创作的小说《热尔维泽夫人》的同名主人公——引者注）的心灵，这就是我们全部的生存方式。对我们来说，其他都不足挂心。”①

收藏艺术品是他们毕生的爱好乃至信仰。“收藏是种富于想象力的卓越激情，绝不掺杂身体的刺激与感官的满足，在某种程度上，可以说是理想的目淫。”② 对龚古尔兄弟而言，艺术品才是人生的必需，生活本身却不是：“奢侈品是我们必需的。从来没有钱买实用的东西。能找出300法郎买一幅画，却拿不出20法郎买几条床单。”③ 在埃德蒙出版于1881年的《艺术家之家》(*La Maison d'un Artiste*）中，他详细描述了家中珍藏的、数十年来两兄弟点滴积累起来的全部艺术品。我们可以在其中看到包括油画、铜版画、青铜器、瓷器、家具、挂毯、日本字画等在内无以计数的艺术收藏和室内装饰，如布尔热所言：“他们活在一所不断扩容的博物馆中。”④ 这些不断扩容的艺术品使这两位艺术家的居室成为精英化的收藏空间。本雅明曾提出，“居室是艺术的避难所”，⑤ 而对于龚古尔兄弟来说，居室也同样是艺术家的避难所。他们幽闭其间，在对艺术的孤独沉醉中躲避现实的艰辛。

埃德蒙认为转向室内的生活方式是整个时代生活的征象。他指出，当代的社会生活是一场“需要关注力、努力、工作”的战争，当人们经历现实世界的艰难奋争后，自然会转向家庭内部来寻求安慰。因此，人

---

① Edmond et Jules de Goncourt, *Journal*: *Mémoires de la vie littéraire*, Tome Ⅱ, p. 186. (1868. 12. 5)

② Edmond et Jules de Goncourt, *Journal*: *Mémoires de la vie littéraire*, Tome Ⅰ, p. 1122. (1864. 11. 22)

③ Edmond et Jules de Goncourt, *Journal*: *Mémoires de la vie littéraire*, Tome Ⅰ, p. 790. (1862. 3. 23)

④ Paul Bourget, *Essais de Psychologie Contemporaine*. Tome Ⅱ, Paris: Plon-Nourrit, 1920, p. 143.

⑤ ［德］瓦尔特·本雅明：《巴黎，19世纪的首都》，刘北成译，上海人民出版社2006年版，第18页。

的存在不再是由其外部的社会行动来决定，而是“由其住房的内在空间所界定”[①]。外部世界的艰难让人们不得不遮蔽面目，虚与委蛇，只有回到室内，回到家庭中，人们才能彻底的放松，释放和袒露出真实的自我。室内的家庭生活才是人们本性的表现。不过，龚古尔兄弟本人的“向内转”则并不在于寻求家庭生活的温暖，而是对精美艺术的颂扬。他们对外部世界的抵抗表现为借助艺术品，而非亲人的存在来构建安放自我的内在空间。“龚古尔艺术内在空间的真正意义在于对艺术品的偶像化，这不但使其成为女人的替代品，而且成为现代存在中种种缺陷的镇静剂和补偿。”[②]他们居住的室内空间由此成为一个与外部社会截然区分的世界，一个由艺术品打造起来的、试图复原18世纪文化的乌托邦。

在龚古尔兄弟看来，收藏艺术品本质上是精英化，或者说贵族化的行为，本应作为艺术家和上层社会所独有的生活方式。本雅明对此有过精彩的论述：“收藏家是居室的真正居民。他以美化物品为己任。他身上负有西西弗式的任务：不断地通过占有物品来剥去它们的商品性质。但是他只赋予它们鉴赏价值，而不是使用价值。”[③] 但在19世纪的法国社会，收藏已经在日常生活中广为普及，不再是少数族群专享的个体行为，也因而具有了鲜明的社会属性：首先，对于一般民众来说，由于艺术品，尤其是古董具有强大的升值潜力，收藏便成了有效的商业投资行为；其次，作为室内的装饰物，收藏品也是对拥有者审美趣味的一种展示方式；最后，当时法国出现了收藏上的“跟风”行为，尤其是路易十六时期的艺术品最受追捧。这意味着与艺术家注重个人欣赏偏好的收藏态度不同，民众对艺术品的选择更多地具有寻求社会认同感的意识，只选取那些世所公认的美。因此也可以说，收藏品已经成为传达主人的地位、金钱、教育程度等社会身份的符号。对于这种收藏行为的变味、往昔精英特权被打破的现象，龚古尔兄弟极为不满。“收藏已经完全发展为法国人的习惯和消遣娱乐了。在

---

① Edmond de Goncourt, *La Maison d'un artiste*, Paris: Ernest Flammation, 1931, p. 1.

② ［美］玛丽·格拉克：《流行的波西米亚——十九世纪巴黎的现代主义与都市文化》，罗靓译，安徽教育出版社2009年版，第148页。

③ ［德］瓦尔特·本雅明：《巴黎，19世纪的首都》，刘北成译，上海人民出版社2006年版，第18页。

前几个世纪，艺术品和工艺品只由博物馆、贵胄和艺术家收藏，而现在却普及为寻常人家的财物了。”① 两兄弟将此视为资本社会的又一堕落表征，是对贵族阶级特权的僭越。他们始终竭力维护艺术品收藏的精英属性，抨击那些高价购买收藏品的资产者并非出于对艺术品本身的热爱，更不具有高雅的鉴赏品位，其目的只在于借此提高身价，寻求自我标榜。这种收藏品的商业化和世俗化行为被龚古尔兄弟视为对艺术的严重亵渎。他们曾在日记中嘲讽道：“在现代的收藏家中，有许多守财奴、吝啬鬼、敛财者，他们有副充满想象力的贪婪心肠，做着二十法郎的钱币能变成一百法郎的美梦。”②

艺术品收藏既被龚古尔兄弟视为需要良好鉴赏力的精英化行为，室内又是他们最重视的生活空间，室内收藏与装饰的品位自然也成为他们评价主人艺术审美高下的重要途径。以其作品为例，他们曾为《玛奈特·萨洛蒙》中的同名主人公、一位天资甚高、敏感细腻的画家，设计了一个非常艺术化的画室，其中的摆设与装修考究而富于个性，以此来显示玛奈特的艺术水准之高。而在另一部同样以天才艺术家为主人公的《文学家》中，为了讽刺德马伊的资产阶级出身的妻子缺乏鉴赏能力，作者先是展示了她对一位末流滑稽剧作家的欣赏，继而又描述她在进入后者的毫无品位、只会堆砌奢侈品的沙龙时满怀倾慕。与此同时，她便对自己丈夫的写作能力越来越心生疑虑，因为德马伊在家庭装饰上力求古朴典雅，并不以奢华为上——此时，室内空间俨然已成为艺术家水平最直观，甚至最便利的外在表现。

就他们自己的收藏而言，18 世纪的文献典籍和艺术品无疑是最重要的组成部分。“我们为 18 世纪一切优美的东西所包围，沉醉其中。”③ 相较于对身处时代的厌倦，那个最后的贵族世纪集中了龚古尔兄弟对理想生活的

---

① Edmond et Jules de Goncourt, *Journal*: *Mémoires de la vie littéraire*, Tome Ⅰ, p. 426. (1858. 12. 8)

② Edmond et Jules de Goncourt, *Journal*: *Mémoires de la vie littéraire*, Tome Ⅰ, p. 1122. (1864. 11. 22)

③ Edmond et Jules de Goncourt, *Journal*: *Mémoires de la vie littéraire*, Tome Ⅰ, p. 1075. (1864. 5. 30)

所有憧憬。他们心中的18世纪，贵族还完整地保持着他们纯正的血统、尊贵的身份、机变风趣的说话艺术以及高雅脱俗的审美趣味。与悠闲的贵族生活相适应，其时法国艺术的主潮是取代恢宏庄严的巴洛克风格而起的洛可可艺术，这是一种脱离学院派规范，追求纤细、华丽、优雅、玲珑的艺术风格，色泽明快柔和，题材轻松活泼。这种诞生于贵族阶层的精致艺术与龚古尔兄弟偏好贵族化的审美趣味相契合，因此最受他们欣赏。他们常常在这些20世纪艺术品的包围中沉陷于对往昔岁月的怀想。“在这不走运的时光，这就是我们的药方……这类18世纪的艺术精品，没有生命，没有思想，却让我们心旷神怡，像一群朋友默默地安慰我们，取悦我们。它们围在我们四周，让我们从美感和往昔中获得宽慰。”[①]

东亚艺术，尤其是日本艺术同样为龚古尔兄弟所爱。借由《艺术家之家》的记录，我们可以看到龚古尔兄弟的房间里摆放着大量东亚绘画和陶瓷作品。19世纪中叶，巴黎出现了东亚艺术品的专营商店，售卖包括浮世绘画作、漆器、陶瓷、折扇等具有典型东方特色的艺术品。这些来自神秘东方的奇特作品让法国人眼界一新，很快便博得了巴黎艺术先锋的追捧，包括龚古尔兄弟、左拉、惠斯勒、马奈等人都是商店的常客。在日记里，龚古尔兄弟曾不吝表达自己对日本艺术的欣赏：“艺术不是唯一的，或者确切地说，并非只有唯一的一种艺术。日本艺术与希腊艺术同样伟大。坦率地说，希腊艺术是什么？不过是现实中的美，没有幻想，没有美梦，有的只是线条。在表现自然或人时，毫无一点如鸦片那般，使灵魂感到柔和而为之陶醉的东西。”[②] 借由对日本艺术与希腊艺术旗帜鲜明的一褒一贬，龚古尔兄弟事实上表达的是自己对处处奉古希腊为高的欧洲学院派艺术的反叛态度。这种独立的艺术审美观广泛波及了当时的巴黎艺术界，对印象画派的影响尤甚。此外，他们曾书写了大量介绍东亚艺术的文章，90年代，埃德蒙还曾出版过两部日本艺术家专论：《喜多川歌麿》（*Outamaro*，

---

① Edmond et Jules de Goncourt, *Journal*: *Mémoires de la vie littéraire*, Tome Ⅰ, p. 205. (1856. 10. 16)

② Edmond et Jules de Goncourt, *Journal*: *Mémoires de la vie littéraire*, Tome Ⅰ, p. 766. (1862. 1)

1891）和《葛饰北斋》（*Hokousaï*，1896），这些著作大都成为印象派画家了解、研究东亚艺术的教科书。如德国学者阿德里亚尼指出的："在一个由龚古尔兄弟推起的日本时尚的启迪下，大多数印象派画家都钻研过东亚艺术。"[①] 这一点在下文还将加以详述。

18世纪趣味与东亚艺术，这是孕育龚古尔兄弟艺术天赋的两大源泉，对两兄弟的审美判断和创作倾向形成了深刻的影响。而在这日积月累的浸淫中，两兄弟精心营造的室内艺术空间既提升了他们对美的感悟力和敏感度，造就了两兄弟对艺术的苛求，同样也坚定了他们秉持艺术家立场来执掌笔墨的创作观，终于形成了其独特的艺术化写作方式，即所谓"艺术家笔法"。

第二节　感受与表现:小说中的"艺术家笔法"

如龚古尔兄弟自己所言，从不曾有两个人像他们这样，将全部生命沉浸于艺术事业之中。两兄弟是时代生活中脱俗独立的艺术家，也是创作活动中自觉追求美与自由的艺术家。在为《臧加诺兄弟》撰写的序言里，埃德蒙提出："现实主义……也会来到上流社会，用一种'艺术家笔法'（l'écriture artiste）来确认高尚、优雅、芳香的东西，并提供高雅人物和雅致物品的风貌和侧影。"[②] 自此，"艺术家笔法"被普遍视为对龚古尔兄弟文体风格最恰切的概括。

关于"l'écriture artiste"这一词组，国内曾出现如"艺术笔法"[③]、"艺术描绘"[④] 和"艺术家风格"[⑤] 等不同译法。在本书中，笔者拟将其译为"艺术家笔法"。据《拉鲁斯法汉双解词典》的解释，"écriture"一词有

---

① 参见王才勇《印象派与东亚美术》，江苏人民出版社2008年版，第17页。

② Edmond de Goncourt, *Préface de Les Frères Zemganno*, dans *Préfaces et Manifestes Littéraires*, p. 54.

③ 郑克鲁：《龚古尔兄弟的小说创作》，《浙江大学学报》1999年第6期。

④ 郑克鲁：《〈臧加诺兄弟〉序》，载朱雯等编选《文学中的自然主义》，上海文艺出版社1992年版，第299页。

⑤ ［法］让—保罗·萨特：《什么是文学》，载《萨特文学论文集》，施康强等译，安徽文艺出版社1998年版，第157页。

"文字"，"字体、书法"，"字迹、笔迹"，"写，写入"，"文体、风格"，"写作手法"，"证书、证明文件"等释义；"artiste"一词则有"艺术家（尤指绘画、雕塑造型艺术）"，"演员、演奏员"，"不循规蹈矩的人"，"有艺术性的、有艺术鉴赏力的"等含义。显然，"艺术笔法"和"艺术家风格"的译法都较为符合这两个词在法语中的词义。但一般来说，法语在表示"风格"时，较常用的词是"style"，而非"écriture"。"écriture"更多地用于指文学创作的手法，而"artiste"作为"艺术家"的用法也较"艺术性的"更为常见，并且，若仅仅表示"艺术（的）"，用"art"一词即可，如"为艺术而艺术"这一短语在法语中一般表述为"l'art pour l'art"。埃德蒙特意使用"artiste"一词，显然是为了强调自己的艺术家身份，强调自己的艺术趣味和创作才华为其小说带来的独特审美效果。因此，将"l'écriture artiste"译为"艺术家笔法"，应该更为贴合龚古尔兄弟的原意。

一　龚古尔兄弟的"艺术家"观

对"艺术家笔法"进行深入了解，首先需要探讨龚古尔兄弟的"艺术家"观念的具体内涵。在日记里，他们曾将其定义为"只为艺术而活的人"。① 对他们而言，"艺术家"不仅是一种职业或是社会身份，更是一种生活态度、生存方式，是他们毕生所求的事业所向乃至安身立命的根本。可以说，龚古尔兄弟将艺术极大地神圣化了。

首先，艺术家本质上是秉有贵族气质的精英人群。他们以此将自己与汲汲功名的、庸俗化的资产阶级相区别。借助丰厚的遗产，龚古尔兄弟可以、同时也自觉地架空于资本社会惯常的生存模式，追求贵族化的生活享受。"今晚我们在饭店花掉了20法郎。我们也不知道为什么，也许就是因为想在那里花钱吧。做生意的，饭店或是其他，让我们愿意付钱的原因，不是他卖给我们的东西，而是想要得到他所卖的东西的愿望。……18世纪完全理解这一点：对高雅的人、智者来说，除了社会，别无快乐

① Edmond et Jules de Goncourt, *Journal: Mémoires de la vie littéraire*, Tome Ⅱ, p. 93. (1867.12.5)

可谈。”① 无论从他们创作的出发点，还是从其作品销售中很长时间的惨淡局面而言，写作并非他们的谋生之计。而既无谋生的需要与意图，他们在艺术创作上孜孜以求，便显得具有了高贵而毫不功利的唯美目的。他们也深信，艺术只能诞生于闲适的、不受外界牵制的贵族生活之中。“最大的道德力量存在于作家。这种力量的形成，在于他们的思想超越了一切厌烦，超越了生活，因而可以自由、无拘地工作。”② 同时，他们有意识地将艺术家与普通民众、资产阶级分隔开来，强调艺术只能借由长期的良好教育与熏陶才能获得，因此是苛刻、精致且高于大众审美水平的。“一切艺术品位，都要求教育与训练，都来自于雅致的习惯。当看到我的看门人所喜欢的室内陈饰，只有最刺眼的金器、最粗大的形制和最浓烈的色彩，你怎么让我相信：美是绝对的，所有人都能接受源于智慧的精妙艺术？”③

其次，虽然他们对现代社会并无好感，对社会风潮和民众命运也并不关心，但他们又无法容忍心灵的怠惰和感官的迟钝，因而格外强调艺术家的观察与感受力，即对生活和艺术的敏锐感知。他们要求自己视野开阔，细腻地观察周围的一切，全身心开放，充分地感受外界带来的感官刺激。这是龚古尔眼中，艺术家有别于他人的最重要的特质。正如他们在日记中对戈蒂耶言论的引用：“无数人都缺少艺术家的感受力和性情。许多人对世界视而不见。譬如说吧，在这里的三十五个人中，没有两个人能注意到这壁纸的色彩。”④ 可见，龚古尔兄弟所谓艺术家特有的这种观察力，意味着对色彩、光线、景致等感官审美方面的敏锐察觉。至于思想原则、道德观念、意识形态等，它们既然与美感无关，便不是艺术家所必须追求的，甚至是艺术作品中应该刻意避免出现的。

---

① Edmond et Jules de Goncourt, *Journal: Mémoires de la vie littéraire*, Tome Ⅰ, p. 786. (1862. 3. 15)

② Edmond et Jules de Goncourt, *Journal: Mémoires de la vie littéraire*, Tome Ⅰ, p. 790. (1862. 3. 23)

③ Edmond et Jules de Goncourt, *Journal: Mémoires de la vie littéraire*, Tome Ⅰ, p. 229. (1857. 1. 7)

④ Edmond et Jules de Goncourt, *Journal: Mémoires de la vie littéraire*, Tome Ⅰ, p. 254. (1857. 5. 1)

第二帝国时期，巴黎的文学和艺术界普遍认为现代艺术的趋势是日益精细化和敏感化。德拉克洛瓦曾指出，“在颓废时代对精细的需要”，是“那些最伟大的精神”所不能回避的。[①] 在时代精神与对精细感受力的需要之间确立了必然的联系。如戈蒂埃所说，现代美是一种达到“极端成熟”乃至“颓废”的艺术风格，“力图表达最难于捉摸的思绪和转瞬即逝的模糊影像，谛听自己深致的心声，忏悔引人堕落的情欲和固执到趋向疯狂的奇思异想”。[②] 于是，能够体验这种精神狂乱的作家被认为是缪斯的选民，是少数能够体会并表达细腻情感的幸运儿，也是符合现代文学发展潮流的作家。

对于这种精细的感受力的追求，在当时有一种病态的倾向。这既表现为他们对于感官敏感性的要求极高而几近病态，也表现为他们寄望于疾病来帮助自己获得高度的敏感性。许多人都相信，人体体貌和气质上的特点会对其作品产生微妙的效用。为了文体之美，自己身上需要有些许病态存在。龚古尔兄弟也曾写道：“天才们体格上的粗犷必然会渗入其才华之中。为了让作品足以表现委婉细腻，表现微妙的愁思，震颤的灵魂和内心的种种罕见而美妙的感受，一个人的身体里必须有个生病的角落。”[③] 两兄弟认为当时的作家普遍具有一种“现代的忧郁症”，是人们在感受到社会日益增强的压力后所产生的神经病症。“自人类存在以来，它的进步，它的收获，不外都是感觉。每一天，它都变得敏感且歇斯底里。”[④] 在他们看来，这种忧郁症或歇斯底里对于艺术家甚至是必要的，是艺术家感受日益丰富、细腻、充满“震颤”的现代生活做出的回应；反过来，它又将促使他们的神经更加脆弱敏感，对外界更具感受力，进而加倍激发他们的才能，帮助他们对现代生活经验做更精确的体会和表达。除了龚古尔兄弟，戈蒂

---

① 引自［美］马泰·卡林内斯库《现代性的五副面孔：现代主义、先锋派、颓废、媚俗艺术、后现代主义》，顾爱彬、李瑞华译，商务印书馆2002年版，第179页。

② ［法］泰奥菲尔·戈蒂耶：《波德莱尔的生平和对他亲切的回忆》，戈蒂耶：《回忆波德莱尔》，陈圣生译，上海译文出版社2011年版，第19页。

③ Edmond et Jules de Goncourt，*Journal*：*Mémoires de la vie littéraire*，Tome Ⅰ，p. 933.(1863. 2. 14)

④ Edmond et Jules de Goncourt，*Journal*：*Mémoires de la vie littéraire*，Tome Ⅰ，p. 1073.(1864. 5. 23)

耶、波德莱尔等人都曾自称是歇斯底里症患者，这种神经系统的疾病甚至成为当时巴黎艺术家所追求的风尚，并被逐渐视作艺术家的身份标签，与才华、智识密切相关，从而让艺术家产生一种与怠于思考的普通民众相脱离的优越感。“到十九世纪晚期，歇斯底里的症状……开始和男作家男艺术家相连。……歇斯底里成为身份的象征，指向文学经验和文学创造所带来的困境与愉悦。它是在含混中滋养出的必要病症。”①

如龚古尔兄弟所言，“我们的天才……或许来自于心病和肝病的结合”，② 身体上的器质性疾病从另一方面成为艺术家“生命的一种补充、一种丰富”。③ 有别于忧郁症所带来的精神上的敏感体验，器质性疾病能够让作家感受到真实的病痛。通过对这种痛苦感受的自我耽溺，作家可以拥有丰富的精神体验，其写作过程便是对这种情感资源的不断回忆和再次感受，触角深入自身并无限延展。“应该同海因利希·海涅一样，成为自己作品的基督，感受到一点身体被钉上十字架的痛苦。”④ 《热尔维泽夫人》中对于肺病的发展过程的细腻观察与艺术化的描述，即来自于勒本人的切身体会。这样，疾病本身也被他们赋予了审美的维度，作为一种审美体验而形诸文字，从而极大地扩充了 19 世纪文学的表现空间。

再次，艺术家还意味着区别于“艺术匠人”（arts ouvriers），⑤ 不创作工业化的复制品，注重追求具有鲜明个人特征的创造性风格。如前所述，随着商业资本主义的发展，第二帝国时期已经出现了商品化的艺术，或者按本雅明的说法，出现了可以“机械复制的艺术”。一些为迎合受众而生的艺术创作，风格粗糙，创作雷同，缺乏个性，甚至有工业化批量生产的

---

① ［美］玛丽·格拉克：《流行的波西米亚——十九世纪巴黎的现代主义与都市文化》，罗靓译，安徽教育出版社 2009 年版，第 178 页。

② Edmond et Jules de Goncourt，*Journal*：*Mémoires de la vie littéraire*，Tome Ⅱ，p. 144.(1868. 4. 5)

③ Stéphanie Champeau，*La Notion d'Artiste chez Goncourt*（1852—1870），Paris：Champion，2000，p. 63.

④ Edmond et Jules de Goncourt，*Journal*：*Mémoires de la vie littéraire*，Tome Ⅰ，p. 933.(1863. 2. 14)

⑤ Edmond et Jules de Goncourt，*Journal*：*Mémoires de la vie littéraire*，Tome Ⅰ，p. 700.(1861. 5. 24)

倾向。这样甘于重复他人的做法是龚古尔兄弟尤为难以容忍的，他们将这类作家称为“奉命工作的工匠”，[①] 极力避免让自己沦于其中。在文体艺术、叙述内容和表达方式等方面，他们都积极展开了颇具个人色彩的创新。他们情愿让自己的作品小众化、精英化，也不愿为了讨好读者而放弃文学的自主性。“一位智者，其智慧唯一的标志，不会弄错的标志，就是他思想的独特性，也就是与世俗观念的对立。”[②]

坚持创作的自由同样是艺术家的特质。对于既定的文学传统和权威机构，龚古尔兄弟总是旗帜鲜明地表现出反叛与背离的姿态。“我们有种莫名其妙的本能，总是跟一切专制的人、专制的事与专制的思想作对。”[③] 如前文所述，两兄弟在由市场和统治阶层控制的文学场上，挣扎于夹缝之中，试图同时摆脱这双重力量的牵制，既不愿为商业利益放弃自己创作的自主性，也不甘心臣服于统治权威。根据埃德蒙遗嘱所设立的龚古尔学院，就是他们维护作家自由立场的最突出标志。为了保证作家不至因生计问题牺牲艺术的水准，他们为学院院士设立了年金，以保证他们可以心无旁骛地从事创作，每年评出的“龚古尔文学奖”，则专为突破传统、具有鲜明个人特色的作品颁发，鼓励他们在艺术创作上继续探索前行。

最后，龚古尔的“艺术家”观，也与现代意义上的欧洲知识分子（intellectuel）概念不同。自 1878 年，左拉在德雷福斯事件中对权势发出勇敢的控诉以来，知识分子即正式迈入公共领域，积极在公共事件中向民众宣告立场、传播思想。但知识分子对现实的介入传统并非自此才形成，无论是承担思想启蒙重担的伏尔泰、狄德罗等人，还是曾公开斥责拿破仑暴力行径的勒南，这些知识分子都不是抽离现实的象牙塔中人。如赛义德所定义的，“知识分子是具有能力‘向（to）’公众以及‘为（for）’公众来代

---

① Edmond et Jules de Goncourt，*Journal*：*Mémoires de la vie littéraire*，Tome Ⅰ，p. 677.（1861. 3. 25）

② Edmond et Jules de Goncourt，*Journal*：*Mémoires de la vie littéraire*，Tome Ⅰ，p. 570.（1860. 6. 7）

③ Edmond et Jules de Goncourt，*Journal*：*Mémoires de la vie littéraire*，Tome Ⅰ，p. 564.（1860. 5. 25）

表、具现、表明讯息、观点、态度、哲学或意见的个人”。[①] 也就是拥有某方面的专业知识，能进行独立的理性思考和价值判断，形成个人立场，并敢于挑战权势、引导民众的个人。因此，“知识”不是知识分子最本质的特点，付诸“行动”才是关键。同时，“知道如何善用语言，知道何时以语言介入，是知识分子行动的两个必要特色”。[②] 与之相反，龚古尔兄弟所推崇的“艺术家”显然不具有行动的能力。他们认为艺术在观念上有别于一切意识形态，在意的是私人化、精英化的艺术自主权，因而自觉地与社会事务相疏离，从不置身其中，更回避与普通民众的思想接触与精神交流。他们以毕生之力来“善用语言”，但绝不是为了“以语言介入”，而是为了将文学语言推入纯艺术的境界。

二 “艺术家笔法”

综合两兄弟的艺术理念和具体的文学创作，他们所谓的“艺术家笔法”，其主要特点可以归纳为：纯艺术的写作取向，注意观察、感受并表现瞬间的审美印象，包括善于捕捉外界的色彩与光影变化，新词或罕见句式的运用和表达等。

从艺术理念来看，由上文可以看出，龚古尔兄弟追求纯粹的艺术，对他们而言，形式重于内容，也重于思想。他们不偏废任何题材，任何表现内容都以同样的风格完成。早年，他们的作品如《热曼妮·拉赛朵》、《费罗曼娜修女》等，大胆将写作触角伸向底层民众，对法国文学的表现范围做了卓有意义的扩充；后期，埃德蒙对外界认为现实主义和自然主义只描绘下等人的成见不满，表示他们的“艺术家笔法”不但适用于表现丑陋、贫穷、病态，它也可以步入上流社会，“来确认高尚、优雅、芳香的东西，并提供高雅人物和雅致物品的风貌和侧影”。[③] 《臧加诺兄弟》、《拉·福斯丹》、《亲爱的》等作品即是在为自己正名的意图下写成的。

---

① ［美］爱德华·W. 萨义德：《知识分子论》，单德兴译，生活·读书·新知三联书店 2002 年版，第 16—17 页。

② 同上书，第 23 页。

③ Edmond de Goncourt, *Préface de Les Frères Zemganno*, dans *Préfaces et Manifestes Littéraires*, p. 54.

出于这样的创作思想，龚古尔兄弟对于表现的对象多持一种纯粹注视的目光，他们只观察生活、观察自然、观察人，注重的是审美感官印象的搜集（他们细腻敏锐的感受力所适用的范围也仅限于此），或是抽象人性的分析，是剥离了历史语境与道德观念体系的纯粹艺术。对于自己的小说成名作《热曼妮·拉赛朵》，他们曾不无自得地表示："只有贵族才写得出《热曼妮·拉赛朵》。"[①] 这即是对他们写作态度的鲜明表述。尽管在本书中，他们首次将社会底层人物引入法国小说叙事中，并强调"穷人哭泣的泪水"和"富人的泪水"是一样的。[②] 然而热曼妮这样下层女性的生活，对他们而言全然属于另一个世界的景致，就如同异乡人眼中奇特而陌生的情调，他们只从中撷取具有审美价值的东西。正如埃德蒙在 1871 年的坦言："（我的写作）为什么……选择这样的环境？……或许因为，我是出身高贵的文人，而出身卑微的平民对我来说，便有了一种诱惑力——一种无人知晓、未曾被发现的人群的诱惑力——也就是旅行家们所要寻找的，那种具有异国情调的东西。"[③] 对热曼妮或其他底层人物，他们视之为自然科学家的研究客体，或是艺术家搜集审美印象的对象，只做纯粹的目光注视，并无发自内心的切身同情。在他们看来，只有摒除外在的价值态度，以客观冷静的观察与剖析，方能条分缕析地逐步挖掘到人性的深处；只有剥离道德评判意识，以审美的眼光感受、表现对象，方能准确地捕捉到五光十色的现代生活图景。

与之相应的，他们的作品多呈现一种人物与社会的抽离感。他们不注重考察其人物背后的历史背景、社会环境或是社会关系，意识形态等观念体系与道德准则也对人物的命运发展几无影响。尽管龚古尔兄弟对现实的描述极尽真实，尽管他们的感受能力极为敏锐，但他们笔下的人物却往往与社会环境的融合度并不高，人物的命运发展可以在任何空间、时间里进

---

① Edmond et Jules de Goncourt，*Journal*：*Mémoires de la vie littéraire*，Tome Ⅱ，p. 36.（1866. 9. 10）

② ［法］龚古尔兄弟：《〈翟米尼·拉赛特〉出版前言》，载朱雯等编选《文学中的自然主义》，上海文艺出版社 1992 年版，第 294 页。

③ Edmond et Jules de Goncourt，*Journal*：*Mémoires de la vie littéraire*，Tome Ⅱ，p. 476.（1871. 12. 3）

行，也不会产生违和之感。这一点前文也有所论述。此外，即便作者对人物的社会关系有所着墨，也往往呈现与作者相似的孤独处境：丈夫总是与妻子无法沟通，家庭也最终瓦解（如《玛奈特·萨洛蒙》、《文学家》）；女性总是在感情上受尽波折，孑然一身（如《热曼妮·拉赛朵》、《费罗曼娜修女》等）；艺术家则总与周围人群的艺术观点不合，难以获得社会认同（如《文学家》等）。

从文本形式来看，“艺术家笔法”主要表现为，对现代社会中感官审美印象的观察、感受与表达。正如奥尔巴赫所述：“他们是感官印象的搜集者与表述者。”[①] 他们的作品常常以自然中光影变换的瞬间把捉、对不易察觉的深层意识的细密洞察、对转瞬即逝的微妙情绪的准确描述，成为一场感觉的盛宴。这意味着作家将自己的感官无限敞开，细腻地感受着生活给主体带来的每一种震颤，并能运用新鲜精致的词汇传达出这种感受。对他们而言，“观察、感受、表现，整个艺术尽在其中”。[②]

审美印象的表达首先在于艺术家的观察与感受。有别于浪漫主义文学泛滥、空洞的情绪抒发，龚古尔兄弟推崇感觉描写的真实性。要获得这种真实性，作家必须以细致耐心的观察、切身的感受体验作为保证。在这一点上，日本艺术给他们提供了师法的榜样：“中国艺术，特别是日本艺术，在资产阶级眼中是出于想象的奇特艺术，其实它们是直接遵从造化的创作。这些艺术家的一切创造都源自观察。他们能再现眼中的一切：天空那难以置信的效果、蘑菇的纹路、水母的透明。他们的艺术摹仿自然，正如哥特艺术。……（他们）得之于对自然的真切研究。”[③] 然而这种“真切研究”与西方建基于主客二分思维的艺术理念有本质的区别，并不等同于欧洲艺术中描绘真实的传统方法。东亚艺术注重的是主体情致对表现对象的融入，最终达到的是主客浑融一体的审美境界。以绘画为例，画作中的线

---

① ［德］埃里希·奥尔巴赫：《摹仿论——西方文学中所描绘的现实》，吴麟绶、周新建、高艳婷译，百花文艺出版社2002年版，第557页。

② Edmond et Jules de Goncourt, *Journal: Mémoires de la vie littéraire*, Tome Ⅰ, p. 1138. (1865. 2. 8)

③ Edmond et Jules de Goncourt, *Journal: Mémoires de la vie littéraire*, Tome Ⅰ, p. 1103. (1864. 9. 30)

条、色彩虽最初也源自现实，但却经过了约简、提炼、赋形等艺术家的主观加工。无论是中国的山水画还是日本的浮世绘，东亚艺术显然不注重对象在现实世界中的物理规律，而多采用成竹在胸的散点透视法，即拒绝直接描绘定点视看的结果，而意在共时性地集合对象于不同瞬间、不同场所的多种姿态——这种集合效果的产生，只能来自于对审美主体长时间的观察以及与客体的精神汇融。

龚古尔兄弟同样强调主体性对于观察客体世界的重要。“一部艺术作品的吸引力几乎总存在于我们自己身上，且仿佛就在我们看它时的瞬间情绪之中。而谁能知道我们对外界的印象不是来自事物，而是来自我们自身呢?”① 感官印象的形成，即在于主体的瞬间情绪与观察客体的融合，意味着克服传统的主客二分的观点，将自己沉入到客体中去。因此，他们作品中审美印象的表达，无论是从内容还是手法上，都具有鲜明的反传统姿态，敢于大胆地表现出欧洲古典艺术里所未曾注意的奇异的美、所不曾使用的特殊表现方式。在这方面，日本艺术是他们的知音：“今天傍晚，太阳就像一块浆果色的封蜡做成的薄饼，粘在珍珠色的海水和天空中。只有日本人，在他们的设色画册里，才敢表现大自然这般奇妙的效果。”②

具体而言，龚古尔兄弟善于表现融合了主体情致的观察对象，捕捉转瞬即逝的感官印象。这在他们对于色彩的把握上表现得尤为突出。譬如：

偶尔，他们眼前闪过一片火焰似的光芒：那是一辆马车的车灯照在一匹驮着开膛破肚的猪羊及鲜血淋漓的肉块的马背上。黑暗中，这肉上的灯光就像一个血红的火炉。③

她开始凝视罗马这个美丽日子里的天空：一片蓝色的天空，她觉得看见了对美好时光永远留存的承诺，一片蓝色的天空，这样轻薄的、柔和的、乳白的蓝色，为描绘天空的水彩画奉献了水粉颜料的色

① Edmond et Jules de Goncourt, *Idées et sensations*, Paris: G. Charpentier, 1877, p. 65.

② Edmond et Jules de Goncourt, *Journal*: *Mémoires de la vie littéraire*, Tome Ⅰ, p. 1087. (1864. 7. 19)

③ [法] 龚古尔兄弟:《热曼妮·拉赛朵》,《龚古尔精选集》,山东文艺出版社 2000 年版,第 98 页。

彩；一片无边的蓝色的天空，没有一朵浮云，没有一丝絮片，没有一块斑点；一片深邃的、透明的天空，仿佛能从天空直入苍穹；一片拥有天国般晶莹透彻的天空，注视着米迪，这茫茫一片、流动不息的明澈水面；这邻近地中海的罗马的天空，保卫着一切无名幸福的源头，一切白昼，一切青春和清晨的明媚。[①]

不难发现，这些景致的描述都是借由观察者的目光呈现出来的，诸如“血红的火炉”、“乳白的蓝色”等独特色彩的表现，无疑都融进了观察者的感官审美体验，也表达出鲜明的主体性感受。这种对色彩的敏锐感受与捕捉使其作品产生了一种类似绘画艺术的美学效果，从而给读者带来充满艺术性的审美享受。就此而言，龚古尔兄弟的艺术家笔法与印象主义绘画之间有着高度的相似性。据玛利亚·伊丽莎白·克劳纳戈的研究，自德斯普锐斯（L. Desprez）的《自然主义流变史》（*L'Evolution Naturaliste*，1884）出版后，龚古尔兄弟便被普遍视为印象派在文学上的典型代表。[②]美国学者理查德·葛兰特也曾明确地指出：“艺术家笔法……本质上是一种文学印象主义（literary impressionism）。”[③] 英国学者阿瑟·西蒙斯在《文学中的颓废主义运动》一文中同样强调：“龚古尔兄弟首次发明的散文体风格确实是新颖的，印象主义的。这种风格本身就是感觉。……（也就是）使视觉专业化，换句话说，是用精致的语言来复制形式上的每一个细节与事实印象中的每一种色彩。”[④]

印象派绘画兴起于1865—1890年，马奈、雷诺阿、莫奈、德加等著名画家都是该派成员。“印象主义（Impressionism）”一词，本是在1874年举办的第一届印象派画展上，一位杂志记者勒罗瓦（Louis Leroy）对该派画

---

① Edmond et Jules de Goncourt，*Madame Gervaisais*，Paris：G. Charpentier，1876，p. 15.

② Maria Elisabeth Kronegger，*Literary Impression*，New Haven：College & University Press，1973，p. 25.

③ Richard B. Grant，“Illusion and Reality in the Goncourts' Novels”，in *South Atlantic Bulletin*，Vol. 35，No. 3 (May，1970).

④ ［英］阿瑟·西蒙斯：《文学中的颓废主义运动》，转引自薛雯《颓废主义文学研究》，上海人民出版社2012年版，第94页。

作的讽刺性表述，却被画家们接受下来，成为该画派艺术理念的概括。印象派画家大多都有各自独特的艺术风格，但总体而言，与龚古尔兄弟相似，他们都受到了东方艺术的影响，也都注重“眼睛的敏感性”，注重“对色彩艺术精微的洞察力”。[①] 同时，表现现代的生活场面也是他们与龚古尔兄弟的共同追求。在约翰·雷华德与贝纳·顿斯坦合著的《印象派绘画大师》中，作者指出，“印象派要求画家尽可能地直接接触所画的题材……印象派的题材就是艺术家本人实际生活的世界……这些场面给予他的直接视觉感受应该尽量原封不动地搬到画面上来。尤其是色彩，更要细致地观察……而不允许掺杂任何先入为主的主观臆测。如果这些色彩看上去是出乎意料的紫或绿，那就必须如实地在画布上把这一点表现出来”。[②]

如果说其他印象派画家只是从总体上与龚古尔兄弟的艺术观念和创作技法声气相投，那么，德加则直接受到了龚古尔兄弟的影响。他曾多次承认自己对龚古尔兄弟表现画家生活的《玛奈特·萨洛蒙》很有兴趣，并受到其中关于19世纪绘画应该出自对当代的直观、准确地反映生活等艺术主张的启发。[③] 他也确实据此发展出了自己的风格：“把准确的观察处在他的记忆力的那些细节，以及某种程度的想象巧妙地混合在一起。”[④] 70年代，在参观过德加的画室后，埃德蒙表达了对后者创作观念的赞同和欣赏：“我今天下午在德加的画室里。在经过了多方面的尝试后，他最终爱上了现代题材，并从中选择了洗衣女和舞女。我不认为他的选择不好，因为我在小说《玛奈特·萨洛蒙》中曾经提过，这两种职业如今可以向现代艺术家提供最适宜入画的模特……迄今为止，他是我所见过的，最能抓住现代生活、再现现实生活灵魂的人。”[⑤]

---

① 佟景韩、余丁、鹿镭：《欧洲19世纪美术——现实主义与印象主义》，中国人民大学出版社2010年版，第15页。

② ［美］约翰·雷华德、［英］贝纳·顿斯坦：《印象派绘画大师》，平野、陈友任译，广西师范大学出版社2002年版，第31页。

③ 同上书，第160—161页。

④ 同上书，第163页。

⑤ Edmond et Jules de Goncourt, *Journal: Mémoires de la vie littéraire*, Tome Ⅱ, pp. 569-570.（1874.2.13）另：关于龚古尔兄弟与印象主义、印象派绘画之间的亲缘关系，是一个值得深入探讨的领域。但该问题并非本书的研究重心，在此不多做赘述。

此外，艺术家笔法还意味着在语言运用上的改造与革新。两兄弟常常不惜破坏句法结构，大量使用并置的名词，而着力弱化动词的功能，以助于凸显形象，让读者产生画面感（譬如上述例子中的“一片无边的蓝色的天空，没有一朵浮云，没有一丝絮片，没有一块斑点”）。有时，他们甚至还会为了表达微妙的感觉而改变词语的原本含义，或是干脆生造新词。他们认为只有新词的不断出现才能更精确地表达新鲜的现时，而这也将促进法国小说的日益进步。埃德蒙曾声称，无论批评家如何指责，他们都不愿放弃“真正作家的创作标记”，也就是艺术化、独特化的个人风格：“愿意长存的小说家将继续力求在散文中放入诗意，将继续使他的和谐复合句具有节奏和韵律，将继续追求有色彩的形象，将继续探寻罕见的形容语，将继续按照本世纪精细的文体家拟定的规则写作……最后，我的天！是的，将犯用了新词的错误——而这个会引起批评家们的极大愤怒，他们绝对不知道……几乎所有他们日常使用的词组，在1750年左右都是令人憎恶的新词。”①

由于其艺术形式上的探索和文体语言上的精致化，普通读者并不理解，也无法接受，他们的作品往往只能成为精英文人的小圈子里的读物。他们也承认自己“始终不变地为那些具有对法国散文，对当今法国散文最装作风雅、兴味最精细的人而写作……将始终不变地致力于在他所写的作品中放进那种难以确定的有味而迷人的东西，即使最聪慧的翻译家也永远无法将这种东西迻译到另一种语言中”。②

总体而言，尽管龚古尔兄弟在小说题材上做出了巨大突破，即为法国小说引入并详尽表现了当代社会中的底层人物，然而这些人物却并不属于他们预设的读者群体。他们只想以精英化的艺术家眼光，审视笔下人物及其生活的审美价值。他们如司汤达一样，只求在未来获得理解。“我们周围的人完全生活在当前的时代，而我们的全部生活：写书、收藏、心怀壮志，却都是为了未来。……多大的讽刺！天才和智者，一辈子都在为公众

① ［法］埃德蒙·德·龚古尔：《〈亲爱的〉序》，载朱雯等编选《文学中的自然主义》，上海文艺出版社1992年版，第304—305页。

② 同上书，第305页。

而呕心沥血，同时打心底里看不起里面的一个个蠢人!”[1] 由于脱离了与表现对象的内心联系，他们的观察与表现，仅仅在于脱离了历史语境与道德观念的审美层面，只是架空于世俗生活之上的感官印象。因此，任何表现内容在他们手中都将以同样的风格完成——纯艺术的、注重再现审美印象的艺术家笔法。对此，萨特曾颇有不满，在《什么是文学》中，他尖锐地指出了龚古尔兄弟的艺术形式与表现内容之间存在的深刻裂痕："龚古尔兄弟的‘艺术家风格’无非如此：这是一种从形式上着手，旨在统一和美化所有素材的方法，连最美的素材也要加以美化。这样做的话，人们怎么还能想象在下层阶级的要求和写作艺术的原则之间存在内部联系呢?”[2]

第三节　印象与偏见:艺术家的文学批评

龚古尔兄弟的文学批评同样具有鲜明的艺术家气质。他们并不注重原则理论，而更注重批评家的主体性，主张在批评过程中纳入批评家本人的体验，注意表达批评家的主观感受和审美印象。在批评活动中，他们总将自己对作家的印象作为评判作家的出发点，将阅读文本的主观体验作为作品批评的基础。也正因此，他们被罗杰·法约尔视为19世纪印象主义文学批评的先驱。[3] 本节拟以龚古尔兄弟在日记中对福楼拜的批评为例，通过当时法国文学场域的状态、龚古尔兄弟对福楼拜的固化印象以及双方文学观念的异同等方面，分析龚古尔兄弟的文学批评方法。

兄弟两人与福楼拜半生相交，过从甚密。他们将对方视为亲密的知己、并肩作战的伙伴。龚古尔兄弟曾在日记中将福楼拜引为同道，福楼拜也曾向玛蒂尔德公主表示："我把他们兄弟视为在世的最了不起的绅士。

---

① Edmond et Jules de Goncourt, *Journal*: *Mémoires de la vie littéraire*, Tome Ⅱ, pp. 10 - 11. (1866. 2. 25)

② ［法］让—保罗·萨特:《什么是文学》，载《萨特文学论文集》，施康强等译，安徽文艺出版社1998年版，第157页。

③ ［法］罗杰·法约尔:《批评:方法与历史》，怀宇译，百花文艺出版社2002年版，第229页。

他们是我所认识的在文学上最相似的人。”[1] 福楼拜有了新作品，每每会在家中举办小型的朗读会，请朋友同行赏鉴，龚古尔兄弟则一定应邀在座。至于他们生活的新动向、创作的新体会，更是无不一一告知对方。对于这位好友，龚古尔兄弟也一直倾心以待，感情很深。但涉及他的文学创作时，他们却多有疑虑，甚至不乏微词。因为三人过于熟悉，两兄弟对福楼拜作品的批评时常掺杂着对作家本人的认知和情绪，有强烈的主观倾向性，兼之两兄弟在合写日记之时，并未打算将它公开发表，福楼拜本人也无从见到自己在他们日记中的形象，于是该日记在用词上往往无所忌讳，随性而为。这些篇章因此成为极具个人性的“福楼拜”批评文本，同时也真实反映出两兄弟对这位作家的印象与偏见。

一 作家的尴尬处境

龚古尔兄弟与福楼拜的创作年代基本重合，各自的成名作及最重要的作品都完成于法兰西第二帝国时期。龚古尔兄弟对福楼拜的印象，也正形成于他们在巴黎文学场中的生活，与此时法国社会状况及文化生态环境密切相关。

在当时的文学场中，许多作家或是积极向学院派规范靠拢，努力成为官方认可的文人；或是顺应市场运行的规则，获取生存。福楼拜和龚古尔兄弟则不甘心为此失去创作的自由，为了保持艺术家的主体性，他们孤身反抗这两种力量，为此而不惜与社会决裂。在这一点上，龚古尔兄弟将福楼拜引为知己：“只有我们与福楼拜，社会中这三个孤傲者，最初就不希望降生在这世间。”[2] 他们希望通过对市场和权贵的双重拒绝，通过独立且叛逆的文学写作，成为践行“为艺术而艺术”理念的作家。

其一，三人试图通过对学士院和沙龙艺术准则的反叛，保持在权贵面前的独立性。他们注重建构自己的精英作家或称艺术家的身份，希望以对

---

① André Billy, *The Goncourt Brothers*, Trans. Margaret Shaw. London: Andre Deutsch, 1954, p. 118.

② Edmond et Jules de Goncourt, *Journal*: *Mémoires de la vie littéraire*, Tome Ⅰ, p. 1073. (1864. 5. 23)

艺术理念的坚持为19世纪作家树立新的贵族性品质。他们对代表学院派艺术法则的法兰西学士院表示不满，并多次嘲讽努力竞选院士的作家，而埃德蒙·龚古尔更一直在积极计划创设与官方意识对立的龚古尔学院，以示反抗。其二，面对公众和市场，三人也同样表现出拒绝的态度。福楼拜曾写道："永远别去考虑公众，至少我是如此。"① 他们追求的是纯粹的艺术，强调这种审美趣味只有通过长期的系统教育才能获得，对大众读者低俗的审美力嗤之以鼻。他们倾向于将自己视为精神的贵族，掌握着人类最高文明的奥妙，而由此必然与民众产生了距离："如果我们没有才华，没有特色，没有独创性，没有个性，如果我们做大家都做的事情——报纸杂志便都会向我们开放，我们将与社会保持最好的关系。"② 这种拒绝的态度源于三人对保持艺术作品无功利性品格的追求。为反对当时普通读者粗劣、趋同的阅读趣味，他们强调艺术的超越性和无用性，力图进行独立的、革命性的创作，以打破读者的既有欣赏习惯、引领文学潮流的革新与发展为要旨。无论是龚古尔兄弟的《热曼妮·拉赛朵》这部自然主义文学的滥觞之作，还是福楼拜的以"有伤风化"罪上过法庭的《包法利夫人》，都是对当时文学流行观念的极大反叛，一经面世便饱受争议。

然而龚古尔兄弟与福楼拜却得到了读者截然不同的回应。两兄弟的作品在很长时间内都不受民众欢迎，作品销售的收入甚至不够支付写作的成本。他们在日记中曾哀叹自己的《十八世纪人物真影》被出版商以三百法郎买走，这还不够支付创作时消耗的灯油与火柴钱。而为了撰写这部著作，他们仅购买当事人亲笔书札的费用就高达两三千法郎。福楼拜的创作却很快赢得了读者的广泛认可。被轻罪法庭宣告无罪后，他的作品盛名远播，上至王室、下至平民的读者都渴望一睹为快。《包法利夫人》、《萨朗波》等小说出版后多次加印，并很快售罄，由此带来的版税收入更是非常惊人。

福楼拜的成功令人无法忽视，龚古尔兄弟逐渐在日记中流露出深深的

① Flaubert, *Correspondance*, Tome Ⅱ. Paris: Editions Gallimard, 1980, p. 721.

② Edmond et Jules de Goncourt, *Journal: Mémoires de la vie littéraire*, Tome Ⅰ, p. 883. (1862. 11. 13)

妒意。尽管他们表面宣称并不在意民众的态度，但与福楼拜作品销量的巨大落差仍让他们难以释怀。他们不愿直面自己创作的惨淡，却指责福楼拜不甘寂寞，对功名过分渴望：“（福楼拜）表面上常常宣称他并不看重成功、批评文章或广告，但我……发现他心底里欢迎人家的赞扬，希望与外界保持联系。虽表现得谦逊，却全力以赴追求成功，甚至要与雨果进行面对面的竞争。”① 他们进而指出，福楼拜为争取读者和批评家的认同，可以向权贵妥协。福楼拜曾努力在玛蒂尔德公主面前炫耀才学、表现自己，兄弟俩指责他有一种要独霸众人关注的需要：“我暗自好笑，这个耻笑所有人世荣耀的人，原来这般贪慕资产阶级的虚荣。”② 而写于《萨朗波》出版之初的一篇日记（1862.12.6）中，龚古尔兄弟更不无讥讽地描述道，在圣伯夫发表了一篇持否定态度的书评后，福楼拜是如何在聚餐时缠着圣伯夫，挥舞着手，极力想说服他承认《萨朗波》有可取之处。

不仅如此，龚古尔兄弟更提出，对于文学市场的运作规则，福楼拜十分了然，他会利用舆论为自己造势，甚至可以成为出版商的同谋。《萨朗波》发表前，龚古尔兄弟在日记中记录了福楼拜为推行该作而与出版商谋定的一套宣传策略，并愤愤地写道：“他常说真正的文学家应以毕生之力潜心写作，不该为这些书取悦公众——而为了推销自己的书，他竟如此精明地行起江湖骗术来。”③

由是，福楼拜的盛名被归功于他对功利的汲汲之心和圆熟的处世之道，两兄弟也借此为自己的不成功找到了堂皇的理由——不会推销自己、不勉强自己向权贵妥协。然而，对于掌控文学场的两种力量，任何作家都不能完全背离它而生存，福楼拜做不到，龚古尔兄弟也同样处境尴尬。面对旧贵族时代的瓦解和随之而来的社会现代化进程，他们深深地感到困惑、迷惘，无所适从。坚持创作的独立性，或是向统治力量投降，有追求

① Edmond et Jules de Goncourt，*Journal*：*Mémoires de la vie littéraire*，Tome Ⅰ，p. 886. (1862. 11. 21)

② Edmond et Jules de Goncourt，*Journal*：*Mémoires de la vie littéraire*，Tome Ⅰ，p. 1048. (1864. 1. 24)

③ Edmond et Jules de Goncourt，*Journal*：*Mémoires de la vie littéraire*，Tome Ⅰ，p. 867. (1862. 10. 23)

的作家们无不摇摆于这两极之间，并不能真正坚守住自己的位置。与福楼拜一样，两兄弟在反抗拒绝的同时也不时流露出向敌方示好的态度，在对权贵和市场的拒斥中也渴望获得外界的支持与肯定。他们的日记中记录了自己曾有的诸般妥协，如对玛蒂尔德公主沙龙的重视、为作品出版所做的种种退让等。其实，龚古尔兄弟对福楼拜的此类抨击、对他"成功之道"的不满，固然有妒意的成分，更深层次上则反映出他们面对困境时内心的复杂。为了释放因作品失败所郁积的焦虑情绪，他们在有失公平的道德谴责中，寻求着些许的自我慰藉。

二　"外省的""野"天才

如果说对于福楼拜创作上的成功，龚古尔兄弟采取道德上的批判态度，那么，对于福楼拜本人的气质，龚古尔兄弟则流露了一种出于优越感的鄙夷。与福楼拜相识两年后，龚古尔兄弟在日记中第一次写下对福楼拜的印象："身材高大健壮，一双突出的大眼，鼓眼泡，面颊丰满，胡须浓密，脸色如煅烧过的金属那样通红。"[①]

健壮，粗犷，甚至有点乡野气。这样的福楼拜形象在日记中一再出现，成为龚古尔兄弟批评福楼拜的基调。在他们看来，福楼拜过于健康结实了。如前所述，为了作品的细腻精妙，两兄弟宁愿作家身上有些许病态存在。他们认为，作家体貌和气质上的特点会对其作品产生微妙的效用。这在当时巴黎的艺术家中是一种具有普遍性的看法。除了龚古尔兄弟，戈蒂耶、波德莱尔等人都曾自称是歇斯底里症患者。这几位作家也都以描写主体在现代社会中的感官意识而闻名。他们的作品常常以对不易察觉的深层意识的细密洞察，对转瞬即逝的微妙情绪的准确把捉，成为一场感觉的盛宴。对于他们来说，身体中的一个"生病的角落"及其所带来的精细的感受力是必要的。

有别于这些敏感脆弱的巴黎文人，福楼拜是一位满怀坚强意志力和理性精神的作家。他早年也曾饱受精神疾患的困扰，发病之时屡屡陷入幻

---

① Edmond et Jules de Goncourt, *Journal*: *Mémoires de la vie littéraire*, Tome Ⅰ, p. 453. (1859. 5. 11)

想，徘徊于疯狂之境的边缘。然而，他不愿沉沦于精神狂乱的状态，而宁肯保持理性的头脑，有的是与疾病抗争的斗志。数年后竟不药而愈。在创作上，他并非不看重细腻的感受力，但更希望拥有理性克制的思维和客观冷静的笔触，不让自己在缠绵的主体感受中沉陷。他曾在致友人的信中写道："艺术应超越于个人的好恶和神经的敏感之上！如今应该借助严格的方法，给予它自然科学般的精确！"[①] 在创作中，福楼拜自觉地追求中立、客观的叙事立场，希望作家隐匿于幕后，避免将个人的主观情绪和价值判断流露出来，同时在表达上极力克制，避免过多的感官描写，而更看重叙事本身的力量，相信读者可以借由既有的生活经历获得独特的阅读体验。由此，福楼拜的作品形成了一种冷静而无动于衷的审美效果。

在龚古尔兄弟等人看来，追求健康体质与理性精神的福楼拜是一位异质作家。由于福楼拜出生于鲁昂，成年后才到巴黎，在巴黎长大的龚古尔兄弟便喜欢给他加上外省作家的标签，将他们之间的不同视为巴黎与外省的不同，并产生一种天然的优越感。"我可以用一句话来评定福楼拜：一个天才……不过是外省的。"[②] 福楼拜推崇理性克制、不追随巴黎作家的精细感性的创作观念，则让他们得出这是位"野路子的学院派"（un sauvage académique）[③] 的论断。

巴黎长期以来都被看作法国文学艺术的绝对中心。对于龚古尔兄弟以及当时大多数法国作家来说，巴黎作家代表着更高雅的艺术品位和更进步的艺术观念，外省作家则意味着缺乏艺术熏陶，创作上粗糙落后，是"野路子"文人。仅凭巴黎作家这一身份，他们就自恃掌握着艺术审美的话语权威，可以任意质疑、指责他人的审美和创作水平。于是，福楼拜的健壮被龚古尔兄弟理解为外省的粗俗野蛮，意志坚强被视为粗枝大叶，对理性精神的推崇则是由于缺乏精细的感受力。"我们与福楼拜之间存在隔阂。他身上有外省人气质……粗滞厚重，像他的身材。细腻的东西，似乎触动

---

① Flaubert, *Correspondance*, Tome Ⅱ, p. 716.

② Edmond et Jules de Goncourt, *Journal: Mémoires de la vie littéraire*, Tome Ⅰ, p. 909. (1862. 12. 27)

③ Edmond et Jules de Goncourt, *Journal: Mémoires de la vie littéraire*, Tome Ⅰ, p. 1208. (1865. 11. 29)

不了他。他只对读起来铿锵有力的句子有感觉。”[1] 福楼拜的审美力也被视为是“野人”般的：“福楼拜本质上是个粗犷的人，能吸引他的是粗重的而不是精细的东西，只有宏伟的厚重的夸张的特质才能打动他，对艺术的感受力像个野人一样。”[2] 在龚古尔兄弟眼中，福楼拜的艺术审美力是未经专业训练和熏陶的，他的喜好是原始、自发的，粗犷有余而精细不足。这样“野路子”的审美观显然逆反于龚古尔兄弟等人所赞同的时代文学发展走向，因而在日记中遭到他们无情的嘲讽。当这种充满偏见的印象进入到对福楼拜作品的评判过程时，其结论自然将失之偏颇。

三　出自偏见的误读

龚古尔兄弟这种注重主观性的印象主义批评方法，可以让批评家自由地进出作品，运用独特的审美力和感受力与作品展开对话，因而更易具有同情性；不拘于某种批评原则的束缚，而是注重主观的感性体验，因此更加灵活，更适合分析精妙的文学现象，也更易于呈现作品的独到之处。但同时，由于过分偏重个人化和感性化，缺乏理性的规约，这种印象主义批评又很容易以主观臆想代替公允的分析，使行文或是充满随意性的好恶评判，或是流于片面化的粗暴武断，难以得出可靠有效的结论。

从日记来看，尽管两兄弟与福楼拜之间在艺术观点上有相异之处，但后者强调文学的真实性、非个人性以及对文风的审美追求等思想都是龚古尔兄弟所赞同的。然而以其印象主义的文学批评观，他们总是将自己对福楼拜本人的固定印象——健壮、粗犷、乡野气——带入到对福楼拜作品的评判过程，否定这些创作的价值，尤其是审美价值。由是，日记中对福楼拜作品的批评往往失于严苛，甚至多有误读。

第一，有关文学的真实性与题材的选择问题。在 1860 年的一篇日记中，龚古尔兄弟以一篇长文表示了对《包法利夫人》内容的不满。尽管他

---

① Edmond et Jules de Goncourt, *Journal*: *Mémoires de la vie littéraire*, Tome Ⅰ, p. 545. (1860. 3. 16)

② Edmond et Jules de Goncourt, *Journal*: *Mémoires de la vie littéraire*, Tome Ⅰ, p. 817. (1862. 5. 21)

们认可《包法利夫人》的高度真实性，也认为“真实，是一切艺术的根本，是其基础与良知”，然而他们又质疑道：“但是为何人的心灵对此并不完全满意？……《包法利夫人》这部作品，笔锋劲健，沉稳而有活力……但为什么它并不能成为杰作……？难道正因为它缺乏些许虚假，而那恰是一部作品的理想境界吗？”① 在他们看来，《包法利夫人》尽管真实地反映了外省的小市民生活，但取材却过于庸俗，作品耽于描写世间琐碎无聊的细节，排除了文学的一切崇高性。他们认为书中所表现的外省委顿庸俗的小市民气是福楼拜本人艺术眼光的局限性所致，其外省作家的狭隘视野让他无法体会和表现生活中高贵的一面。兄弟俩认为这是不可原谅的。同时，他们还指责由于作家本人缺乏对于生活和情绪的敏锐感受力，导致作品缺乏细腻生动的感觉描写，从而这部小说达到了“艺术中表现物质层面的极限。无关紧要的东西太多，而且和人物一样平淡乏味。写及感觉和激情时，又加入了大量的背景描写，压制了前者的强度。这是一部用眼睛画出的作品，而不是用灵魂说话”。② 他们因此把《包法利夫人》比作一台不断逼向幻景边缘的透视镜，没有给想象留下丝毫的空间，因此产生了拘泥现实、鄙俗琐碎的文本效果。对于龚古尔兄弟来说，如果文学的艺术性与真实性发生冲突，他们宁愿在真实性上做出让步。

其实，情节的高雅与否并不是福楼拜所关注的，他在创作上具有更大的野心——超越主题、题材，让文字本身成为作品的主体，“它表达现实的诗意，而不论现实的丑陋或平庸”。③ 尽管早在福楼拜的名字第一次出现在日记中（1857. 1. 3），龚古尔兄弟就提到他特别强调“形式孕育思想”（De la forme naît l'idée）的观念，然而他们却未能理解其含义。在创作《包法利夫人》时，福楼拜曾写道：“我认为的好书，我想写的，是一部不谈什么的书，与外界全无关系，只靠风格自己的力量……如果可能的话，书中没有主题，或至少主题很隐蔽。……从纯艺术的角度来看，主题本身

① Edmond et Jules de Goncourt, *Journal*: *Mémoires de la vie littéraire*, Tome Ⅰ, p. 642. (1860. 12. 10).

② Ibid..

③ ［法］皮埃尔·布吕奈尔等：《19世纪法国文学史》，上海人民出版社1997年版，第219页。

并无美丑高低之分，这甚至可视为一条公理。”① 在福楼拜看来，形式本身即为目的，文字不依附于情节和内容，而是具有本体意义，其自身便已构成一个自足的整体。显然，这样的思想是龚古尔兄弟所没有领会、或刻意无视的。

第二，关于福楼拜创作中的“非个人性”问题。福楼拜曾明确提出创作的“非个人性”，认为作家应从作品中隐去：“《包法利夫人》中没有一点真实的东西。……如有如真的感觉，那恰恰来自作品的非个人性。不写自己，这是我的原则之一。艺术家在作品中，应该犹如上帝在自然中，不见踪迹却强大无比：处处能感觉到，却永远看不见。”② 对此，龚古尔兄弟表示同意。他们在日记中也表达过类似的思想：“在作品中，作者应当像警察一样：无处不在却永不露面。”③ 之所以有如此雷同的表述，可能是源于他们与福楼拜平日在思想交流中所产生的共鸣。然而，凭借敏锐的审美感受力，他们发现福楼拜在创作上并未完全贯彻这一原则。在他们看来，一旦福楼拜在作品中展露了自己的个人性，这部作品将必然是失败的。譬如，他们认为福楼拜以迦太基内战为背景创作的历史小说《萨朗波》就完全颠覆了作者本人对“非个人性”的追求。在这部小说中，福楼拜期望表现出东方特有的地域色彩，他曾声称《萨朗波》的目的不在于再现战争或民族历史，而在于“用红色的底子，构成伟大的画幅”。④ 为此，他精心酝酿了一种瑰丽诡谲、张扬纵恣的风格。李健吾在《福楼拜评传》中曾指出福楼拜对东方文化和东方人独特魅力的沉迷，提出“福氏很早就憧憬东方：我们知道这怎样迎合他的心性，夸大、奇丑、天真、佣佚、流宕、炙热、煊丽”。⑤ 可以说，《萨朗波》热情绚烂的特质正是福楼拜对东方文化精神认同感的内在投射。福楼拜曾向龚古尔兄弟朗读过《萨朗波》的手稿，出于对福楼拜的了解和对文字高明的感受能力，他们立即发现了《萨

① Flaubert, *Correspondance*, Tome Ⅱ, p. 691.

② Ibid..

③ Edmond et Jules de Goncourt, *Journal*: *Mémoires de la vie littéraire*, Tome Ⅰ, p. 399. (1858. 9. 5)

④ 李健吾：《福楼拜评传》，湖南人民出版社 1980 年版，第 148 页。

⑤ 同上书，第 150 页。

朗波》与福楼拜天性的契合。他们认为这是部失败的作品，失败的原因正在于福楼拜在其中没能掩饰自己的心灵，使得这部小说鲜明地体现出作者粗粝张扬的个性："福楼拜的个性，在……这里却如此凸显夸张地、戏剧般地、朗诵般地，在其情节和浓墨重彩的色调中表现出来。"[①] 由于这种个性恰恰是龚古尔兄弟所不赞赏的、被他们视为有悖于细腻微妙的现代艺术方向的，因此这部小说也遭到了他们的彻底否定。他们宣称小说中夸张浓烈的色调粗放且毫无美感可言，只能给读者带来"或幼稚，或可笑"[②] 的阅读效果。

第三，关于文体形式的问题。福楼拜以其对文体美的殚精竭虑著称，龚古尔兄弟对文字使用的微妙之处也有着深刻的理解。在这一点上，可以说三人有着相同的艺术目标。然而对于福楼拜的美学实践，龚古尔兄弟却不以为然。他们多次在日记中嘲笑福楼拜，认为他在文体形式上的苛求是拙笨而无意义的，只是语法上的小伎俩，对提升作品的审美表现并无效用。"福楼拜和费多之间，谈论起文体和形式来可谓有千种秘诀；从写作的小伎俩到可以机械照搬的公式，他们谈得天花乱坠……好似滑落到罗马帝国时期语法家的水平。"[③] 福楼拜还非常强调语句的节奏与韵律感问题，他总是通过大声朗诵来考量自己的作品，只有听起来节奏和谐、具有诗歌般韵律的，才是他理想的好句子。龚古尔兄弟则并不认可福楼拜作品的节奏感。他们声称福楼拜的节奏常常只属于他自己，其他人却感觉不到，"有些句子，他觉得朗诵出来非常和谐，但必须像他那样朗诵，才能得到那种效果"。[④] 日记中甚至屡屡以"公牛般"之类的词来形容福楼拜强调文句节奏的朗读方式。这种针对其文体风格的偏见，也明显源于福楼拜给他们留下的"野人"印象。

---

① Edmond et Jules de Goncourt, *Journal: Mémoires de la vie littéraire*, Tome Ⅰ, p. 692. (1861. 5. 6)

② Ibid..

③ Edmond et Jules de Goncourt, *Journal: Mémoires de la vie littéraire*, Tome Ⅰ, pp. 247 - 248. (1857. 4. 11)

④ Edmond et Jules de Goncourt, *Journal: Mémoires de la vie littéraire*, Tome Ⅰ, p. 781. (1862. 3. 3)

福楼拜与龚古尔兄弟在巴黎文学场中处于相似的位置，同样奉行“为艺术而艺术”的创作理念，他们三人之间的相似性和认同感是很强的。然而在龚古尔兄弟的日记中，我们看到的却是对福楼拜充满偏见与误读的批评。面对福楼拜，他们的心态是非常复杂的。福楼拜在生存方式、创作态度上与他们非常相似，却取得了他们一时难以企及的巨大成功，龚古尔兄弟难免心存不平。他们的偏见正出于这种忌嫌之心：指责福楼拜为人上的圆滑虚伪，让他们因占据了道德高地而心生慰藉；攻击福楼拜气质上的“外省气”、“野性”，则巩固了他们作为地道巴黎艺术家的优越感。将这种明显的个人偏见带进对作家创作的解读，自然让他们的批评产生了印象主义的随意性和主观性，表现出不同层面的误读现象。

总体而言，艺术既是龚古尔兄弟在孤独谋生的艰难岁月中赖以避世的栖身之所，也为他们自我身份的建构提供了方便之门。在艺术家的身份下，他们得以置身时代却又与之保持距离，全身心地获取生活经验，却又不至于为流俗所濡染。此外，艺术家的感官敏感性则既是他们引以为傲的灵感来源，又同时成为他们借以批评敌手的最佳利器。

第五章　入口的张望：龚古尔兄弟的现代性意识

“现代性”（modernité）一词约于19世纪初叶在法语中出现。据考证，巴尔扎克在其《百岁老人》（1822）一书中，最早使用了这一词语，意指“现代时期”；在夏多布里昂的《墓畔回忆录》中，“现代性”一词再次登场，用以指代与古典文化相对立的庸俗的现代文明。[①] 文学意义上的现代性约于19世纪中叶在法国产生，在《现代生活的画家》（1863）中，波德莱尔为它做了最早的，也是极为重要的定义：“现代性就是过渡、短暂、偶然，就是艺术的一半，另一半是永恒和不变。”[②] 波德莱尔强调现代性就是在其暂时性、独特性和瞬息易逝性中被把握的现时，更强调它是艺术中有别于传统的另一半“美”。这种美需要靠艺术家敏锐的感觉去发现，靠对现代生活的全身心投入和现代生活经验的充分感受，通过创造性的艺术方式来实现。

卡林内斯库提出，应该区分两种不同性质的现代性概念。波德莱尔的现代性概念确立了一种美学意义上的现代性，它与社会领域中的现代性不同。两者都是时间/历史概念，用以指“在独一无二的历史现时性中对于现时的理解”。[③] 但后者相信进步，推崇科学，崇拜理性，追求实用主义与社会中的成功，以资产阶级文明为核心价值观念，而波德莱尔提出的现代

---

① ［法］伊夫·瓦岱：《文学与现代性》，田庆生译，北京大学出版社2001年版，第20—21页。

② ［法］夏尔·波德莱尔：《波德莱尔美学论文选》，郭宏安译，人民文学出版社2008年版，第439—440页。

③ ［美］马泰·卡林内斯库：《现代性的五副面孔：现代主义、先锋派、颓废、媚俗艺术、后现代主义》，顾爱彬、李瑞华译，商务印书馆2002年版，第337页。

性则表现出“同其时代的社会和官方文化相疏离”[①]的态度，他试图以现代性概念的提出来确立一种适时的美学观念，强调现代社会所独具的美需要一种现代的美学形式来表现，用以反抗庸俗盲从的资产阶级趣味和因循守旧的学院派规范。

作为波德莱尔的同代人，龚古尔兄弟也属于第一批具有现代性意识的法国作家，他们认同波德莱尔的观点并注重在小说中实践自己对现代性的认知。在他们看来，现代性即意味着“唱自己的歌”，[②]意味着与传统决裂，意味着绝对的现时，它短暂、偶然、最凸显时代特点、稍纵即逝。想表达现代性，就需要用眼睛充分观察现实，用开放的感官体验现实，用笔描画或记录现实。“艺术、艺术家、诗歌以及相关的现代主义，所关心的不是本质，而是感官所面对的变化着的物质世界。艺术重新安排我们对事物的感知，而不是强调固有的属性。艺术以及引申意义上的‘现代艺术’的危险性就在于它的诱惑力、削弱力和破坏力。”[③]在龚古尔兄弟看来，最为现代的作品，就是“完全依据19世纪的自然”所记录的当代人的日常生活，言谈，服饰，行为，习俗，思想。[④]

第一节　现代性意识的发生与体认

一　挑战读者：萌芽的发生

现代性意识的萌发首先伴随着反抗传统乃至与之决裂的阵痛。这种反抗情绪源于现代社会带给作家的全新感受。随着工业革命的不断推进，19世纪的法国开始步入现代社会，过去坚固的东西骤然烟消云散。科技、工业的飞速发展和资本主义的逐步深入让社会始终处于变化和运动之中，各

① ［美］马泰·卡林内斯库：《现代性的五副面孔：现代主义、先锋派、颓废、媚俗艺术、后现代主义》，顾爱彬、李瑞华译，商务印书馆2002年版，第62页。

② ［法］埃德蒙·德·龚古尔：《〈亲爱的〉序》，载朱雯等编选《文学中的自然主义》，上海文艺出版社1992年版，第305页。

③ ［美］弗雷德里克·R. 卡尔：《现代与现代主义——艺术家的主权1885—1925》，陈永国、傅景川译，中国人民大学出版社2010年版，第4页。

④ Edmond et Jules de Goncourt, *Journal: Mémoires de la vie littéraire*, Tome Ⅰ, p. 221. (1856. 11. 25)

个层面都发生了根本性的、翻天覆地的改变。企图以既有的、稳固不变的思想体系来全面、整体性地把握社会变成了一种不可能实现的妄想，寻找唯一正确的认识方式也同样不再可行。要想认识世界，只能承认它的变动不居和分崩离析，不断更新自己的知识体系和思维方式来顺应动荡中的现实。

现代作家们试图在作品中呈献给读者的，正是这样一种动荡不安的现代体验，与之相应，作家们也在不停地寻找一种更贴合现实的，因而也是更革命性的艺术形式。为此，他们不惜挑战读者的审美习惯，震动他们，将未曾觉察现代性变化的读者从沉睡中唤醒，对社会生活重新进行反思与体认。

传统文学包含着一种隐性的预设，即“作者与读者之间具有一种稳固的关系，作家能够设想他与读者具备一致的态度和共同的现实感”。[①] 传统文学提供的是作者与读者都拥有的共同的生活经验，顺应着双方都认可的思维方式和伦理道德价值。读者冀图从书中获得的，则是预先已知的阅读享受，比如细腻的细节描写、丰富的情节设置、符合社会伦理道德的人物关系、与时代审美心理统一的文字风格等。

然而现代作家与读者之间不再是温情脉脉的共谋关系，作家要向读者宣战，要将读者从安逸的炉边拖拽出来，以前所未有的新鲜观感震颤他们，打破写作的伦理禁区和读者的审美习惯，将社会的真实与丑陋赤裸裸地展现在他们面前。“在现代主义中，作品的意图是要完全压倒观众，以使艺术作品本身将自己强加给观众。”[②] 这种“强加”表示现代作家刻意无视读者的审美习惯，拒绝向读者提供传统的文学形式，作家主动撕裂了与读者间的共谋关系，意在造成一种紧张对峙的态势，以震惊读者，促发他们以前所未有的感觉和思维方式来阅读文学、理解时代。为了说明的需要，这里将再次引用龚古尔兄弟为《热曼妮·拉赛朵》所撰的序言：

① ［美］彼得·福克纳：《现代主义》，付礼军译，昆仑出版社1989年版，第5页。

② ［美］丹尼尔·贝尔：《资本主义文化矛盾》，赵一凡等译，生活·读书·新知三联书店1989年版，第95页。

我们请求读者原谅我们出版了这样一本书，并提请读者注意书的内容。

他们爱看那些好像把读者带进了上流社会的书，可这是来自街谈巷议的一部书。

他们爱看黄色书籍，少女回忆录，向女雅士献殷勤的才子写的忏悔录，及其他淫秽的书。他们还爱看书店橱窗里放着的一张撩起裙子的女人的丑像；而读者将要看到的是一部严肃、纯正的小说，那种袒胸露肩、放荡不羁的照片，在书里是别想看到的。作者接着对爱情进行了分析。

读者还爱看无害而又令人欣慰的书，爱看结局好的惊险小说以及幻想小说，但要以不影响他们的消化能力和宁静生活为前提。可是我们这部书，虽是供人消遣的书，不过看过后会使人伤感，使人容易冲动。写书的目的就是要使读者不习惯看，而且看了要生气并由此而危害健康。

……

生活在19世纪，在已实现了普选、民主和自由主义时代的人，我们扪心自问，所谓“下层社会”的人是否就无权过问小说，是否在上层社会统治下的人民一定要在这样的一种威胁下生活，即被剥夺从事文学工作的权力，蒙受那些至今对人民的精神面貌和内心世界保持缄默的作家的蔑视。我们在考虑，在作家和读者都享受平等权利的这样的时代里是否还存在贫贱的阶级：不体面的不幸，用粗话来演戏，使观众产生未免过火的恐惧感的悲剧结局。我们很想知道，当然这完全是出于好奇心，用传统方式写的，剧情又是来自早已被人遗忘了的文学作品，当时的这个社会也已消亡的悲剧现在是否还存在；在一个等级制度、合法的贵族阶级已不复存在的国家里，贫困的小人物和穷苦的人大声谈论与切身利益有关的事，以此激起人们的同情和怜悯。他们的谈话声音是否会和大人物和富翁的谈苦恼时的声音一般大。总之，我们想知道穷人哭泣的泪水会不会和富人的泪水是一样的。

……

现在就算这部作品受到了诽谤，也没有什么了不起。因为今天的小说，题材广阔，小说的地位也提高了。它开始成为文学研究和社会调查的一种严肃、富于激情和生气的形式，它通过分析和心理研究成了当代的一部道德史。今日的小说担负着科学研究和科学课题的工作。因此，小说可以要求有科学的自由和坦率，它还要探索写作技巧和真实，要把贫困描绘得足以让巴黎的阔佬们永不会忘记；让上流社会的人有像女慈善家那股深入贫民窟、救济穷人的勇气去阅读描述悲惨情景的章节；在他们眼前出现的活生生的受苦受难的人教会了他们行善，但愿小说以宣扬人道主义为己任，“人道主义”这个词是20世纪的人叫出来的，只要小说意识到这一点就行了，这就是它的权利所在。①

不难发现，序言里包含了一种强烈的向读者挑衅的情绪。作家对读者的阅读趣味进行了多方面的责难，并坦言自己的小说就是要使读者不适，绝不迎合他们的欣赏习惯。要具体认识作家与读者之间的这种敌对性，应先对龚古尔兄弟责难的对象加以辨别。自19世纪初起，随着社会经济的不断发展，教育得到了广泛普及，具有阅读能力和阅读需要的人群迅速从贵族阶层扩散到整个市民阶层，或称资产阶级，他们也成为19世纪最主要的阅读受众。然而与18世纪的主要阅读群体——贵族阶级相比，资产阶级读者既无后者精致细腻的审美品位，也难以享受后者悠闲终日的生活。在正处于社会转型期的法国，成功和发迹的机会相较18世纪固然更容易获得，然而“在残酷的竞争中，获取和保护财富，充分利用各种发迹机会，适应飞速变化的情况，所有这一切都使他们的体力和脑力不断承受着过去时代所未曾有的重负”。因此，19世纪的读者并不试图以阅读文学来进行智力活动，他们所期待的文学是“能使人休息、放松、最多能使人不费力就能获得兴奋状态”。② 龚古尔兄弟所对抗的，也正是这一怠于思考、固守传统

① ［法］龚古尔兄弟：《〈翟米尼·拉赛特〉出版前言》，载朱雯等编选《文学中的自然主义》，上海文艺出版社1992年版，第293—295页。

② ［德］埃里希·奥尔巴赫：《摹仿论——西方文学中所描绘的现实》，吴麟绶、周新建、高艳婷译，百花文艺出版社2002年版，第562页。

的阅读群体。这些民众更期待不费力的阅读，对新文学的理解和接受也更加困难；不过，由于他们占据了当时阅读人群的大部分，向他们挑战，就能够为自己的作品博得更大范围的关注，哪怕是负面的、攻击性的。“对一部艺术作品最严重的危险莫过于无人问津。”① 而如果在作者的努力推广下，其革新性的作品最终能够为这些民众所认可，那将意味着作家对文学的探索和创新得到了普遍的确认和真正的推行。

首先，就序言中对抗性的具体内容而言，在作品的情节和主题方面得以表现：第一，读者爱读讲述上流社会风雅生活的小说，这部书却特意取材于“街谈巷议”，以大量篇幅正面描绘处于最底层的第四等级的生活。将历史中一直沉默无声的底层民众纳入严肃文学的表现对象之列，这在法国小说界是空前的。龚古尔兄弟此举首开法国小说创作先河，打破了小说题材的禁区，对读者的阅读习惯是一次极大的冲击。第二，虽然《热曼妮·拉赛朵》以同名女主人公的爱情为主题，然而作者的目的却在于，以“严肃”的态度对热曼妮的命运遭际和病理发展进行科学的研究分析，从社会环境和生理两方面来剖析造成她生命悲剧的成因。尽管热曼妮的恋爱生活乃至情欲心理都有所展示，但作家的描写却基于客观严肃的态度，这些内容仅作为作家的研究对象存在，并无一丝满足读者窥私心理的本意。如龚古尔兄弟所言，他们创作的，是一部趣味“纯正”的小说，继承了古典悲剧的崇高价值，并“通过分析和心理研究成了当代的一部道德史”。

其次，就审美效果方面来看，读者喜欢的作品是“无害而又令人欣慰”的，希望从中获得精神的松弛和愉悦轻松的阅读体验。然而龚古尔兄弟奉上的，却是一部要让读者“不习惯看”，要大量消耗其脑力、神经的严肃而伤感的创作。他们让小说承担了“科学研究和科学课题的工作”，宣称“它开始成为文学研究和社会调查的一种严肃、富于激情和生气的形式”。为了实现这一点，龚古尔兄弟在创作时做了大量的资料搜集工作，对下层民众的生活环境也进行了实地调查，同时，他们尝试运用19世纪的科学知识和贝尔纳的实验方法对这些材料加以分析研究，希望小说对社会

① ［德］埃里希·奥尔巴赫：《摹仿论——西方文学中所描绘的现实》，吴麟绶、周新建、高艳婷译，百花文艺出版社2002年版，第560页。

的反映更加真实深刻，也更具科学、理性的价值。因此，读者手中的《热曼妮·拉赛朵》是一部直面第四等级民众生活的作品，其中不乏贫民窘迫的生活场景、小人物奸狡的处世手段、女性隐秘的情欲心理分析，乃至可怖的病态描写。由此种种集成的审美效果，至少对当时的资产阶级读者来说，很难称得上令人轻松。

如奥尔巴赫所言，龚古尔兄弟的这篇序言具有标志性意义，它“典型地反映了19世纪公众与几乎所有重要的诗人、作家、画家、雕塑家和音乐家之间的关系。……可以断定，除了个别例外，19世纪后期的重要艺术家都曾遭遇公众的不理解、敌视或漠不关心”。[①] 龚古尔兄弟与读者之间出现的这种对立关系，是他们初初萌芽的现代性意识的体现，也是文学开始步入现代性的重要标志。挑战读者仅是一种表象，在深层上，这意味着文学已发展到一种前所未有的质变性阶段：它要与传统文学进行根本的决裂，随之而来的是一系列的反抗，反抗传统、历史、官方、主流等一系列权威对象，乃至其他的现代性表达。“在艺术中，现代主义几乎总是败坏维系社会团结的各种观念，它在美学上向内容或群体和社会发起挑战的需要，意味着一个危险的新方向。”[②] 反抗，是现代性的永恒主题。欧文·豪更提出现代主义必须被视为一个“包蕴一切的否定词”，它“存在于对流行方式的反叛中，它是对正统秩序的永不减退的愤怒攻击”。[③]

每当这样的一种富含革命性、反抗性的艺术形式首创之时，几乎总会与读者既有的审美心理相抵触，由此在创作者与接受者之间形成一种对抗性的张力。如果作者抵御住这种紧张的对峙局面，坚持自己的创作方向并不断向前推进，原本小众的创作必然会逐渐赢得更大范围的接受，文学也将日益丰富和多元化，具有更强的包容性和生命力。不过，在它被大众读者广泛接受的同时，这种文学也已经丧失了它的反抗性，亦即先锋性，很

---

① ［德］埃里希·奥尔巴赫：《摹仿论——西方文学中所描绘的现实》，吴麟绶、周新建、高艳婷译，百花文艺出版社2002年版，第560页。

② ［美］弗雷德里克·R. 卡尔：《现代与现代主义——艺术家的主权1885—1925》，陈永国、傅景川译，中国人民大学出版社2010年版，第7页。

③ ［美］丹尼尔·贝尔：《资本主义文化矛盾》，赵一凡等译，生活·读书·新知三联书店1989年版，第93页。

快为更革命、更现代的文学所取代。“现代主义一定要不断抗争，但绝不能完全获胜；随后，它又必须为着确保自己不成功而继续奋斗。”[①] 正是在这永不停歇的崩溃与重建的时代替换中，文学的现代性进程不断深入。

二　确证现时：现代性的体认

对现代作家来说，反抗的过程也意味着重建。否定传统文学的同时，龚古尔兄弟也在积极地寻找“危险的新方向”。这一过程的实现，来自于一种全新的时间意识的觉醒，来自于作家努力确证现时的动力。

哈贝马斯曾指出，在现代性意识刚刚觉醒时，“审美的现代经验和历史的现代经验……是融为一体的”。[②] 文学的现代性首先意味着时间意识上的现代感，它与时间意识密切相关，“一般意义上的现代性及特殊意义上的文学现代性，都是一种时间意识的不同侧面……现代性是一个相当晚近的发现，它同种种与时间无关的美学经验毫不相干”。[③] 现代性意识的萌发，最重要的条件正在于作家们自觉地产生了现代的历史意识，渴望将现时从累积性的历史进程中独立出来，由对现代经验的把捉和书写赋予现时以绝对的意义。因此，19 世纪中后期文学中的现代性意识，更多地体现为一种纯粹的现时性。它指向当下的时间，独立于延续的历史链条，虽短暂易逝，却是充分、绝对的“此刻”。

在《现代生活的画家》中，波德莱尔提出，现代艺术家的目的在于“寻找我们可以称为现代性的那种东西”，为此，需要艺术家“从流行的东西中提取出它可能包含着的在历史中富有诗意的东西，从过渡中抽出永恒”。[④] 以绝对现代的方式呈示每个时代独特的“仪态、目光、举止”，[⑤] 艺

---

① ［美］丹尼尔·贝尔：《资本主义文化矛盾》，赵一凡等译，生活·读书·新知三联书店 1989 年版，第 93 页。

② ［德］于尔根·哈贝马斯：《现代性的哲学话语》，曹卫东译，译林出版社 2011 年版，第 10 页。

③ ［美］马泰·卡林内斯库：《现代性的五副面孔：现代主义、先锋派、颓废、媚俗艺术、后现代主义》，顾爱彬、李瑞华译，商务印书馆 2002 年版，第 58 页。

④ ［法］夏尔·波德莱尔：《波德莱尔美学论文选》，郭宏安译，人民文学出版社 2008 年版，第 439 页。

⑤ 同上书，第 440 页。

术作品才能完成短暂性与永恒性的统一。自17世纪末，浪漫主义诞生初期的那场席卷文坛的“古今之争”以来，法国文学界已基本接受了美是具有历史性的和相对性的这一观念，不再绝对地以先贤作品和经院规范为高，承认晚近的作家也可能创作出不亚于，甚至比古代经典更优秀的作品。而波德莱尔的现代性表述则将一种即时性的现代从连续的历史传统中剥离出来，对它独有的美和价值给予了前所未有的确认与强调。

龚古尔兄弟很可能读过并认同波德莱尔的这篇长文，在1866年的一则日记中，他们对艺术的定义与后者的观点极其相似：“艺术是用一种高级的、绝对的、确定的形式，将人世中某个特别的、转瞬即逝的时刻凝固下来，使之永存。”[①] 他们认为，只有日常的瞬间时刻才是现代性的最佳载体，艺术的目的就是在流动的瞬间中凝固永恒。如伊夫·瓦岱所说，“我们正是在没有连续性的瞬时（它本身是短暂易失的）中才能以最忠实、最直接的方式去捕捉现代性”。[②] 作家清楚这现时是短暂、偶然的，稍纵即逝，因此他们热切地抓住每一个瞬间，让作品不断地浸入新的现实。

龚古尔兄弟本人寻求的，正在于表现这具有完全意义、短暂却美丽的现时，在看似平常的生活细节中捕捉每一现时所独具的美。他们小说创作的全部宗旨就在于用文字记录日常的、瞬间即逝的时代表征，反映现时的特有风貌和美感。既然小说以现时为表现内容，处理的是纷繁的现代生活经验，这就需要作家走出书斋，到街道上，去沙龙里，全身心地投入现代社会，在躁动的、都市的、日常的生活中感受现代性带来的震颤经验，并在作品中加以展现。龚古尔兄弟断言，现代艺术的价值就在于表现“现代的生活”以及“身边的事物与街上的见闻，表现19世纪的男人和女人”。[③] 19世纪巴黎街道上的悠闲逛街者、酒鬼、美妇或老太婆——这些人虽然随处可见，却是现代生活所独有的。在现代作家眼中，他们有着不亚于阿伽门农、阿喀琉斯的庄严与美，是现代生活的英雄，需要现代生活的史诗来

---

① Edmond et Jules de Goncourt, *Journal: Mémoires de la vie littéraire*, Tome Ⅱ, p. 32. (1866. 8. 29)

② ［法］伊夫·瓦岱：《文学与现代性》，田庆生译，北京大学出版社2001年版，第80页。

③ Edmond et Jules de Goncourt, *Journal: Mémoires de la vie littéraire*, Tome Ⅰ, p. 876. (1862. 11. 1)

赞颂。龚古尔兄弟相信，在人们往来的几封书信、数张饭店账单、沙龙里的一段高谈阔论或是某桩爱情轶事中，他们可以了解整个时代。

第二节　反现代的现代作家

对于自己所处的时代，龚古尔兄弟表现出厌恶和超脱的态度，在信仰的缺失和对社会整体的失望情绪下，遁入艺术之中，力图在艺术里保持个人的独立与自由。然而，他们又无时不紧紧依附于时代：他们对社会的厌恶感正是一种普遍的时代情绪；他们对小说表现领域的开拓顺应了文学发展的前行趋势；他们的科学分析方法、史学方法、审美趣味以及艺术家笔法在小说中的运用，既在他们与那个时代最伟大的作家和艺术家的密切交往中得以形成、发展、成熟，又借以影响了时代中的一批人。这是一对特殊时代环境所孕育的兄弟作家，也是两位引领了一个时代的先导者。他们与第二帝国的关系呈现一种既疏离超脱又依附共生的张力。

一　现代经验的审美转换

表现对象需要鲜明的时代性，那么艺术表现的手段也自然需要依时而变。两兄弟最为反感的，是在书房里向壁虚构的作品，有的一味模仿古典，有的毫无根据地想象，却刻意无视门外鲜活的现实。在一则有关绘画艺术的日记中，他们写道："去看了安格尔先生著名的作品《泉》。它是对古代少女身体的复制，一幅精心修饰的翻版，却幼稚愚蠢，令人厌烦。女性身体不是固定不变的。它随着文化、时代、风俗而变化。菲迪亚斯时代的人体，不再是我们时代的人体。不同的风俗，不同的时代，就有不同的线条。古戎和帕米吉亚诺那舒展、修长的优美范本，只是以这优雅的方式抓住了他们时代的女性特质而已。……不画自己时代女人的画家，是不能久传的。"[1] 安格尔是当时法兰西学院下属美术院的院士，也是古典画派的强力鼓吹者。他墨守拉斐尔的绘画传统，以表现历史题材为贵，注重对人

---

① Edmond et Jules de Goncourt，*Journal*：*Mémoires de la vie littéraire*，Tome Ⅰ，p. 784.（1862. 3. 11）

体轮廓精细的线条描画，其画作构图雷同，人物相似，甚至只能通过“题材才把互相邻近的画区别开来”。[①] 这样的画只是在画室中对古典作品的模拟与重复，“既没有对自然的感应也没有对生活的观察来作指导”，[②] 缺乏想象力与活力、缺乏内在的真实，更缺乏对现实生活的热情。

在龚古尔兄弟看来，以希腊艺术为代表的传统古典艺术已经堕落，仅仅成为学院内的死板重复，生机不再。因此他们摒弃像安格尔画作那样的艺术。古希腊少女的体态与现代少女的不同，倘若再用古希腊式的优雅线条来表现现代人体，就难以传神。艺术既要真实地再现生活原貌，艺术家就需要寻找到现代的表现方法。他们同样否认存在超越时代、文化的绝对美的规范，“我笃定在文学里没有什么美是永恒的，或者说，没有绝对的经典。如果现在的作家写出《伊利亚特》，还会有读者吗？为法国人献上《恨世者》的莫里哀，献上《贺拉斯》的高乃依，将来可能无人阅读，这是理所当然的。教授与院士们想说服人们，有些作品与作家将不受时代事件的影响，趣味的变化，各时代和民众的思想、心灵、智力的更新……我觉得，巴尔扎克的某些观念，雨果的许多诗行，特别是海因利希·海涅的一些篇章，在当代是卓绝无比的，但是再过几个世纪，也许不再如此。世界上的一切都在改变，人会经历最不可思议的变化，改变宗教，革新意识”。[③]

的确，现代经验的表现不具有任何借鉴历史的可能，也不存在超越时代的普世性创作手段，一味固守传统只会与现时脱离，“跌进一种抽象的、不可确定的美的虚无之中”。[④] 与现代性最契合的表现形式，需要艺术家以感官主体的审美视觉为中介，通过创造性的艺术方式获得。

法国学者罗贝尔·考普认为，在现代性的表现方式上，波德莱尔与龚古尔兄弟代表了两种不同的类型。波德莱尔并不拒斥想象，他反对现实主

① ［美］约翰·雷华德：《印象派绘画史》（上），平野等译，广西师范大学出版社 2002 年版，第 31 页。

② 同上书，第 29 页。

③ Edmond et Jules de Goncourt, *Journal: Mémoires de la vie littéraire*, Tome Ⅰ, pp. 882 - 883. (1862.11.10)

④ ［法］夏尔·波德莱尔：《波德莱尔美学论文选》，郭宏安译，人民文学出版社 2008 年版，第 440 页。

义及自然主义文学中"复制"现实的做法，其作品中的现实是一个"由想象与象征构成的意象系统"，而"龚古尔兄弟满足于复原现实本身引发的感受"。[①] 波德莱尔的美学是想象性的，经由作者独具审美创造力的写作灵感，将日常的经验提炼、升华、重组，形成一个"通感"的世界。龚古尔兄弟则更强调作品的真实感，声称"小说的理想"在于"借由艺术给人带来最鲜活的人世真实之感，不管它是什么样子"。[②] 后者注重将主体感官得到的审美印象作直接的"显现"，以求读者在阅读中切身体验现实生活的丰姿。

如上文所述，龚古尔兄弟意图呈现的真实是一种取消了历史连续性的瞬间时刻。这时刻尽管短暂，却充实而纯粹，具有绝对的饱满的意义，他们希望将这短暂的瞬时在作品中充分、无限地展开，从而凝固现实。"我们的壮志正在于从瞬间的真实中展现变化无常的人性。"[③] 他们的小说里有着大量这样"瞬间的真实"：或是展示不经意间的身体姿态，或是某一场景中对自然景色的详尽描述，或是人物寻常一天的细碎铺陈。这些瞬时在作品中的存在独立自足，冲淡甚至抵消了情节与动作的连贯，而大大增加了描述性话语的强度，却能给读者留下强烈生动的印象。试举一例，在其小说《热曼妮·拉赛朵》中，热曼妮偷偷去乡下看望私生女，女儿在花园中睡着了，热曼妮则"深情地望着这个宛如自己天堂的可怜的地方，忘了自己，忘了一切：乡村的花园，叶子上爬满黄色小蜗牛、果子朝南的半边已变成粉红色的苹果树，枯豌豆藤缠绕的豆架，方方正正的白菜地，小径中间圆形花坛上的四棵向日葵，还有身边河岸上长满山靛的草地，贴在墙根的白色荨麻头，洗衣女留下的肥皂盒和碱水瓶，给一只落水小狗弄得零零散散的稻草堆"。[④] 在女儿身边的热曼妮满怀幸福，此时，这平常的场景

---

① Robert Kopp, *Baudelaire et les Goncourt : deux definitions de la modernité*, dans Jean-Louis Cabanès. ed. , *Les Goncourt dans leur siècle : un siècle de 'Goncourt'* . Villeneuve d'Ascq, France: Presses Universitaires du Septentrion, 2005, p. 175.

② Edmond et Jules de Goncourt, *Journal: Mémoires de la vie littéraire*, Tome Ⅱ, p. 178. (1868. 10. 21)

③ Edmond de Goncourt, *Preface*, in *Journal: Mémoires de la vie littéraire*, Tome Ⅰ, p. 19.

④ ［法］龚古尔兄弟：《热曼妮·拉赛朵》，《龚古尔精选集》，山东文艺出版社 2000 年版，第 79—80 页。

构成了一个她眼中天堂般的“绝对时刻”，让她超越了一切人世的烦恼，感到无比的满足。爬动的蜗牛、枯掉的豆藤、遗落的肥皂盒，这些本无关联的平凡物什在这一瞬间骤然焕发生机，具有充实而饱满的意义。

与对瞬间时刻的强调相应，龚古尔兄弟的作品还呈现一种碎片化的倾向，这也是符合现代性的审美追求的：“由于批判了历史连续性而又相信未来即在现在，人们丧失了传统的整体感和完整感。碎片或部分代替了整体。人们发现新的美学存在于残摄的躯干、断离的手臂、原始人的微笑和被方框切割的形象之中，而不在界线明确的整体中。”① 如前文所述，他们的作品大多采取短章式的结构。每一章单独来看，在情节或情绪的表达、场景的描述上都是完整的，然而各章之间的逻辑关联并不紧密，呈现一种各个独立自足的片段并置排列的文本结构。

综观龚古尔兄弟的诗学与创作，不难发现他们有着鲜明自觉的现代性意识，并着力对现代生活经验作文学的审美转换。然而长久以来，他们对法国文学的现代性进程所做的贡献一直被低估、遗忘，不由让人心生遗憾。

二 反现代的现代作家

龚古尔兄弟曾写道：“自人类存在以来，它的进步，它的收获，不外都是感觉。每一天，它都变得敏感且歇斯底里。”② 现代社会发展了两兄弟天性的敏感，让他们敏锐地捕捉到瞬息即逝的现代经验，也细腻地书写了微妙的现代性特征，然而对于所感、所写的一切，他们却并不欣赏。他们理想的黄金时代早已在岁月中湮没，所谓人类向善、历史前进的论说，在他们看来不过是陈腐的高调。面对现代主义和现代社会，他们是入口处的张望者与观察者，而绝非欢欣鼓舞的吹号手。

伊夫·瓦岱曾提出，在法国19世纪中后期的文学中，普遍存在着一种

---

① ［美］丹尼尔·贝尔：《资本主义文化矛盾》，赵一凡等译，生活·读书·新知三联书店1989年版，第95页。

② Edmond et Jules de Goncourt, *Journal*: *Mémoires de la vie littéraire*, Tome Ⅰ, p. 1073. (1864. 5. 23)

“反现代主义的现代性”：谓之现代性，在于其表现出来的历史意识是现代的、与现代社会密切相关的；谓之反现代主义，在于其思想态度上，这种文学现代性又与积极参与、介入现代事物的现代主义截然不同，因为它抨击现代社会，试图脱离现代社会、与现代社会保持距离。它的理想、它所追求的，是迥异于现实的另一个世界。龚古尔兄弟正是如此。他们眼中的法国社会，自 1789 年大革命以来即不断地通向精神与文化的堕落。在日记中，他们激烈地表达对现实的厌恶与倦怠；在生活中，他们竭力保持远离政治、社会运动的艺术家身份。他们细密地观察并表现纯粹的现时，却并不为之感动。如第一章所分析的，这是包括龚古尔兄弟、波德莱尔、戈蒂耶等一批同时代作家对现实的共同颓废感受。由此，“这种美学现代性尽管有着种种含混之处，却从根本上对立于另一种本质上属资产阶级的现代性，以及它关于无限进步、民主、普遍享有‘文明的舒适’等等的许诺。在‘颓废’艺术家们看来，这类许诺蛊惑人心，人们借助它们纷纷逃离日益精神异化和非人化的可怕现实。恰恰是为了抗议这种伎俩，‘颓废派’培养了他们自己的异化意识，这既是美学上的也是道德上的”。①

在这个意义上，龚古尔兄弟的文学现代性意识具有了双重的孤独与对立性：既反对传统的文学观念体系，又反对现代的资本主义文明。一方面，他们努力与文学传统决裂，不断在表现形式和内容上追求创新，以叛逆的姿态寻求独特的生命感受；另一方面，面对当下与未来，他们的态度始终是怀疑甚至悲观的。他们无法从传统中获取支持，却又质疑现代社会，这让他们同时失去了过去与未来的面向，只得徘徊于短暂而病态的现时中无处安身，“虚悬在半空，与自己生活的世纪格格不入，备受诅咒”。②

这双重的孤独迫使他们不断在文学的实验、革新上展开深入的探索。在于勒去世前不久的一次散步中，他曾向埃德蒙总结称，正是他们两人“对文学真实的追求，18 世纪艺术的复兴，对日本艺术爱好的胜利”引导

① ［美］马泰·卡林内斯库：《现代性的五副面孔：现代主义、先锋派、颓废、媚俗艺术、后现代主义》，顾爱彬、李瑞华译，商务印书馆 2002 年版，第 173 页。

② ［法］让—保罗·萨特：《什么是文学》，载《萨特文学论文集》，施康强等译，安徽文艺出版社 1998 年版，第 160 页。

了“19世纪下半叶的三大文学艺术运动”。[①] 而两兄弟的创新还远不仅于此。他们的创作中所展开的，对于细节的纯粹描写乃至不惮于取消文本的整体性、走进社会底层民众的生活并从中挖掘审美价值、借用科学方法对人性做深入挖掘、对主体感官意识的捕捉、对现代生活体验的精细表现等各方面的文学实验，都为法国文学在表现形式和内容上的革新做出了积极尝试。

然而，对于这些反现代的现代作家而言，恰如伊夫·瓦岱尖锐地指出的，“似乎在表现形式方面不断翻新，但又不大相信这些新的尝试会有什么结果”。[②] 缺乏现实的、观念上的确定与归属将让他们走向一种危险的循环：不停地创造新的形式又很快自觉放弃。由他们在形式上屡创新词、不断实验，在内容上偏重新题材、以求异于前人等表现，可见一斑。于是难以避免地将出现第三种，也是更为危险的对立：自我的对立。因此，他们的创作虽然具有诸多文学现代性的特征，却又或明或晦地呈现一种自我否定的、分裂的状态。

尽管如此，作为徘徊于现代主义入口处的作家，龚古尔兄弟的种种文学创新与实验，甚至他们勇于革新文学的信念本身，均触及了现代主义文学的内核，为后来者极大地拓宽了前进的路径。现代作家也正是在对自身的反思与否定中，不断向传统艺术发起一轮轮挑战，勇敢地探索、开拓着危险而充满魅力的文学新方向。

① ［法］埃德蒙·德·龚古尔：《〈亲爱的〉序》，载朱雯等编选《文学中的自然主义》，上海文艺出版社1992年版，第308页。

② ［法］伊夫·瓦岱：《文学与现代性》，田庆生译，北京大学出版社2001年版，第86页。

结　语

龚古尔兄弟在法兰西第二帝国时期的小说诗学与实践，是历史的自然产物。尽管他们极力与社会保持距离，但无论是他们对最新自然科学及其研究方法的向往与借用、他们对现代社会特征的捕捉与表达、他们对文学现代性的潜心求索乃至他们对现代社会的厌恶与隐遁，都无不源自他们对社会发展的切身感受与思考，也烙上了那个转型时代特有的鲜明印记。

他们的小说诗学与实践也同样是第二帝国时期异彩纷呈的文学资源哺育的结果。这二十年中，浪漫主义文学余绪未了，唯美主义、现实主义文学风头正劲，自然主义文学方兴未艾，象征主义文学初崭头角……在这众声喧哗的文学场中，龚古尔兄弟并不想受限于任何一种文学流派与思想对于创作的规约，而是充分享受着丰富的文学精神滋养，化生出他们笔下杂兼各家风范、浑融多元的文本表达。

就这一点而言，我们似乎很难确定龚古尔兄弟的流派归属。国内外学界对此也是各执一词。将其归为现实主义文学或是自然主义文学、印象主义文学、颓废主义文学等流派的，均已见论。就其文本实际而言，其一，在龚古尔兄弟自己看来，虽然“现实主义”被其视为“愚蠢的词，作为旗帜的词”，但出于对真实性的强调，他们仍同意将自己的作品称作现实主义小说。[①] 福楼拜也称赞道，在他们的《热曼妮·拉赛朵》中，“现实主义

① ［法］埃德蒙·德·龚古尔：《〈臧加诺兄弟〉序》，载朱雯等编选《文学中的自然主义》，上海文艺出版社1992年版，第299页。

这个问题从未如此明确地被提出来”。[①] 其二，他们对于底层民众残酷生活的真实揭露，对人类生物性的深入挖掘，对自然科学研究方法的自觉借用等，均对左拉创立自然主义文学产生了深刻的影响，他们由此而毫无愧色地称左拉为“我们的崇拜者和弟子”。[②] 其三，他们创作中几近病态的琐碎描述、文辞的刻意求工，以及对社会实际问题的回避等，都明显具有唯美主义与颓废主义文学的倾向。其四，他们对瞬间情境、瞬时感受的敏锐把捉与艺术化表达，则为印象主义乃至象征主义文学首开先河。[③] 其五，他们小说中整体性的坍塌和细节的弥漫，对人类潜意识的表现等，又与现代派文学文气相通。

正如他们在生活态度上的独立坚守，他们在艺术上同样特立独行、孜孜以求。因此，试图以任何一种文学流派来涵盖其创作的丰富性都将是徒劳无功的。综观龚古尔兄弟的小说诗学与实践，或许我们只能如此为其定位：以现实主义为核心，自然主义特色鲜明，兼具多种文学流派倾向，自觉地探索现代性意识的审美转换。龚古尔兄弟主动与所有流派保持或近或远的距离，更不愿成为任何文学阵营中的麾下大将。然而，他们严肃而精益求精的创作态度，多方面引领时代的诗学思想与小说实践，已为他们赢得了生前身后名，使其成为法兰西第二帝国历史里无论如何也绕不过的重要文学家、艺术家。

---

① Flaubert, *Correspondance*, Tome Ⅲ (Janvier 1859—Décembre 1868), Paris: Editions Gallimard, 1991, p. 422.

② Edmond et Jules de Goncourt, *Journal*: *Mémoires de la vie littéraire*, Tome Ⅱ, p. 186. (1868. 12. 14)

③ Berthier, Patrick et Jarrety, Michel. ed., *Historie de la France Littéraire*. Tome 3, *Modernités*, XIXe—XXe siècle. Paris: Presses Universitaires de France, 2006, p. 453.

参考文献

一　作品

（一）龚古尔兄弟合著部分

En 18.，Paris：Dumineray，1851.

Les Hommes de Lettres，Paris：E. Dentu，1860.

Renée Mauperin，Paris：G. Charpentier，1864.

Manette Salomon，Paris：A. Lacroix，Verboeckhoven & C.，1868.

Madame Gervaisais，Paris：G. Charpentier，1876.

Germinie Lacerteux，Paris：G. Charpentier，1877.

Idées et sensations，Paris：G. Charpentier，1877.

Sœuer Philomène，Paris：G. Charpentier，1886.

Journal：*Mémoires de la vie littéraire*，Tome Ⅰ，1851—1865，Ed. Paris：Robert Laffont，1989.

Journal：*Mémoires de la vie littéraire*，Tome Ⅱ，1866—1886，Ed. Paris：Robert Laffont，1989.

Journal：*Mémoires de la vie littéraire*，Tome Ⅲ，1887—1896，Ed. Paris：Robert Laffont，1989.

Préfaces et Manifestes Littéraires，Paris：G. Charpentier，1888.

The Goncourt Journals（1852—1870），Lewis Galantière Ed，New York：Doubleday，Doran & Company，Inc，1937.

《爱海沉帆三女性》，王德华等译，湖南人民出版社 1986 年版。

《法国自然主义作品选》，天津人民出版社 1987 年版。
《龚古尔精选集》，山东文艺出版社 2000 年版。

（二）独立创作部分

1. 埃德蒙·德·龚古尔：

Chérie, Paris: Ernest Flammation, 1921.
La Faustin, Paris: G. Charpentier, 1877.
La Fille élisa, Paris: G. Charpentier, 1877.
Les Frères Zemganno, Paris: G. Charpentier, 1879.
La Maison d'un artiste, Paris: Ernest Flammation, 1931.
《勾栏女艾丽莎》，董纯译，外国文学出版社 1991 年版。

2. 于勒·德·龚古尔：

Lettres de Jules de Goncourt, Paris: G. Charpentier, 1885.

二　其他中文参考文献

［美］M. H. 艾布拉姆斯：《镜与灯：浪漫主义文论及批评传统》，郦稚牛、张照进、童庆生译，华夏出版社 1994 年版。
［德］埃里希·奥尔巴赫：《摹仿论——西方文学中所描绘的现实》，吴麟绶、周新建、高艳婷译，百花文艺出版社 2002 年版。
［法］弗兰克·埃夫拉尔：《杂闻与文学》，谈佳译，天津人民出版社 2003 年版。
［英］安德鲁·埃德加：《哈贝马斯：关键概念》，杨礼银等译，江苏人民出版社 2009 年版。
［美］M. H. 艾布拉姆斯：《文学术语词典》（第 7 版），吴松江译，北京大学出版社 2009 年版。
［美］安东尼·M. 阿里奥托：《西方科学史》（第 2 版），鲁旭东等译，商务印书馆 2011 年版。
［丹］勃兰兑斯：《十九世纪文学主流》（1—6 册），张道真等译，人民文学出版社 1980—1986 年版。
［美］E. G. 波林：《实验心理学史》，高觉敷译，商务印书馆 1982 年版。

[美] W. C. 布斯：《小说修辞学》，华明等译，北京大学出版社 1987 年版。

[法] 费尔南·布罗代尔：《法兰西的特性：人与物》（上、下），顾良等译，商务印书馆 1995—1997 年版。

[法] 皮埃尔·布吕奈尔等：《19 世纪法国文学史》，郑克鲁等译，上海人民出版社 1997 年版。

[法] 罗兰·巴尔特：《S/Z》，屠友祥译，上海人民出版社 2000 年版。

[法] 皮埃尔·布迪厄：《艺术的法则：文学场的生成和结构》，刘晖译，中央编译出版社 2001 年版。

[法] 让·贝西埃等主编：《诗学史》，史忠义译，百花文艺出版社 2002 年版。

[德] 瓦尔特·本雅明：《机械复制时代的艺术作品》，王才勇译，中国城市出版社 2002 年版。

[美] 欧文·白璧德：《法国现代批评大师》，孙宜学译，广西师范大学出版社 2002 年版。

[法] 夏尔·波德莱尔：《恶之花》，郭宏安译，广西师范大学出版社 2002 年版。

[英] 马歇尔·伯曼：《一切坚固的东西都烟消云散了——现代性体验》，徐大建、张辑译，商务印书馆 2003 年版。

[荷] 米克·巴尔：《叙述学》，谭君强译，中国社会科学出版社 2003 年版。

[美] 雅克·巴尊：《古典的，浪漫的，现代的》，侯蓓译，何念校，江苏教育出版社 2005 年版。

[德] 瓦尔特·本雅明：《发达资本主义时代的抒情诗人》，王才勇译，江苏人民出版社 2005 年版。

[德] 瓦尔特·本雅明：《巴黎，19 世纪的首都》，刘北成译，上海人民出版社 2006 年版。

[美] 贝维拉达：《唯美主义二百年：为艺术而艺术与文学生命》，陈大道译，胡桃木文化事业有限公司 2006 年版。

[美] 莫纳·贝斯利：《西方美学简史》，高建平译，北京大学出版社 2006 年版。

［法］罗兰·巴尔特：《写作的零度》，李幼蒸译，中国人民大学出版社2008年版。

［法］夏尔·波德莱尔：《波德莱尔美学论文选》，郭宏安译，人民文学出版社2008年版。

［法］夏尔·波德莱尔：《浪漫的艺术》，郭宏安译，上海译文出版社2009年版。

［法］罗兰·巴尔特：《文艺批评文集》，怀宇译，中国人民大学出版社2010年版。

［法］安娜·博凯尔、艾蒂安·克恩：《法国文人相轻史：从夏多布里昂到普鲁斯特》，李欣译，江苏文艺出版社2012年版。

［法］丹纳：《艺术哲学》，傅雷译，人民文学出版社1963年版。

［美］丹尼尔·贝尔：《资本主义文化矛盾》，赵一凡等译，生活·读书·新知三联书店1989年版。

［美］哈罗德·布鲁姆：《西方正典：伟大作家和不朽作品》，江宁康译，译林出版社2005年版。

［法］乔治·杜比主编：《法国史》（三卷），吕一民等译，商务印书馆2010年版。

［英］W. C. 丹皮尔：《科学史》，李珩译，中国人民大学出版社2010年版。

［英］爱·摩·福斯特：《小说面面观》，苏炳文译，花城出版社1984年版。

［美］彼得·福克纳：《现代主义》，付礼军译，昆仑出版社1989年版。

［英］利里安·R. 弗斯特等：《自然主义》，任庆平译，昆仑出版社1989年版。

［法］米歇尔·福柯：《词与物——人文科学考古学》，莫伟民译，上海三联书店2001年版。

［法］罗杰·法约尔：《批评：方法与历史》，怀宇译，百花文艺出版社2002年版。

［美］詹姆斯·费伦：《作为修辞的叙事——技巧、读者、伦理、意识形态》，陈永国译，北京大学出版社2002年版。

［英］戴维·弗里斯比：《现代性的碎片》，卢晖临等译，商务印书馆2003

年版。

[法] 安娜·马丁—菲吉耶：《浪漫主义者的生活：1820—1848》，杭零译，山东画报出版社 2005 年版。

[加] 诺斯罗普·弗莱：《批评的解剖》，陈慧等译，百花文艺出版社 2006 年版。

[法] 米歇尔·福柯：《马奈的绘画》，谢强等译，湖南教育出版社 2009 年版。

[法] 居斯塔夫·福楼拜：《福楼拜文学书简》，丁世中译，北京燕山出版社 2012 年版。

[英] 贡布里希：《艺术发展史》，林夕译，天津人民美术出版社 1981 年版。

郭华榕：《法兰西第二帝国史》，北京师范大学出版社 1991 年版。

高建为：《自然主义诗学及其在世界各国的传播和影响》，江西教育出版社 2004 年版。

高建为：《左拉研究》，中国社会出版社 2005 年版。

郭华榕：《法兰西文化的魅力：19 世纪中叶法国社会寻踪》，上海社会科学院出版社 2005 年版。

[英] 威廉·冈特：《美的历险》，肖聿译，江苏教育出版社 2005 年版。

耿幼壮：《破碎的痕迹——重读西方艺术史》，中国人民大学出版社 2006 年版。

[美] 玛丽·格拉克：《流行的波西米亚——十九世纪巴黎的现代主义与都市文化》，罗靓译，安徽教育出版社 2009 年版。

[法] 泰奥菲尔·戈蒂耶：《回忆波德莱尔》，陈圣生译，上海译文出版社 2011 年版。

[法] 罗杰·加洛蒂：《论无边的现实主义》，吴岳添译，百花文艺出版社 1998 年版。

[英] A. N. 怀特海：《科学与近代世界》，何钦译，商务印书馆 1959 年版。

[德] 黑格尔：《小逻辑》，贺麟译，商务印书馆 1980 年版。

[美] 哈贝马斯：《公共领域的结构转型》，曹卫东等译，学林出版社 1999 年版。

[美] 戴卫·赫尔曼主编:《新叙事学》,北京大学出版社 2002 年版。
[美] 海登·怀特:《元史学:十九世纪欧洲的历史想象》,陈新译,译林出版社 2009 年版。
[美] 海登·怀特:《形式的内容:叙事话语与历史再现》,董立河译,文津出版社 2005 年版。
[美] 大卫·哈维:《巴黎城记:现代性之都的诞生》,黄煜文译,广西师范大学出版社 2010 年版。
[德] 于尔根·哈贝马斯:《现代性的哲学话语》,曹卫东译,译林出版社 2011 年版。
[法] 勒内·基拉尔:《浪漫的谎言与小说的真实》,罗芃译,生活·读书·新知三联书店 1998 年版。
[英] 安东尼·吉登斯:《现代性的后果》,田禾译,译林出版社 2000 年版。
[英] G. 墨菲·J. 柯瓦奇:《近代心理学历史导引》,林方等译,商务印书馆 1980 年版。
[法] 奥古斯特·孔德:《论实证精神》,黄建华译,商务印书馆 1996 年版。
[法] 米兰·昆德拉:《小说的艺术》,董强译,上海译文出版社 2004 年版。
蒋承勇等:《欧美自然主义文学的现代阐释》,复旦大学出版社 2002 年版。
[美] 马泰·卡林内斯库:《现代性的五副面孔:现代主义、先锋派、颓废、媚俗艺术、后现代主义》,顾爱彬、李瑞华译,商务印书馆 2002 年版。
[英] 马克·柯里:《后现代叙事理论》,北京大学出版社 2003 年版。
[美] 弗雷德里克·R. 卡尔:《现代与现代主义——艺术家的主权 1885—1925》,陈永国、傅景川译,中国人民大学出版社 2010 年版。
[德] 莱辛:《拉奥孔》,朱光潜译,人民文学出版社 1979 年版。
李健吾:《福楼拜评传》,湖南人民出版社 1980 年版。
[匈] 卢卡契:《卢卡契文学论文集》,中国社会科学出版社 1980 年版。
罗芃、冯棠、孟华:《法国文化史》,北京大学出版社 1997 年版。
罗念生:《罗念生全集》,上海人民出版社 2007 年版。
柳鸣九选编:《法国自然主义作品选》,天津人民出版社 1987 年版。

柳鸣九主编：《自然主义》，中国社会科学出版社1988年版。

柳鸣九：《自然主义大师左拉》，上海文艺出版社1989年版。

罗钢：《历史汇流中的抉择》，中国社会科学出版社2000年版。

罗钢、刘象愚主编：《文化研究读本》，中国社会科学出版社2000年版。

[美] 约翰·雷华德：《印象派绘画史》（上、下），平野等译，广西师范大学出版社2002年版。

[美] 约翰·雷华德、[英] 贝纳·顿斯坦：《印象派绘画大师》，平野、陈友任译，广西师范大学出版社2002年版。

柳鸣九：《法国文学史》（修订本），人民文学出版社2007年版。

[法] 朗松：《朗松文论选》，徐继曾译，百花文艺出版社2009年版。

[法] 让—皮埃尔·里乌、让—弗朗索瓦·西里内利主编：《法国文化史》（四卷），朱静、许光华译，华东师范大学出版社2011年版。

[德] 沃尔夫·勒佩尼斯：《何谓欧洲知识分子：欧洲历史中的知识分子和精神政治》，李焰明译，广西师范大学出版社2011年版。

[美] 利奥·洛文塔尔：《文学、通俗文化和社会》，甘锋译，中国人民大学出版社2012年版。

[英] 约翰·凯里：《知识分子与大众：文学知识界的傲慢与偏见，1880—1939》，吴庆宏译，译林出版社2010年版。

[美] 赫伯特·马尔库塞：《爱欲与文明》，黄勇、薛民译，上海译文出版社1987年版。

[法] 昂惹勒·克勒默—马里埃蒂：《实证主义》，商务印书馆2001年版。

[英] 木尔兹：《十九世纪欧洲思想史》（一），伍光建译，商务印书馆1926年版。

[德] 卡尔·曼海姆：《重建时代的人与社会：现代社会结构的研究》，张旅平翻译，生活·读书·新知三联书店2002年版。

[法] 亨利·缪尔热：《波西米亚人：拉丁区文人生活场景》，孙书姿译，华夏出版社2003年版。

[法] 约瑟夫·德·迈斯特：《论法国》，鲁仁译，上海人民出版社2005年版。

[德] 尼采:《苏鲁支语录》,徐梵澄译,商务印书馆 1992 年版。

[俄] 普列汉诺夫:《普列汉诺夫美学论文集》,曹葆华译,人民出版社 1983 年版。

[法] 普鲁斯特:《一天上午的回忆》,王道乾译,上海文化出版社 2000 年版。

[英] 罗杰·普赖斯:《拿破仑三世和第二帝国》,素朴译,上海译文出版社 2003 年版。

[法] 西尔维·帕坦:《印象……印象主义》,钱培鑫译,译林出版社 2006 年版。

[美] James Phelan、Peter J. Rabinowitz 主编:《当代叙事理论指南》,申丹等译,北京大学出版社 2007 年版。

[法] 热拉尔·热奈特:《叙事话语、新叙事话语》,王文融译,中国社会科学出版社 1990 年版。

[英] 杜·舒尔茨:《现代心理学史》,沈德灿等译,人民教育出版社 1981 年版。

[法] 让—保罗·萨特:《萨特文学论文集》,施康强等译,安徽文艺出版社 1998 年版。

[英] 拉曼·塞尔登编:《文学批评理论——从柏拉图到现在》,刘象愚、陈永国等译,北京大学出版社 2000 年版。

[法] 让—保罗·萨特:《萨特论艺术》,欧阳友权、冯黎明译,广西师范大学出版社 2002 年版。

[美] 爱德华·W. 萨义德:《知识分子论》,单德兴译,生活·读书·新知三联书店 2002 年版。

[法] 让—保罗·萨特:《波德莱尔》,施康强译,北京燕山出版社 2006 年版。

尚杰:《法国哲学精神与欧洲当代社会》,同济大学出版社 2011 年版。

[美] 罗兰·斯特龙伯格:《西方现代思想史》,刘北成译,金城出版社 2012 年版。

[法] 亨利·特罗亚:《不朽作家福楼拜》,罗新璋译,世界知识出版社 2001 年版。

佟景韩、余丁、鹿镭：《欧洲19世纪美术——现实主义与印象主义》，中国人民大学出版社2010年版。
[美] 伊恩·P. 瓦特：《小说的兴起》，高原、董红钧译，生活·读书·新知三联书店1992年版。
吴岳添：《法国文学流派的变迁》，北京大学出版社1995年版。
[美] 雷内·韦勒克：《批评的概念》，张今言译，中国美术学院出版社1999年版。
[法] 伊夫·瓦岱：《文学与现代性》，田庆生译，北京大学出版社2001年版。
[美] 勒内·韦勒克、奥斯汀·沃伦：《文学理论》，刘象愚等译，江苏教育出版社2005年版。
王钦峰：《福楼拜与现代思想》，宁夏人民出版社2006年版。
[法] 米歇尔·维诺克：《自由之声：19世纪法国公共知识界大观》，吕一民、沈衡、顾杭译，中国人民大学出版社2006年版。
王才勇：《印象派与东亚美术》，江苏人民出版社2008年版。
王钦峰：《福楼拜与现代思想绪论》，黄山书社2008年版。
卫华：《现代审美文化视野中的波西米亚精神》，新华出版社2009年版。
温儒敏：《新文学现实主义的流变》，北京大学出版社2007年版。
[英] 伊丽莎白·威尔逊：《波希米亚：迷人的放逐》，杜冬冬等译，译林出版社2009年版。
[奥] 弗里德尔·希尔：《欧洲思想史》，赵复三译，广西师范大学出版社2007年版。
薛雯：《颓废主义文学研究》，上海人民出版社2012年版。
杨寿堪等：《20世纪西方哲学科学主义与人本主义》，北京师范大学出版社2003年版。
[古希腊] 亚里士多德：《诗学》，罗念生译，上海人民出版社2005年版。
[英] 特雷·伊格尔顿：《二十世纪西方文学理论》（第二版），伍晓明译，北京大学出版社2007年版。
赵澧、徐京安主编：《唯美主义》，中国人民大学出版社1988年版。
张寅德编选：《叙述学研究》，中国社会科学出版社1989年版。

朱雯等编选:《文学中的自然主义》,上海文艺出版社1992年版。

张京媛编选:《新历史主义与文学批评》,北京大学出版社1997年版。

朱立元主编:《当代西方文学理论》,华东师范大学出版社1997年版。

赵毅衡:《当说者被说的时候——比较叙述学导论》,中国人民大学出版社1998年版。

周小仪:《唯美主义与消费文化》,北京大学出版社2002年版。

郑克鲁编著:《法国文学史》(上下卷),上海外语教育出版社2003年版。

[法]左拉:《拥护马奈》,谢强、马月译,山东画报出版社2005年版。

查明建、谢天振:《中国20世纪外国文学翻译史》,湖北教育出版社2007年版。

张冠华、张鸿声、樊洛平、林虹:《西方自然主义与中国20世纪文学》,中央编译出版社2007年版。

曾繁亭:《文学自然主义研究》,中国社会科学出版社2008年版。

三　其他外文参考文献

Belloc, M. A. and M. Shedlock, *Edmond and Jules de Goncourt: With Letters and Leaves from their Journals*. Heinemann, 1894.

Paul Bourget, *Essais de Psychologie Contemporaine*. Tome Ⅰ, Ⅱ. Paris: Plon-Nourrit, 1920.

André Billy, *The Goncourt Brothers*. Trans. Margaret Shaw. London: Andre Deutsch, 1954.

André Billy, *Vie des frères Goncourt, précédant le Journal d'Edmond et Jules de Goncourt*. Monaco: Edition de I'Imprimerie Nationale, 1956.

George J. Becker, ed., *Paris under Siège*, 1870—1871: *From the Goncourt Journal*. Ithaca and London: Cornell University Press, 1969.

Anita Brookner, *The Genius of the Future, Studies in French art criticism: Diderot, Stendhal, Baudelaire, Zola, The Brothers Goncourt*, Huysmans. New York: Phaidon Press, 1971.

David Baguley, *Naturalist Fiction: The Entropic Vision*. New York: Cambridge University Press, 1990.

Brian Nelson, ed., *Naturalism in the European Novel*. Oxford: Berg Publishers, Inc., 1992.

Patrick Berthier et Michel Jarrety, eds., *Historie de la France Littéraire. Tome 3, Modernités, XIXe—XXe siècle*. Paris: Presses Universitaires de France, 2006.

J. A. V. Chapple, *Science and Literature in the Nineteenth Century*. London: Macmillan Education Ltd., 1986.

Leon Chai, *Aestheticism: The Religion of Art in Post-Romantic Literature*. New York: Columbia University Press, 1990.

Stéphanie Champeau, *La Notion d'Artiste chez les Goncourt* (1852—1870), Paris: Champion, 2000.

Jean-Louis Cabanè ed., *Les Goncourt dans leur siècle: un siècle de 'Goncourt'*. Villeneuve d'Ascq, France: Presses Universitaires du Septentrion, 2005.

Alidor Delzant, *Les Goncourt*. Paris: G. Charpentier et Cie., 1889.

Flaubert, *Correspondance*, Tome Ⅰ (Janvier 1830—Juin 1851), Paris: Editions Gallimard, 1973.

Flaubert, *Correspondance*, Tome Ⅱ (Juillet 1851—Décembre 1858), Paris: Editions Gallimard, 1980.

Flaubert, *Correspondance*, Tome Ⅲ (Janvier 1859—Décembre 1868), Paris: Editions Gallimard, 1991.

François Fosca, *Edmond et Jules de Goncourt*. Paris: Albin Michel, 1946.

Jean-Pierre Guilleiuvi, *Vieille Rome: Stendhal, Goncourt, Taine, Zola et la Rome baroque*. Presses Universitaires du Septentrion, 1998.

Emile Hennequin, *Quelques écrivains Français: Flaubert, Zola, Hugo, Goncourt, Huysmann*, etc. Paris: Perrin et Cie, 1890.

Richard A. Hartzell, *L'écriture artiste*: *Techniques Picturales et Impressionnistes dans L'œuvre des Goncourt*, Ann Arbor, Mich.: University Microfilms International, 1983.

Maxime Immergluck, *La question sociale dans l'œuvre des Goncourt*, Editions Universitaires, 1930.

Elisabeth Maria Kronegger, *Literary Impression*, New Haven: College & University Press, 1973.

Roger Kempf, *L'Indiscrétion des Frères Goncourt*. Paris: Bernard Grasset, 2004.

Richard Lehan, *Realism and Naturalism*: *The Novel in an Age of Transition*. The University of Wisconsin Press, 2005.

Rachael Langford, ed., *Textual intersections*: *Literature*, *History and the Arts in Nineteenth-Century Europe*, Amsterdam-New York: Editions Rodopi B. V, 2009.

Brian Nelson, ed., *Naturalism in the European Novel*. New York/Oxford: St. Martin's Press, 1992.

Burton Pike, *The Image of the City in Modern Literature*. Princeton University Press, 1981.

N. Stromberg Roland, *Realism*, *Naturalism*, *and Symbolism*: *Modes of Thought and Expression in Europe*, 1848—1914. London: Macmillan & Co Ltd., 1966.

R. V. Johnson, *Aestheticism*. London: Methuen & Co Ltd., 1969.

Ernest Seillière, *Les Goncourt Moralistes*. Paris: Editions de la Nouvelle Revue Critique, 1927.

George Stade, ed., *European Writers*: *The Romantic Century*. New York: Charles Scribner's Sons, 1985.

Jean-Paul Sartre, *L'Idiot de la Famille*, *Gustave Flaubert de* 1821 *à* 1857. Tome Ⅰ—Ⅲ, Paris: Gallimard, 1971—1972.

Maurice Spronck, *Les Artistes Littéraires*: *études sur le XIXe Siècle*.

Paris：Calmann Levy，1889.

Michel Salomon，*Etudes et portraits littéraires*：*Taine*，*Barbey d'Aurévilly*，*Guy de Maupassant*，*Pierre Loti*，*E. et J. de Goncourt*，*E. Lintilhac*，*Ollé-Laprune*，*Mme Séverine*，*Ch. Vincent*，*le Père Ollivier*，*Waldeck-Rousseau*，*Jules Tellier*，*Amiel*. Paris：Librairie Plon，1896.

L. Williams Roger，*The Horror of Life*：*Charles Baudelaire*，*Jules de Goncourt*，*Gustave Flaubert*，*Guy de Maupassant*，*Alphonse Daudet*. University of Chicago Press，1981.

Emile Zola，*Les Romanciers naturalistes*. Paris：G. Charpentier，1881.

附录　龚古尔兄弟生平与创作年表

1822	5.26	埃德蒙·德·龚古尔生于法国南锡。
1830	12.17	于勒·德·龚古尔生于巴黎。
1841—1848		于勒就读于波旁中学，成绩优秀。在这里结识了路易·帕西，成为挚友。路易是兄弟俩创作《勒内·莫普兰》的灵感来源之一。
1842—1844		埃德蒙就读于法学院。
1846		埃德蒙进入财政部工作。
1848		母亲安妮特·塞西尔去世，临终前她把两兄弟的手紧紧地放在一起，并将他们托付给女仆萝丝。后者成为《热曼妮·拉赛朵》中女主人公的原型。
1849—1850		两兄弟周游法国，并赴阿尔及利亚旅行。
1851	12.2	两兄弟开始日记写作。
	12.5	处女作《在一八…年》(*En* 18.) 出版。
1852—1853		开始为表兄创办的两种文学杂志：《闪电》(*L'éclair*) 和《巴黎》(*Paris*) 撰稿，并于此期间结识了著名画家加瓦尼。
1853		出版《娇媚少女》(*La Lorette*)，题献给加瓦尼。
1854		《大革命时期法国社会史》(*Histoire de la Société Française Pendant la Révolution*) 出版。
1855		《督政府时期法国社会史》(*Histoire de la Société Française Pendant le Directoire*) 出版。
		《一八五五年绘画展览》(*La Peinture à l'Exposition de*

1855）出版。

1855—1856　与路易·帕西一同赴意大利旅行。

1857　《莎菲·阿尔努传》（*Sophie Arnould*）出版。

4.11　与福楼拜初次见面。

1857—1858　《十八世纪人物真影》（*Portraits Intimes du XVIIIe siècle*）出版。

1858　《玛丽—安托瓦内特传》（*Histoire de Marie-Antoinette*）出版。

1859　《十八世纪的艺术》（*L'Art du XVIIIe siècle*）出版。

1860　《文学家》（*Les Hommes de Lettres*）出版，1868 年再版时题名改为《夏尔·德马伊》（*Charles Demailly*）。

《路易十五的情妇们》（*Les Maîtresses de Louis XV*）出版。

1861　《费罗曼娜修女》（*Sœur Philomène*）出版。

1862　开始出入玛蒂尔德公主的沙龙。与福楼拜、戈蒂耶、圣伯夫、泰纳等人开始定期在玛尼饭店聚会，称为“玛尼晚餐会”（dîners Magny）。至 1869 年，圣伯夫去世后终止。

女仆萝丝去世。两兄弟震惊地发现了她此前生活中不为人知的一面，并决定以此为题材创作小说。

《十八世纪的妇女》（*La Femme au XVIIIe siècle*）出版。

1864　《勒内·莫普兰》（*Renée Mauperin*）出版。

1865　以萝丝为人物原型的《热曼妮·拉赛朵》（*Germinie Lacerteux*）出版。

12.5　三幕剧《亨利埃特·玛莱夏尔》（*Henriette Maréchal*）在法兰西剧院首演。

1866　随笔集《观念与感觉》（*Idées et Sensations*）出版。

1867　《玛奈特·萨洛蒙》（*Manette Salomon*）出版。

4.6—5.17　赴罗马旅行

1868　于勒的神经官能症开始发病。

8 月　购入蒙莫朗西大街别墅，之后据埃德蒙的遗嘱，这里成为龚古尔学院的院址。

12.14 晚餐时与左拉首次会面。龚古尔兄弟在日记中称他为“我们的崇拜者和弟子”。

1869 《热尔维泽夫人》(*Madame Gervaisais*) 出版。

1870 1.18 于勒因病情严重停止了创作活动，也不再撰写日记。

6.28 于勒去世。

1873 3.16 埃德蒙在福楼拜家中首次与都德会面。

1874 7.14 埃德蒙在遗嘱中表示，将以自己的收藏出售所得以及作品版税为资金设立一座文学学院，由十名院士组成。

1877 《勾栏女艾丽莎》(*La Fille élisa*) 出版，该小说是在兄弟二人前期已完成总体构思和社会调查的基础上完成的。声誉不及左拉同年出版的小说《小酒店》(*L'Assommoir*)。

4.16 埃德蒙应邀出席在著名的特拉普饭店（Trapp）为“当代文学巨匠”（maîtres de l'heure）举办的盛大晚宴。他与福楼拜、左拉共同荣获这一称号。

1879 《臧加诺兄弟》(*Les Frères Zemganno*) 出版。这是首部由埃德蒙独立构思并创作完成的小说。序言中埃德蒙将龚古尔兄弟的写作艺术总结为“艺术家笔法”(l'écriture artiste)。

1881 《艺术家之家》(*La Maison d'un Artiste*) 出版。

福楼拜去世。

1882 《拉·福斯丹》(*La Faustin*) 出版。

1884 《亲爱的》(*Chérie*) 出版。

1885 将自己房屋的阁楼加以整修，用以定期招待同人，称为“龚古尔的阁楼”聚会。参加者包括左拉、都德、莫泊桑、于斯曼等，成为龚古尔学院的前身。

《于勒·德·龚古尔书信集》(*Lettres de Jules de Goncourt*) 出版。

1886 《旧文重掇》(*Pages Retrouvées*) 出版，是当年为《闪电》、《巴黎》等期刊撰稿时的文章选集。

1887 日记的前两卷（1851—1867）发表。至 1896 年埃德蒙去世前，又陆续出版了七卷。直至1958年日记的全文才得以全部问世，共计二十二卷。

1888　《热曼妮·拉赛朵》被改编为戏剧上演。

《序跋与文学宣言》（*Préfaces et Manifestes Littéraires*）出版。

1891　《喜多川歌麿》（*Outamaro*）出版。

1894　将1855—1856年间在意大利旅行时的笔记结集为《昨日意大利》（*L'Italie d'Hier*）出版，附有于勒的亲笔速写画。

1896　《葛饰北斋》（*Hokousaï*）出版。

《玛奈特·萨洛蒙》被改编为戏剧上演。

7.16　埃德蒙在都德家中病逝。

1903　根据埃德蒙遗嘱创设的龚古尔学院成立，学院设立龚古尔文学奖，授予当年的最佳法语长篇、短篇集或散文作品。

致　谢

2013 年 6 月，我在北京师范大学通过了博士论文《第二帝国时期龚古尔兄弟的小说诗学与实践（1851—1870）》的答辩，本书便是在该论文的基础上修订完成的。三年读博生活中，博士论文的写作是一场漫长之旅，无数次天光乍亮时才关机入睡的日子见证了我的写作过程。然而我却时常乐在其中，并不觉得辛劳。我无数次地想到，能在节奏飞快地现代社会里，拥有三年完整的时光静下心来终日读书、思考，是如此奢侈且珍贵。如今迈入社会后，这种感受更是于心有戚。这一点，不能不说也是受到了研究对象的影响。撰写本书的过程，与其说是我在分析龚古尔兄弟，不如说是我日益被两兄弟所影响。他们对待艺术的谨严以求、力臻极致的作风，足以令人感佩，更让我深觉惭然。其时的法国，商业已弥漫了社会的每个角落，文学也未能免俗。兄弟俩尽管在出版市场中屡遭败绩，但从不妥协，宁愿从出版商那里撤回书稿，也绝不愿为迎合市场而牺牲艺术。对于在做生活取舍时常会随波逐流的我来说，这是极为深刻的一课。

本书的完成不仅是我一己之力，更浸透了博士生导师高建为教授的心血。三年来，高老师从论文选题、整体框架到理论应用等方面都做了悉心认真的指导，这些指导不仅帮助我顺利完成论文，更将让我终身受益。他严谨、踏实的人生态度，也同样影响了我，成为我的生命财富。还要感谢本科的指导老师王成军教授、硕士生导师吴康茹教授，他们是我求学路上的启蒙者与引路人，始终关心着我稚嫩的学术成长脚步，帮我一步步深入文学研究的神殿，领略其中的华光溢彩。同时，非常感谢中国社会科学院外国文学研究所的史忠义先生、余中先先生对论文的指导与建议。

特别感谢我的博士后合作导师、淮北师范大学文学院王政老师对本书的悉心指教与批评，并感谢淮北师范大学为本书出版提供的资金支持。

最后，感谢我的父母，是他们不计回报的长年付出，支持和保障了我自私的人生选择。我的同学郭雪妮、任冬梅、李倩、冯欣、史瑞雪等人，在我写作遭遇瓶颈的煎熬时期，她们始终鼓励着我，帮我一再恢复信心，重整旗鼓。还有我的朋友，包括但不限于徐东、陈婷婷、仲宇璐、季美玲、徐靖焱等，无论身在何方，多年来一直关心、扶持着我，助我成长。在这里一并奉上我最诚挚的谢意！

谨以本书献给我充实美好的求学岁月！

尽管在本书写作中，我尽力用心而为，但成稿中仍遗存了诸多缺漏与遗憾。这些不足终将成为今日不成熟之我的时光印记，亟待各位方家指点。

辛　苒

2015 年 5 月 18 日